転生者は
チートを望まない 1

奈月 葵

Aoi Natsuki

RB

レジーナ文庫

登場人物紹介
ディーネ
水の精霊。おしゃまな性格。
グノー
地の精霊。のんびりとした性格。
サラ
火の精霊。わんぱくな性格。
ルフィー
風の精霊。悪戯好きでおてんばな性格。
ミラ
魔法世界に転生した日本人で、火・水・風・土すべての魔法を操る。体力はないが、魔力値は最強。幼馴染みのガイと共に魔術学園に通う事に。

フィルセリア
国王の孫。
アインセルダの妹。
ツンデレかつブラコン。
人見知りな
一面がある。
アインセルダ
国王の孫。金髪碧眼の
THE王子様。
魔術学園に通う
女子たちの
憧れの的。
スイン
地の魔法を操る
宮廷魔術師。
ミラたちの旅を
サポートする。
ガイ
火の魔法を操る、
ミラの幼馴染み。
兄貴風を吹かす、
わんぱく少年。

目次

転生者はチートを望まない1

プロローグ

ぽかぽかとあたたかい日差しを受けながら、わたしは村の中をお散歩中。

とおくに森がみえて、もうすぐラボの実が熟すから、ジャムが作れそうだって、お母さんが言っていたのを思いだした。

わたしはラボの実がだいすき。ラボの実のジャムもだいすき。だからうれしくなって、歩きながら「ララン、ラン」とてきとうな歌を歌った。お母さんもよく料理中に鼻歌を歌ってる。でも同じ歌を歌っているのを聞いたことがない。

「どうして?」って聞いたら、「即興だから!」だって。

「そっきょうって?」って聞いたら、二人のお兄ちゃんとお姉ちゃんが、「適当な思いつきの事」って教えてくれた。そのあと上のお兄ちゃんはお母さんに、むにーってほっぺたをひっぱられていた。「代表してお仕置き!」だって。

お母さんのお仕置きは、むにーなの。お兄ちゃん、何しちゃったのかな?

お母さんとお姉ちゃんとおばあちゃんは今、布を織って染めるお仕事に行っている。お父さんと二人のお兄ちゃん、おじいちゃんは小麦畑に向かった。末っ子のわたしはお仕事のジャマをしないで、元気に遊んでいるのがお仕事。もうちょっと大きくなったら、お手伝いできるようになるかな？

村外れまで歩いてきたら、薪《まき》を担《かつ》いだクーガーさんに会った。

「こんにちは、クーガーさん」

ペコリとおじぎをして、ごあいさつ。あいさつは大事って、お父さんが言ってた。

「よう、ミラ。ちゃんと挨拶《あいさつ》ができてえらいな。上の兄弟と歳が離れていると、こうなるもんかね？　いや、ガイも一番上の兄弟とは歳が離れてるか……なら違うか」

よくわからないけど、クーガーさんは硬い手でグリグリとわたしの頭をなでてくれた。

わーい、ほめられた。

クーガーさんはイルガ村唯一の鍛冶屋さん。火の精霊さんの力を借りて、魔法を使うの。若い頃はまもの退治とか、お薬の材料を探すお仕事をしていたけど、酷《ひど》いケガをしてしまって、お家のお仕事を継《つ》いだんだって。

まものと戦うのは怖いけど、魔法は使ってみたい。精霊さんに会ってみたい。精霊さんってどんな姿なのかな？　キラキラしてるかな？　精霊さんをみるにはとくべつな目が必要らしい。クーガーさんはみたことがないんだって。

「今日は一人で散歩か？」

「うん。今日はガイ、空き地でボール投げするんだって」

ガイはよく一緒に遊んでいる幼馴染み《おさななじ》の男の子。

「ガイもたまには男同士で遊びたいのかね。一人で大丈夫か？」

「だいじょうぶ。それにわたしは確かに身体が弱いけど、お散歩くらい一人でできるよ。いつもガイと一緒ってわけじゃないよ」

「そうか。でも日差しは暖かくてもまだ冬だからな。風邪をひかないうちに帰るんだぞ？じゃ、俺は仕事があるから」

クーガーさんはそう言って、おうちの中に入っていった。

大人はいつもわたしとガイをセットで扱う。家がおとなりで、生まれた時から一緒にいるからかなあ。お兄ちゃんやお姉ちゃんだって、よくわたしと遊んでくれるのに。今はお父さんやお母さんのお手伝いが忙しくて、遊んでくれないけど……

「ちょっとガイのとこ行ってみよっと。見るだけ。見たら帰ろっと」

ほんの少し寂しくなったわたしは、お散歩コースを変更する。空き地をのぞいて帰るだけ。クーガーさんが、「たまには男同士で」って言ってたから、ジャマしちゃいけないよね。

走るとすぐに息が苦しくなっちゃうから、早足で空き地に向かう。そこには八人くらいの男の子と、おてんばでゆうめいな女の子が一人いた。みんな楽しそうに走り回っている。

女の子、いるじゃない。

ちょっとおもしろくない。でもわたしはあまり走れないから、ボール遊びはできない。

「帰ろ」

くるりと背を向けて歩き出したその時、ガイの声が聞こえた。

「あぶない！」


目が覚めた私は、木目の天井を目にして首を傾《かし》げた。

普通、病院の天井って白くない？　ていうか、蛍光灯がない。ベッドも硬い。

どうやら私は薄暗い木造の部屋の中で、寝心地の悪いベッドに寝かされているらしい。

奇妙に思ってぐるりと見回すと、テーブルの上に燭台《しょくだい》がある。

病院じゃないのかな？

でもあの勢いで突っ込んできた車にはねられれば、普通死ぬでしょ。どんなに打ちどころが良くても重傷。運動不足で牛乳嫌いな私の骨はきっとスカスカだ。何本も骨が折れて臓器に突き刺さって……って気持ち悪くなってきた。想像するのはやめよう。

ともかく、目が覚めたからには助かったんだ！　でもどうして病院じゃないんだろう。しかもなぜか、頭以外に痛みがない。

不思議に思いながら起き上がった途端、ドタバタと足音が部屋に近づいてきた。バンッと大きな音と共に扉が開かれる。

「すまんミラ！」

開口一番、少年が謝罪を口にした。髪と瞳が赤い少年を見て、私は理解する。

「……異世界転生ってあるんだ」

「頭大丈夫じゃなかった⁉」

とりあえず、かったいマクラを投げつけておきました、まる。

第一話

さて、現状を整理しよう。

まず、私の名前はミラ。苗字にあたる家名はない。平民には家名がないのがこの世界の常識である。

農家の次女で、四人兄弟の末っ子。十日後には六歳になる。

家族は祖父母と両親、十五歳の姉と、十四歳、十三歳の兄が二人。私だけずいぶん歳が離れている。

今世の私は猫っ毛で、色は金髪。瞳はペリドット色。映りは悪いけど、農家の我が家にも鏡はあった。なので色合いは間違いない。

前世は黒髪黒目の日本人だったから、今の外見はずいぶん華やかに感じる。我ながら将来が楽しみだ。美容には気をつけねばなるまい。

そういえば前世では、私はストレス性の胃痛持ちだった。血を吐いた事はないし病院に行った事もなかったけど、いつも胃薬を携帯していた。こっちの世界に胃薬はあるだろうか。ストレスをためないようにしないと、子供なのに胃潰瘍《いかいよう》なんて事になりかねない。気をつけなくては。って、考えすぎもストレスの原因か。いかんいかん。

先ほど部屋に飛び込んできたのは幼馴染《おさななじ》みのガイ。十一ヶ月年上なだけなのに、兄貴風を吹かすお子様。村にはガイの弟分妹分がいっぱいいる。

そして私が気を失って寝かされていたのは、村長宅。気を失った原因は、ガイの投げたボールが側頭部にヒットしたからだ。

ボールと言っても、カラーボールみたいなゴムボールじゃない。この世界にはゴムなんてないからね。丸く削った木にボロ布を巻いた物がボールだ。当然、頭にぶつけて良い物ではない。

ガイは男友達――一人は女の子だけど――と遊んでいて、ボールを暴投。帰ろうとしていた私の頭に、ぶち当ててしまったというわけだ。

そのおかげで思い出さなくていい事を思い出してしまった。しかも中途半端に。

前世の名は不明。性別も不明。家族構成も不明。だけど就職氷河期に大学を卒業し、就職浪人となりながらも、なんとかパートとして働いていた事と、軽く中二病を患《わずら》っていた過去を思い出してしまった。

いーやー！　消したい抹消《まっしょう》したい！　特に後半のイラナイ黒歴史！　神様、ちゃんと仕事しろ！

ゼイゼイ。

つーか、思い出した原因は、やっぱりあれだよね。頭部への衝撃。

前世の死因は、間違いなくあの自動車事故だ。背後から突っ込んできた自動車にはね飛ばされて、頭でも打ったんだろう。頭部への衝撃という共通点が思い出したきっかけに違いない。

「早く広場にいこうぜ、ミラ」

村長さんに手当のお礼を言わなくては、とベッドから降りた私の手を、幼馴染《おさななじ》みはグイグイ引っ張った。

「頭が痛いから、ゆっくりね。あと、帯を結びたいし、上着も着ないと」

「うぅ、ゴメン。でものんびりしてたら、学園からのちょーさたいが帰っちまうかもしれねーし」

「調査隊？」

怪訝《けげん》な私の声に、ガイは唇を尖《とが》らせた。

「さっき言ったろ？」

ごめん、現状把握中だったから、右から左に聞き流してた。

私はワンピースの皺《しわ》を伸ばし、ベッドサイドに置かれていた帯でウエスト部分を結ぶ。けれどいまいち綺麗に結べない。

「今日は魔術学園から、生徒のせんばつしけんをするために、調査隊が村に来るんだ。都《みやこ》からは毎年たくさんの子供が入るけど、イルガ村みたいな農村じゃ子供は働き手だろ？　ひょっとしたら魔術師の卵がいるかもしれないのに、農家に埋もれるのはもったいないから、三年毎《ごと》に探しに来るんだって。それにじょせーきんってのが出るから、家族や村も助かるんだと」

ガイがもう一度説明してくれるのを聞きながら帯を結び直すが、何度やっても上手くいかない。

おっかしいなー。いつもお母さんが結んでくれるのを見てるのに。なぜか縦結びになってしまう。

「……後で村長夫人か、お母さんに直してもらおう」

縦結びになった帯は放っておいて、フードのついたボレロのような上着を着る。すると、再びガイに手を引かれた。

しかし三年に一度とはいえ、人材発掘にまめな国だ。戦力や技術開発に有用な魔術師を、国家事業として育成して囲い込もうってわけね。今は貧窮《ひんきゅう》していなくとも、いざ飢饉《ききん》になった時に子供を売ったり、口減らしするくらいならって事で、村や家族は承知しているのだろう。うん。ありがちな話だ。

そして異世界転生モノのお約束として、私に何らかの特殊能力——この世界には魔法があるから、魔法に関しての能力かな——が発覚した場合を想像してみる。

でも、チート取得イベントの記憶はないんだよね。抜け落ちてるのか、元々なかったのか。転生時に神様と会っていたなら、チートと引き替えに面倒な使命を託《たく》されていそうだけど。

ん？　なんだろう。何か引っ掛かった気がする。大事な事だったような……

「なんだっけ？」

「何がだ？」

つい口に出してしまった言葉に、ガイが訝《いぶか》しげに振り返る。

「んーなんでもない」

説明できる事じゃないから、首を横に振って誤魔化《ごまか》した。

ま、いいや。大事な事ならそのうち思い出すでしょ。気にしなーい気にしなーい。気にするとストレスの元になるぞ、私。

それよりチート能力があると、どうしても目立つ。目立つとトラブルが寄ってくる。それはとても面倒くさい。面倒事はゴメンだ。だって今世の私は、前世よりも身体が丈夫ではないみたいなんだもの。

イルガ村のあるフィーメリア王国はユランシア大陸の西端にある国で、イルガ村はその北東部にある。四季はあるけど、一年を通して比較的温暖な気候。冬でも若干寒いかなという程度だ。そのかわり夏場は酷暑と言っても良い日が三ヶ月近く続く。それなのに、私は季節を問わず風邪をひくのだ。

ちなみにこの世界の一ヶ月は二十八日。一日は二十四時間。一週間は七日。曜日は存在せず、第一週×日……といった具合に呼ぶ。休日は毎週七日目。一ヶ月は四週間で、一年は十二ヶ月。一月が新年で、学校は一月が新年度の始まりとなっている。

一ヶ月の日数が地球よりも短いのと、新年イコール新年度というのが日本とは違うけど、わかりやすくて助かるね。あと、極寒の国でなくて良かった。

閑話休題。

身体が丈夫でない私は、ストレスをためると胃痛になる可能性がある。これまでのミラならば胃痛に苛《さいな》まれる事なく、身体が弱いなりに学園生活を楽しめたかもしれない。けれど今の私は学園と聞くと、まずイジメを連想してしまうのだ。

いったい前世で何があった私。思い出すのが怖い。ていうか、考えちゃ駄目だ私。ストレスになる。

魔法には憧れるし、学園にも興味があるけれど、今回の試験はパスだ。体力がなさすぎる。三年後の試験までに、まずは体操でもして身体を鍛《きた》えよう。

でも、魔法を学ぶだけなら学園に拘《こだわ》る必要はないと思うんだよね。体力がついたら、クーガーさんに弟子入りするのはどうだろう。彼は若い頃、村を出て魔物退治をしていたらしいし、火の魔法も使える。

ただし、学園に入らないと助成金は出ない。それだけはちょっと惜しく思う。

もし仮に私が試験に合格して、学園に入って助成金が出れば、家族の多い我が家は助かるだろう。美味《おい》しい話だが、やっぱり今すぐは困る。体力も心配だけど、今世の身分制度や慣習に慣れる時間が欲しい。

それに三年後なら、記憶の穴も埋まっているかもしれない。お約束通りチートを持っていたとしても、他人の目から隠す対策を立てられる……はず。たぶん。

「オレへの説教が終わって、村長さんはもう広場に行ってる。六歳以上で三年前の試験を受けていない子供なんて、オレ達の他は十人もいない。早く行かないと調査隊が帰っちまう」

私がアレコレと考えている最中も、ガイの頭の中は調査隊の事でいっぱいだったようだ。

にしても、良い事を聞いた。学園の受験資格は六歳からか。それなら私は対象外だ。今、五歳だもの。

「でも魔術師の卵を探しに来てるんだから、取りこぼしはしないんじゃないの？　てか私はまだ五歳だから関係ないし」

「でも村長がオレへの罰で、試験を受ける子供はこれだけですって言ったら、終わりだろ？」

歳の件はスルーですか。いいけどね。十日後には六歳だし。試験の対象外なのは変わらないけど。

ちなみに前世の歳を合わせれば……享年《きょうねん》何歳か思い出せないけど、大卒だから二十二歳以上。それに五歳足せば二十七歳。アラサーだ。計算して微妙なショックを受ける。

いやいや、二十七はまだ若い。〝男は三十歳から。女は三十歳まで〟って言うし。あれ、前世も女だったら、もうそろそろヤバい？

なら〝人間として脂《あぶら》がのってくるのは男は三十五。女は三十〟でどうだ！　ふっ、これならたとえ享年《きょうねん》何歳だろうと恐くない！

「国ってどこの村に子供が何人いるかとか、調べてないのかな？」

歳の件は一応の着地点を見つけ、問題をガイのハブられ危機に移《うつ》す。もちろん、国勢調査なんて単語は使わない。ガイが理解できないからではなく、前世の単語だからだ。保身のためにも、余計な事は口にしないに限る。

それはともかく、国勢調査をしているから、ド田舎《いなか》のイルガ村にも調査隊が来てるんじゃないのかな。そしたら、まだチェックしてない子がいるのはバレバレだし、村長もお上《かみ》の意向に逆らったりしないだろう。助成金っていうメリットもあるんだし。

ガイにわかるように説明すると、彼はなるほどと頷いた。

うむ。理解してくれて何より。だからあまり強く手を引っ張るな。早く歩くと、振動がボールをぶち当てられた頭に響くんだよ。

ガイが部屋に飛び込んできた時のまま、開けっぱなしだったドアをくぐり抜けて廊下に出る。リビングのドアを押し開けると、私のお母さんとガイのお母さんが、村長夫人とお茶を飲んでいた。

「お母さん！」

私が頭を打ったと聞いて、お母さんは仕事場から呼び出されたのだろう。大事《おおごと》ではないとわかって、みんなでお茶をしていたところか。

お母さんが来ているだろうと予想はしていても、実際にその姿を目にすると嬉しくなって、ガイの手を離して駆け寄った。

今世の母の名前はナーラ。十七歳で父エギルと結婚し、十八歳で長女エマを出産。現在三十三歳のおおらかな母である。

「あらあら、目が覚めたのねミラ。よかったわ」

「ごめんなさいねぇ、ミラちゃん。うちの馬鹿がケガさせちゃって」

お母さん達はワンピースの裾《すそ》を揺らしながら立ち上がった。

別にワンピースが流行《はや》っているわけではない。この世界――少なくともうちの村の女性服はワンピースなのだ。

シンプルな縫製で、スカートの丈は足首が隠れるほど長い。生地は単色で、柄物《がらもの》もない。けれど装飾性がまったくないわけでもない。村の女性は腰に結ぶ布帯でお洒落《しゃれ》を楽しんでいる。結び方を工夫したり、紐を編んだり。色のついた石をつけて飾りベルトにしたり、刺繍《ししゅう》を入れる事もある。

ちなみに男性は上衣の丈が腰、もしくは膝くらいまであって、下衣はズボン。ベストを羽織る人もいる。腰には布帯。帯を飾り帯にしている人はほとんどいない。

服のどこかに刺繍《ししゅう》が入っている場合は、大抵恋人や妻からの贈り物らしい。母親の手による刺繍《ししゅう》ではないのが自慢になるんだとか。

けれど思春期の男の子の中には、自分らしさを追求して、コツコツ自作する者がいる。オトメンだ。たまーに女の子にプレゼントされたと嘘をつく者もいるが、見栄を張ったところですぐにバレるのがうちの村の怖いところである。黒歴史誕生の瞬間だ。

更に外出時の必需品として、フード付きの上着かベール、もしくは帽子がある。夏場は特に日差しが強いから、老若男女《ろうにゃくなんにょ》絶対に必要だ。農作業時に被っていなかったら、命にかかわるとも言われている。お弁当を忘れても、水と日除《ひよ》けは忘れるな、という標語があるほどだ。

この世界の衣装のイメージはアラブ系かな？　ベールの印象が強いから。

お母さんは私のたんこぶに触れないよう、そっと頭をなでてくれた。

ガイの投げたボールが私の頭を直撃し、村長さん宅に運び込まれた事を、仕事場に駆け込んできた子供――ガイと一緒に遊んでいた子だ――に知らされたお母さんは、大急ぎで駆けつけてくれたらしい。職場が同じガイのお母さん、イーナさんと一緒に。

「そうだ、お母さん。帯、結び直して欲しいな」

「あら、縦結び」

お母さんは帯を解《ほど》いて、手早く結び直してくれた。

「ミラちゃんが起きたなら、お茶を淹《い》れ直そうかね」

村長夫人がよいしょと立ち上がって、竈《かまど》に向かう。

「心配かけてごめんなさい」

「本当よ。でも気を失っているだけだって聞いて、安心したわ」

帯を結び終え、お母さんは軽く私を抱きしめて笑う。

実は前世の記憶が戻っちゃったんだけどね。でもお母さんが喜んでいるのに水を差すのはよくないと思って、余計な事は言わない事にした。

「さて、お茶が入ったよ」

「ありがとう、バーサさん」

「ミーラー、お茶飲んでる場合じゃないって」

大きいポットとコップを二つ運んできた村長夫人にお礼を言って手を伸ばすと、ガイに横合いからその手を取られた。

「広場に行かなきゃだろ」

「ああそういや、ガイは六歳だったかね」

「でもミラちゃんは五歳よ。試験は三年後。受けるならあんた一人で行ってきなさいな。受かるとは思えないし、私は付き添わなくてもいいでしょ？　仕事に戻らないと」

やっぱり私は次回の参加でいいらしい。なら、私はお茶をいただきたい。喉が渇いた。

「落ちるのぜんてーかよ。まあいいけどさ」

イーナさんの言葉にガイは唇を尖《とが》らせてむくれたけれど、あっさり受け入れた。けれど私の件は譲れないらしく、更に言いつのった。

「でもミラももうすぐ六歳なんだから、オマケして試験してもらえるかもしれないだろ」

国の仕事にオマケはないんじゃないかなー。と思ったのは私だけだったみたいで、大人達は顔を見合わせ、「じゃあ駄目元で行ってみましょうか」と言い出した。

「でもその前に、お茶の一杯くらい飲んで行きな。せっかく淹《い》れたんだから」

「ありがとう！」

「ミーラー!!」

私は満面の笑みでコップを受け取り、お茶を注《つ》いでもらった。ガイが恨《うら》めしそうに呼ぶけど華麗にスルー。大丈夫だって。お茶を一杯飲んでたくらいで試験を受け損ねたりしないよ、たぶん。

「ミラちゃんが行くなら、うちのが暴走しないように見張らないと」

仕方ないと言わんばかりに、イーナさんは盛大に息を吐いた。

ずいぶんな言われようだな。末っ子のヤンチャ坊主なガイだけど、いったい何をすればここまで信用されなくなるのやら。ちょっと同情してしまう。

「そうそう、調査隊の皆さんはうちに泊まっていただく予定だから、もし広場での試験が終わってたら戻ってきなよ。ここで試験を受けられるか聞いてやるから」

村長夫人の温かい見送りを受けて、私達は広場へ出発した。


村長さんの家から広場までは一本道だ。一般の住民の家は村の中央部に建てられていて、クーガーさんのように火をガンガン使ったり、村の防衛を請《う》け負《お》ったりしている人の家は、村の外縁部にある。

前世で読んだ異世界転生小説は、中世ヨーロッパ風の街並みが多かったけれど、この世界はそうではなかった。

家は木造で通気性の良さそうな構造をしている。ログハウスというか……古民家？内心首を捻《ひね》りつつ、私はガイと一緒に歩く。私達が広場に出ると、視線がいっせいに注《そそ》がれた。

そこにいたのは村長さんと、六歳から八歳の子供が七人、その母親達、そしてフード付きマントの男と、鎧《よろい》を着た四人の騎士達。マントの男と騎士が調査隊だろう。意外と若い人達だった。あとは野次馬な暇人――もとい見守る村人達。

う、怖い。見るなよぉ。前世では仕事と趣味の図書館通いぐらいでしか外出しなかったプチ引きこもりにとって、たくさんの人の視線は怖いんだよぉ。

「ミラ、目が覚めたのじゃな。気分は悪くないかい」

「あ、はい村長さん。タンコブが痛いけど、大丈夫です。ありがとうございました」

「お世話になりました」

「本当に、ご迷惑をお掛けしてすいません」

私は村長さんにぺこりと頭を下げた。お母さんとイーナさんも一緒に頭を下げる。

「うむ。ガイはちゃんと謝ったかな」

「……えーと」

私が小首を傾《かし》げると、ガイは慌てた。

「あやまったよ!?　あやまったよな、オレ」

まあ、一応謝ってはいたかな。ガイで遊ぶのはやめて、頷いてあげる。

「まあ良かろう」

村長さんはマントの男と騎士の一団へ向き直った。

「お待たせいたしました。この子が最後の一人です。ガイ。こちらの方々が、都からいらっしゃった魔術師殿と、護衛の騎士様じゃ。ご挨拶《あいさつ》せい」

ガイだけを手招く村長さんを見て、私はホッとした。やっぱり私は対象外。

魔術師がニコリと笑い、ガイに水晶玉に手を置くよう促《うなが》した。水晶で魔力測定か。光ると魔力持ちっていう証明になるアレかな。定番だね、と思いながら、目を向けて絶句した。

ナニアレ。

大きな水晶玉が、収穫野菜を運ぶ木箱の上に、クッションを敷かれて置かれていた。それはいい。だがしかし、なぜ水晶の中に小人がいる？　それも四人。それぞれ赤、青、黄、緑のチュニックを着た三頭身が、つぶらな瞳でこちらを凝視《ぎょうし》している。私は後ろを振り返った。

誰もいないし……やっぱり私か？

正面に向き直ると、まだ凝視《ぎょうし》されていた。

……可愛い。

っは！　いや待て私。アレはきっと厄介事の使者。デレてはダメだ。

そうこうしているうちに、ガイがおそるおそる水晶玉に手を置く。すると、赤い服の小人がピクリと反応した。ガイを見上げ、ちっちゃな両手を伸ばして振り回す。
カ、カワイイー!!　何あれ何あれ、カワイすぎるんですけど！

思わずガン見。周囲もざわめいた。そりゃあ、かぁーいーものね。

「光った！」

「魔力持ちだ」

「ええ！　嘘、合格って事!?」

光った？　みんなは水晶玉が光ったと言って興奮している。確かに赤く光っているようにも見えるけど、小人の可愛さに興奮したのは私だけだった。ひょっとして、みんなには小人が見えていないのかな。

「赤く光っていますので、火の精霊との相性が良いですね。輝きもなかなか強い。魔力が高いようです」

魔術師が嬉しそうに解説してくれる。ガイが手を離すと、小人も手を下ろした。私以外の人には、水晶玉が光って見えていただけらしい。赤色の光は火の精霊との相性が良いと言う。——ひょっとして、小人は精霊なのだろうか。赤い服の子は嬉しそうだったし。

けど、なんで私、いきなり視《み》えるようになったんだろう。確か精霊を視《み》るには特別な目が必要だったはず。

火魔法を使うクーガーさんの周りでも、これまで火の精霊を視《み》た覚えはない。前世の記憶が戻ったから視《み》えるようになったのかな？

「じゃあオレ、学園に入れるんだな」

「ええ。この村からはあなただけです。しっかり学んでください」

「オレだけ？　ミラも調べてくれよ」

ガイが私を振り返り、周りもこちらを見る。注目再び。だから私は五歳だってば。

「名簿によれば、彼が最後だが」

他の三人より少し年配の騎士が、羊皮紙《ようひし》を手に村長さんに確認を取る。

「ええ。ミラはまだ五歳ですから」

「十日後には六歳じゃん」

「じゃが試験を受けるのは、六歳以上と決まっておるからのぉ」

「いえ、今年六歳以上になる子供ですよ」

魔術師の訂正に、村長さんはぽかんと口を開けた。お母さんもイーナさんも唖然《あぜん》としてた。

大人達は長年、試験の時点で六歳になっていなければ、受けられないと思っていたようだ。

「なー、結局ミラは試験受けれるのか？」

黙れおバカ。ああ、三年の猶予《ゆうよ》がなくなってしまった。黙ってたら受けずに済んだのにー。

「はい、君も水晶玉に手を置いて」

魔術師に促《うなが》されては逃げられない。観念して前に出ると、小人達——推定精霊達が、キラキラした笑顔で迎えてくれる。そんな期待いっぱいな目で見ないで欲しい。

精霊達はそれぞれ服と同じ色合いの髪と瞳をしていて、耳の先が尖《とが》っている。遠目には色違いのチュニックに見えたが、フリルが入っていたり、アクセサリーを着けていたりして、なかなかお洒落《しゃれ》さんだ。私は覚悟を決めて、水晶に手を置いた。

「おお！」

「なんだこれは」

ガイの時とは違う反応だ。精霊達は……全員踊りまくっていた。

「……よ、四色の乱舞!?」

精霊達は飛び跳ね、手を振り、水晶玉の中をクルクル回っている。大はしゃぎだ。みんなには四色の光が、かわるがわる点滅して見えるらしい。

チートキター!!

「何という輝き」

魔術師がガッチリと私の手を握る。

「ようこそ、フィーメリア王国魔術学園へ」

「あははは」

もう笑うしかないね。

水晶玉から私の手が離れ、踊るのをやめた精霊達は互いにハイタッチを交わす。愛らしくも小憎らしい。ええい、この小悪魔共め。


「この子達が魔術師……ですか」

村長さんからの伝令によって試験結果を知らされ、仕事を早退してきた両家の父親は、そろって唖然《あぜん》としていた。

私達は今、私の家でガイの家族共々、マント男、もといスイン・クルヤード氏に学園への入学手続きのための説明を受けている。試験の時にいた騎士様達は、村長さんと一緒に帰って行った。

「ええ。ガイ君は火属性、ミラさんは四属性すべての適性を持っています。つきましては魔術学園での学習によって資質を伸ばし、いずれは魔法騎士か宮廷魔術師を目指していただければと思います。通常ですと、魔法の習得には精霊協会に習得料を払う必要がありますが、学園は国立ですので国が支払います。そして魔力測定試験による合格者は、在学中の学費、寮費、その他の費用すべて、国と支援者となる貴族が負担いたします」

立て板に水の如《ごと》く説明を始めたスインさんだったが、ここで一度言葉を区切った。

精霊協会は知っている。どこの村にも規模は違えど必ずあって、魔法を管理している施設の事だ。生活にお役立ちの魔法から戦闘用魔法まで、あらゆるものを扱っているらしい。でもイルガ村じゃ役場に近い扱いだ。だって、魔法を使える人がほとんどいない。私が知っているのはクーガーさんぐらいだ。

新たに習得する人がいないなら、教える人も必要なかろうと、ここ数年王都から派遣される事もなかった。窓口係のおじいちゃんは、村人その一と呼べそうな一般人である。あ、確かハンターギルドの窓口も兼任してたかな。魔物は滅多に持ち込まれないけど。

たまーに出没する、群れからはぐれたらしい魔獣——イノシシとかシカの変化したもの——の肉は、村人の胃の中に収まっちゃうしね。

「あの、大丈夫ですか?」

「だ、大丈夫です」

「いやその、うちの倅《せがれ》がまさか試験に通るような魔力持ちとは思ってもみなくて、その……」

「わかります。けれど今の世では、魔力は貴族だけが持つものではありません。暗黒期以降、魔術師の血は広く民《たみ》の血と交わったのですから」

説明が途切れたのは、呆気に取られている父親達が気になったからだったらしい。スインさんは二十代前半の見た目に似合わぬ落ち着きで頷いた。

「じゃが、血は薄まっておる。多少の魔力持ちでは学園には入れぬ足切り制度があると聞いた覚えがあるんじゃが」

「そうなの？　おじいちゃん」

〝暗黒期〟という単語に疑問を覚えたけど、質問のタイミングを逃してしまったからしかたない。後で聞こう。さしあたって学園の入学条件の方が気になる。魔力があれば全員入れるわけじゃないのか。

「うむ。クーガーは昔試験に通らなんだが、当時の試験官であった魔術師殿が言っておったのだ」

おじいちゃんは重々しく頷いて、クーガーさんが学園には入れなかった事を教えてくれた。

「通らなかったからと言って魔力がまったくないとは限らぬから、身分証を作る機会があれば、魔力値を確認するようにとな。実際、隣村との交易のために通商用カードを作らせてみれば、多少の魔力はあったのじゃ。だからあやつはハンターに弟子入りし、修業して魔法を使えるようになったのじゃよ」

ハンターとはハンターギルドに所属し、依頼を受けて魔獣や魔物の討伐、商隊の護衛や薬草の採取などを請け負《うお》う人達の事を言う。能力順にランク分けがされていて、最初はみんなFランク。実績を積んでE、Eプラスと上がっていき、Sランクが最高ランクとなる。ちなみにSランクは人外レベルだそうな。

つまりは魔法とかバンバンぶちかます、魔王みたいな人なのかな？　って、そこまで考えて気がついた。私ってば魔力チートなんだから、Sランクを目指そうと思えば目指せるんじゃないのかな。そしたらいずれ左団扇《ひだりうちわ》な生活ができるかも！

トラブルが舞い込む事は置いておいて、前向きにチートを活用する事を考えるも、すぐに問題点に気がついた。

戦えないじゃん私。護身術をかじった事もないよ。

魔力チートだけど、魔力頼みの大技しか使えないんじゃ、後方からの攻撃しかできないし、場合によっては当たらない事もある。かと言って、前線に出て敵の間合いに入ってしまったら、私みたいな運動神経のない人間は逃げたくても身体が動かないだろう。

たとえ薬草採取であっても魔獣に遭遇しないとは限らない。あらゆる戦闘技能必須の職業だった。ハンターになるなど夢のまた夢、やはり堅実に宮廷魔術師《こうむいん》を目指すのが一番か。

過去に行われていたという足切り制度の事をスインさんに尋ねると、彼は苦笑した。

「足切りは今もあります。学園のレベルを一定以上に保つ目的もありますが、世知辛い事に、予算や支援する貴族の問題でもあるのですよ」

村を出て学園に入った子供達は基本的には国の支援を受けるが、里親のように密接なサポート支援を行うのは貴族だそうな。学生寮に入らず、支援者である貴族の屋敷から学園に通う子供もいる。

貴族は優秀な子を支援する事がステータスとなっていて、ゆえに、誰でも無制限に受け入れてくれるわけではない。国の財源にも限りはある。これらの理由から、一定以上の魔力がなければ水晶は反応しないようになっているそうだ。

水晶が光る、イコール〝魔力持ち〟なわけではなく、イコール〝基準値以上の魔力持ち〟が正しいのだと言う。

その反面、費用の一切を自費で賄《まかな》えるお貴族様には足切りなどない。

貴族は血筋ゆえに一定以上の魔力を持っている子供が大半だが、仮に魔力が低い場合は二通りの道がある。「鍛《きた》え上げてくれ」と、学園の魔術師クラスか魔法騎士クラスに入れられ、しごかれるスパルタコースと、「恥をかきたくないなら武を極《きわ》めろ」と、魔力の必要ない騎士学校でしごかれるコース。

どちらにしてもしごかれるとは、貴族の子ってのは大変だね。

「水晶の反応からして、ガイ君とミラさんの魔力は学園入学予定者の中でも上位に入るでしょう。特にミラさんの四属性持ちというのは希少ですから、学園入学の書類にサインをいただけましたらすぐにでも、上司に報告したいと思っています。支援者として名乗りを上げるであろう貴族を選定する必要がありますから」

そう言ってスインさんは四枚の羊皮紙《ようひし》を取り出した。装飾過剰なアルファベットもどきがびっしりと書き込まれている。

うわー、これがこの世界の文字か。学校に通うなら覚えなきゃいけないんだよね。大丈夫かな私。前世じゃ英語は大の苦手教科だったんだけど。あ、アラビア数字発見。ラッキー。これで十進法なら計算は楽勝だ。四則演算に暗算どんとこい！

「それぞれのご家族と学園側の分です。学園側のサインは私が代行いたします。内容をご確認ください」

お父さん達は羊皮紙《ようひし》を手に取り、じっくりと読み始めた。

私が真剣な表情のお父さんの顔を見上げたり、読めない書類を隣から覗き込んだりしているると、ぽんと大きな手が私の頭の上に乗った。お父さんの手だった。

「行きたいか？」

私は首を傾《かし》げる。

「行かないといけないんじゃないの？」

お父さんは少しだけ困ったように笑った。

試験に合格したら、絶対に学園へ入学しないといけないわけじゃないんだろうか。スインさんを見上げても、彼も微笑むだけで何も言わない。

「オレは行く！　ミラは行きたくないか？　絶対イヤか？」

ガイが私の手を取って、じっと見つめてきた。私は、今度は反対側に首を傾《かし》げる。

行きたいか、行きたくないか。そりゃ、できることなら行きたくないけど、改めて自問してみる。

魔力チートである以上、今後その副産物である面倒事は嫌でも舞い込んでしまうだろう。その対応策は学んでおきたい。ここで拒めば、今後、先ほど聞いたような好条件で魔法を学ぶ場を得るのは難しいだろうし……

「行く」

戦闘職は論外だけど、宮廷魔術師としてチートを上手く生かせば、高収入を得られるかもしれない。日本での生活ほどは無理でも、かなりいい暮らしを望めるかもしれないし、仕送りができれば親孝行できる。

「行ってもいい？　お父さん」

見上げると、お父さんはもう一度頭をなでてくれた。

「わかった。行ってこい」

そうと決まれば実家で用意して持たせた方がいい物だとか、夏休みや冬休みに帰省する事はあるのか、その際の費用はどこが持つのか等々、細々した質疑応答が交わされた。そして最終的にサインする事になった。

「さて、では私はそろそろお暇《いとま》いたします。出発は三日後の予定で、それまでは村長さんのお家に泊めていただく事になっております。何か質問等ございましたら、お気軽に声をかけてください」

スインさんは貴族なのに終始偉ぶる事なく、丁寧に頭を下げて家を出て行った。私達も深く頭を下げて見送って、彼の背中が見えなくなってから行動を開始した。すなわち買い出しである。

今日は十二月の第一週二日。新年を迎え、一月第三週一日から新学期開始だ。イルガ村から王都までは馬車で五日もあれば着くらしいけど、支度金でもある助成金の到着を待って準備を始めていたのでは、授業開始までに王都に辿り着けないかもしれない。

支援者が決まれば挨拶《あいさつ》もしなければいけないから、その日程も考慮して村を出発する必要がある。そんなわけで、貯蓄を切り崩して旅の準備をする事になった。乗合馬車代だけは、助成金がないと厳しいみたいだけど。

方々《ほうぼう》に手配し、一ヶ月後の出発日の三日前にはすべて揃う手筈《てはず》を整えて、家族団欒《だんらん》で夕食を囲んでいると、スインさんが調査隊隊長のルーペンス・キーナンさんを伴《ともな》って、再び我が家を訪ねてきた。

「急な話で申し訳ないのですが、三日後の我々の出立に同道していただけますか？」

「上司に連絡をしましたところ、四属性のお嬢さんを護衛して戻ってこいと命じられまして」

スインさんの言葉を補《おぎな》うように、隊長さんは言った。

「それは頼もしくてありがたいお話ですが、三日後ですと、物資の手配が間に合うかどうか」

お父さんが難しい顔をする。

この世界の旅は前世のお手軽な旅行と違って時間もかかるし、獣はもちろん、野盗に魔物、魔獣と遭遇する可能性もあって、危険がいっぱいだ。だから乗合馬車は御者《ぎょしゃ》に武術の心得があったり、ハンターを護衛に雇っていたりして、その分が料金に加算されている。つまり馬車代はお高いのだ。

けれどスインさん達は一行の馬車に乗せて行ってくれると言う。学園出身の魔術師と現役騎士の護衛付きだ。

「物資の手配は可能な限りで構いません。我々には非常用の携帯食がありますし、食料は次の村でも買い足します。子供達に必要な物も、道中適宜《てきぎ》購入して行きますので」

「無理をお願いしますので、費用はもちろん我々が負担しますし、支援者が決定するまでの滞在先は、クルヤード家が引き受けさせていただきます」

物資は隊長さんが手配し、王都での滞在先はスインさんが請け負ってくれると言う。

私は父の袖を引いて、「その方が安全なんだよね」と聞いた。父は黙って頷く。

「なら、騎士様達と一緒に行くよ」

両親や村に心配をかけずに済むなら、準備期間の短さは甘んじて受け入れましょう。六歳の誕生日を家族と一緒に過ごせなくなったのは寂しいけれど、今生《こんじょう》の別れになるわけじゃない。

第二話

そんなわけで、馬車の旅なう。

同乗者は魔術師スイン・クルヤードさんとガイ、そして四人の精霊達。御者役《ぎょしゃ》の騎士はパナマさん。軍馬に乗って馬車の左側を警護するのは、ルーペンス・キーナン隊長。右側に騎士一行の最年少、グゼさん。後方担当はブルムさん。

出発までおよそ一ヶ月あった準備期間を大幅に短縮し、スインさん達と同道する事になった私とガイは、試験の三日後に村を出た。調査隊の巡回はイルガ村が最終だったから、後は五日かけて王都に帰るだけ。といってもずっと馬車に乗っているわけではなく、村や町があれば立ち寄って食料なんかを買い込むし、宿にも泊まる。

とりあえず、次の村まで約二日はかかる。

急な出発にもかかわらず、村人達があれもこれもと餞別《せんべつ》代わりに色々くれたから、非常食に手を出さないでもよくなったと隊長さんが言っていた。ありがたい事である。

昼食を取る予定地点まで、馬車にガタゴト揺られる。初めての遠出に興奮していたのは最初のうちだけ。変化の乏しい道に飽きた現在、馬車内では魔術の基礎講座が開かれていた。

「魔術とは術者がイメージした現象を、糧《かて》となる魔力と引き替えに、精霊達に起こしてもらうものです。人《ひと》に応じてくれる精霊は四種族おり、それぞれ火・水・風・地を操り、各属性の魔術を火魔法・水魔法・風魔法・地魔法と呼びます」

話題の精霊達はといえば、試験の時に入っていた水晶玉の中から出て、好き勝手に遊んでいる。

「イメージが明確でないと、精霊は術者の望みを叶えられません。また、魔力が足りなければ、どんなに明確にイメージしても、魔力に応じた規模でしか実行できません。そして精霊の種族ごとに魔力の味の好みがあり、魔術師の魔力属性は、これによって分類されます」

「つまり、オレの魔力は火の精霊が好きな味って事か?」

手を挙げて問うガイに、スインさんは肯定する。

「ええ。ミラさんのように、すべての精霊に好かれる方は極稀《ごくまれ》です。ですので、火属性の魔術師が水の魔法を使いたい時は、水属性の魔術師が魔力を込めた魔道具か、魔石を使います」

「魔道具か魔石？」

「魔力の使い道が決められている道具を、魔道具と呼びます。例えば……試験の際に使っていた水晶玉は、各属性の魔術師が魔力を込め、試験判定を精霊に願った魔道具です」

まさかの精霊式コックリさん。

「使い道を自分で決められるのが、魔石。魔獣や魔物の核であり、彼らが有していた魔力が込められています。それを使い切っても、属性に合った魔力を込める事が可能です。チャージ回数に限度はありますがね」

リサイクル可ですか。エコですね。

スインさんが左腕をローブから出す。年中ローブを着込んでいるのか、なまっちろい腕だ。その腕には、赤、青、緑の石がついた腕輪が嵌《は》められていた。

「青い石が水の魔石です」

「なら、赤いのが火だろ」

「その通り。では緑は何だと思いますか？」

「うーん」

腕組みして悩むガイに微笑んで、スインさんは先ほどからだんまりしている私に目をやり、ギョッとした。

「ミ、ミラさん、顔色が悪いですが……」

「……はく」

私は根性で馬車の後ろに駆け寄り、リバースした。

村を出て、馬車に揺られる事三時間。見事に馬車酔いしました。遊んでいる精霊達を眺めたり、魔術講座に集中したりしてみたけれど、抵抗虚《むな》しく完敗。だって凄い揺れるんだもん。

道は舗装なんてされてないから、めっちゃ揺れる。仮に舗装されていても、前世でよく車酔いしていた私は酔ったかもだけど。

考えたら、今まで馬車に乗った事なんてなかったんだよね。馬車は村長さんの家に一台しかない。町に用事がある人達の中で代表者を決め、その人が馬車に乗って行くのだ。町に用のない私に乗る機会はなかった。

ガイはピンピンしてるけど、あんな野生児と一緒にされてはかなわない。なんせ奴は、ターザンごっこ的な遊びが大好きなのだ。三半規管がバケモノである。

「ほら、水だ」

馬車を止め、パナマさんが革袋をくれる。

「ありがとうございます」

息も絶え絶えに礼を言い、水を口に含んで酸っぱいものを無理矢理飲み下した。すすいでもう一口飲みたいが、我慢だ。旅において水は貴重品。

「口の中酸っぱいだろ。すすいでいいぞ」

「でも……」

「グゼが水属性だから、足りなければ作らせる。心配しなくていい」

凄いな水属性。水を作れるんだ。お言葉に甘えて口をすすぎ、最後にもう一口水を飲んだ。

「もう大丈夫かな？」

馬車を降りたスインさんに聞かれて頷くと、彼は私が地面に吐いた諸々《もろもろ》に向かって右手を上げた。

「では、地魔法の実践です」

気分の悪さも忘れて凝視《ぎょうし》する。ガイも身を乗り出した。

「我が魔力を糧《かて》に成せ」

その言葉と共に、手の平から黄色い光が珠《たま》となって顕《あらわ》れる。それを見た黄色い服の精霊が、ぴょいっと馬車から飛び出て、光の珠《たま》を食べた。

「大地に溝を」

精霊が片手を振り上げ、スインさんの呪文と共に振り下ろす。ザクッと音を立て吐瀉物《としゃぶつ》ののる地面がへこみ、へこんだ分の土がその側面に山を作る。スインさんは山を踏み崩して、溝を埋め戻した。

「はい、おしまい」

最後は人力ですか。てか、せっかく呪文の前半はカッコいいのに、後半がイマイチだ。ここはやっぱり『大地溝《グランドグルーヴ》』とか……って中二病が再発!?

「野営地でのゴミや、狩った動物の血抜きをした場所なんかは、ああして埋めるのがマナーだ。そのままにしておくと、獣や魔獣が寄ってくる」

パナマさんの解説に、私はガイと共に頷いた。

「もっとも、魔獣や魔物を倒すと魔石が手に入るから、路銀や魔石が心もとなくなれば、ワザと呼び寄せる」

おい。

「手に負えないのが来る危険もあるから、勧めはしませんがね」

馬車へ乗り込んだスインさんが、一言加えた。やっぱり危ないんじゃないか。私達がいる間は、ご遠慮いただきたい。路銀も魔石も節約に協力は惜しみません。

「そうだな、ハンターギルドでSランクなら余裕だ」

「Sって、世界で五人しかいないっていう最強連中じゃないっすか」

グゼさんからパナマさんにツッコミが入った。そしてSランクの話題で思い出したのか、ブルムさんから「そういえば」と声が上がった。

「今朝、定期報告で来た伝達鳥《でんたつどり》で聞いたんだが、先日の魔力喰《まりょくぐ》らいの複数目撃情報の件、近隣の村から合同で、Sランクのハンターに調査と討伐の依頼が出されたらしい」

「マジですか、ブルム先輩」

「ああ」

グゼさんの問いに、ブルムさんが頷く。

「魔力喰《まりょくぐ》らいが目撃されたのは確か、この丘を越えて馬車で一日西に進んだ先の森だったはずだ。だがSランクは五人とも遠方で仕事中だから、すぐには動けないらしい。代わりにBランクの十人がその依頼を受けたそうだが……」

「おいおい、そんな情報が入ってたなら報告しとけ。目撃現場から距離があると言っても念のためな」

「すいません隊長」

ブルムさんは申し訳なさそうに謝罪した。

何やら大変な話みたいだね。

それにしても、この世界に〝報連相《ほうれんそう》〟の概念はないんだろうか。報告・連絡・相談は大事だよ？　電話がなくともせっかく魔法という通信手段があるんだから、もっと活用すべきだと思う。

ちなみに、伝達鳥《でんたつどり》というのは通信魔法の一つだ。相手に届くまで少し時間のかかるところは手紙に似ている。スインさんの説明によれば、情報の正確性を保つため、顔見知りの風属性同士でしかやり取りできないらしい。魔石では行使できない特別な魔法なんだとか。

「しかし魔力喰《まりょくぐ》らいが複数いるなら、せめてAランク十人だろ。真偽の調査だけならともかく、下手に手を出して討ち漏らしがコッチに来たりしねーだろな」

「縁起の悪い事言わんでくださいよ、キーナン隊長」

グゼさんが顔色を悪くして訴えるのに、私は心の中で同意した。

そうだそうだ。〝噂をすれば影がさす〟って諺《ことわざ》を知らないのか。もしくはフラグが立つとも言う。

「わかった！」

突然声を上げたガイに、みんなの視線が集まった。

「緑は地だ！」

まだ考えてたのか。

「……風じゃないの？」

「緑の大地って言うじゃん」

「ガイ、それは植物を指すんじゃないかな」

スインさんは〝地魔法〟を使うと言っていた。彼の手から顕《あらわ》れた魔力は黄色かったし、応じた精霊も黄色の服を着ていた。何より、呪文が「我が魔力を糧《かて》に」だ。

「ミラさんが正解です。ひょっとして、魔力が視《み》えていますか？」

スインさんの問いに、私は内心焦った。

どうしよう。後半の推測だけを言うべきだろうか。いや待て。それだって、五歳児の考える事？

既に〝全属性持ち〟なんてチートが発覚してるし、今更魔力が視《み》えるってのが増えても変わりないような気もする。全属性持ちは滅多にいないけど、多少記録があるらしいし。ひょっとして視《み》えるのも共通点とか。でも、魔力どころか精霊も視《み》えている事がバレると、更なる面倒事が起きそうだ。

なんせ五歳にして親と別れ、魔術学園なんて所へ向かってるのだ。マッドな研究者に捕まって、「魔術の未来のために！」とか言って研究材料にされたりして。しかも相手が貴族だったら下手に抵抗できない。私はしがない農家の娘だ。

対策としては、権力者に後見人になってもらうとか？権力を振りかざす輩《やから》は、権力に弱いだろうし。

しかし借りを作りすぎると、動く砲台として戦地に駆り出される恐れもある。実験材料は嫌だが、兵器扱いも嫌だ。

「えと、…………カン？」

やっぱり怖くてカミングアウトならず。優柔不断で悪いかー！

「カン、ですか」

スインさんは訝《いぶか》しんでいたけれど、隊長さんの鶴の一声で追及されずにすんだ。

「いつまでも立ち止まっているわけにもいかねえし、出発するぞ。嬢ちゃんは寝てろ」

てなわけで、馬車の旅再開です。私はグロッキーから回復しきっていないので、隊長さんの言うとおり壁に向かって毛布に包《くる》まり、オヤスミモードに入る。だがしかし馬車の揺れが収まるわけでもなく、羊を数えたところで眠れやしないのだった。

あー揺れない方法はないものか。風魔法で空中浮遊——あっという間に魔力切れしそうだ。地魔法で砂鉄を集めてバネを形成——馬車のどこにつけたらサスペンションになるか不明。てか、サスペンションの詳しい構造も知らないや。

よくある異世界転生物語なら、現代知識を活《い》かして無双なんて展開があるけれど、あいにく穴だらけな私の記憶。

自分の事以外なら割と思い出せるんだけど、現代道具を効率良く使う方法なんて役に立つだろうか？　私は無理だと思うね。針金ハンガーを歪《ゆが》めて、ストッキング被せて隙間掃除ーなんて、この世界でどう活《い》かせと？

そもそも針金ハンガーは魔法で作れそうだけど、ストッキングなんて見た事ないよ。都会の人は持ってるかもだけど、高級品だろう。そんな物を掃除に使えるか、もったいない！　ていうか、掃除道具は今必要ないし。

うだうだしていると、地の精霊が寄ってきた。首を傾《かし》げ――三頭身だから身体ごと傾《かたむ》いて、ミノムシ状態の私を覗き込むと、おもむろに私の頭をなで始めた。

なんか気持ちいいかもー。かすかにストロベリーの香りがして、心を和《なご》ませる。アロマテラピーみたいだ。

ふむ。アロマと言えば、車酔いにはペパーミントだったか。ハーブ料理があるから、ミントはありそうだけど、効能も同じかはわからない。

「スインさん、何か気分がスッキリする香りの物はないですか？」

ころりと転がって壁から離れ、遠回しに聞いてみた。

「スッキリする香りですか」

彼は頤《おとがい》に手をやり、考えこむ。

「子供はタバコ吸えないしな」

「煙《けむ》いのは嫌いです」

御者席《ぎょしゃ》からの声に、間髪《かんはつ》を容《い》れずに拒否しておく。

「そうだ、タバコです」

いやいや、スインさん。貴方聞いてましたか？　タバコは嫌いなんです。てか、五歳なんで吸っちゃダメです。

「タバコには、ミントが入ってます」

おや。こっちの世界にも、ミント入りタバコがあるんだ。問題は生の葉っぱがあるかどうか。タバコを解体した物は、ニコチン臭がしそうだ。

スインさんは食材を入れた保冷箱をあさりだした。ほわほわと白い煙が箱から溢れてくる。保冷箱は魔石を使った冷蔵庫のような物だ。もっとも、入れておけば長持ちする程度の性能だし、手早く出し入れしないとあっという間に外気と等しくなってしまう。

「ありました」

差し出された葉っぱを受け取って、匂いを嗅《か》いでみる。うん、前世の物と同じ匂いだ。

少し千切って口に入れると、お子様の舌だからか、苦く感じる。残りを手に包み込んで鼻先に持ってくると、「食べないんですか？」と聞かれた。

「苦かったから、香りだけ楽しみます」

「そうですか」

スインさんは微笑んで私の頭をひとなでし、元の位置に座った。

目を閉じてゆっくり深呼吸すると、爽《さわ》やかな香りが鼻腔《びこう》を通る。ふと気配を感じて目を開ければ、風と地の精霊がすぐ側にいて、ミントを包む私の手に触れた。とたん、ふわりとミントが強く香る。かすかにカスタードとストロベリーの香りもする。それらから連想したのは、苺ミルフィーユのミント添えだった。

ひょっとして、精霊が魔法を使うと香りがするのだろうか。お菓子の香りの精霊か。可愛い彼らにはお似合いだ。小さく笑った私は、口の中で「ありがとう」と呟いた。

地の精霊がキョトンとする。風の精霊が嬉しそうに笑って、地の精霊に何か伝《つた》えた。至近距離なのに、なぜか私には聞こえない。声を聞くには、違う素質がいるのだろうか。

地の精霊が風の精霊に頷き、私に向かってにぱっと笑う。

ん？　ひょっとして、さっきのお礼は風の精霊にしか聞こえなかったのかな。で、通訳してくれたって事？　むう。スインさんに聞くわけにもいかないし、そういう事でいいか。

「さて、では講義の続きをしましょうか」

「はい！　その前に質問」

ガイが基礎魔術講座再開の声を遮《さえぎ》った。

「なんですか、ガイ君」

「さっき言ってた、まりょくぐらいって何？」

「魔獣の一種ですが……魔獣とは何か知っていますか？」

ガイは首を横に振った。

「魔獣は多くの生き物の死や怨《うら》みなどで汚染された魔力の影響を受け、動物が変化《へんげ》した物です。魔法は使いませんが、魔力による身体強化で通常の獣よりも力が強く、凶暴です。獣と魔獣を見分けるのは、少し困難ですね。攻撃されてからでないと、破壊力がわかりませんから。魔力喰《まりょくぐ》らいは特殊で、魔力を持つ物質だけではなく、魔力自体も糧《かて》にします」

「魔力を喰うって事は、もとは精霊だったのか？」

同じにするなと言わんばかりに、精霊達がブンブンと頭《かぶり》を振った。

「いえ、それはわかっていないんです。しいて言えばワニのような姿ですが、ワニはあそこまで巨大ではありませんし……どちらかと言えば、魔物に近いのかもしれません。

どんな属性の魔力であろうと食べてしまいますしね。魔法を使わないので、魔獣に分類されていますが」

「まもの？」

「基本的には魔法を使う知性がある、人《ひと》以外のモノとされています。ドラゴンは獣と言えますが、魔法を使える種と使えない種がおり、魔法を使う種は魔物に分類されます。かなり大雑把《おおざっぱ》な分類ですね」

スインさんは苦笑いした。

「魔物は魔力を糧《かて》とし、精霊に力を借りる事なく単独で魔法を使います。殺した生き物を取り込む事で肉体を変化させる魔物もいますね」

ぞくりと背筋が震えた。

「えと、魔力喰《まりょくぐ》らいは噛みついてくるのか？」

ガイも少々青ざめている。図太い彼も、さすがに怖かったようだ。魔力喰《まりょくぐ》らいに話を戻そうとする彼に、スインさんは微笑んだ。でも、戻したところで楽しい話ではない。身を護《まも》るためには聞いておかなければならない大事な話だけど。

「魔力喰《まりょくぐ》らいは噛みつく事で、獲物から魔力を強制的に吸い上げます。精霊は術者の命にかかわるような魔力の枯渇《こかつ》状態には絶対しませんが、魔力喰《まりょくぐ》らいは獲物が死ぬまで離しません」

コワ！　魔力が枯渇《こかつ》すると死んでしまうのか。いや、魔力喰《まりょくぐ》らいは噛みつくのだから、場所によっては失血死という可能性もある。

「魔石や魔道具に噛みつかれれば、宿る魔力を奪われて修復不可能なまでに破壊されます。魔力弾はもちろん、魔法での攻撃も、魔力を纏《まと》っていますからね。炎は消え、風は霧散《むさん》し、水や土は砕け落ちます。通用するのは剣だけですが、鋭い爪と牙を持つ巨体相手に戦うとなると、それ相応のダメージを覚悟しなければいけません」

とんでもない魔獣のようだ。ハンターギルドのBランクがどの程度の使い手なのか知らないけれど、そんな化け物が本当に複数匹うろついていたとして、十人ぽっちで殲滅《せんめつ》できるんだろうか。最初はSランクに依頼があったらしいのに、他の仕事で動けないだなんてちょっと不満だ。ギルドの掟《おきて》に先行契約遵守《じゅんしゅ》とかいう項目でもあるのだろうか。

まったくもう、人命を優先してよ。

「もし出くわしたら、倒せる？」

「…………………」

わー！　わー！　わー!!

ガイの無邪気な問いに場が凍《こお》った。幼子って怖い。なんて答えにくい事を聞くんだ。

「ムリ？」

「…………」

空気を読め！　倒せませんなんて、言えるわけないだろう！

あ、失礼。隊長さん達が弱いとは言いませんよ？　でも、スインさんの魔法はさっきの廃棄物処理しか見てないし、「縁起の悪い事言わんでください」ってグゼさんが言ってたからねぇ。出会うと縁起が悪いんだよ？　余裕で倒せるなら、そんな言い方しないでしょ。

「……全力で逃げる事になると思います」

だよねー。あぁ。なんだか嫌な予感がする。遭遇フラグが立ってしまった気がする。

不安で頭と胃がぐるぐるし始め、ミントを握った手に思わず力を入れると、宥《なだ》めるように頭をなでられた。水の精霊だ。ポンポンと背中を叩くのは火の精霊。思考が落ち着いて、身体がぽかぽかしてくる。そして今度はキャラメルとミルクチョコレートの香りがした。

やっぱりお菓子の匂いだ。水の精霊と火の精霊、どっちがどっちの香りなんだろう。

しばらくすると、身体を温められたからか睡魔がやってきて、馬車酔いで疲れた五歳児の身体は、あっけなく降伏したのだった。

第三話

スープの香りがして、目が覚めた。馬車の中には私一人で、ガイもスインさんも、パナマさんもいない。あ、水と風の精霊は、馬車の降り口に腰掛けていた。

私が起きた事に風の精霊が気づき、手招きする。精霊と一緒に外を見ると、一行がお昼ご飯の準備をしていた。竈《かまど》が作られていて、スープ鍋が火にかけられている。鍋をかき混ぜているのはスインさんだ。

魔術師に鍋。ププッ。似合いすぎ。

パナマさんは串に刺したパンを炙《あぶ》っている。ガイは食器とスプーンを手にスタンバイ。うん、君は食べるの専門だもんね。五歳児の私もだけど。

地の精霊は竈《かまど》に腰掛けていて、火の精霊は燃える火を覗き込み、楽しそうにステップを踏んでいた。あの子達が竈《かまど》を作ったのかもしれない。

木立の中から、グゼさんとブルムさんが枯れ枝を手に戻ってきた。そして、馬車の陰からは隊長さんがやってくる。地図を手にしているから、道を確認してきたのだろう。

「目が覚めたかい、嬢ちゃん」

私に気づいた隊長さんは、抱っこして馬車から降ろしてくれた。

「気分はどうだい？」

「大丈夫です。眠ったら、だいぶ良くなりました」

精霊達のおかげだ。眠れたのも身体が怠《だる》くなくなったのも、精霊達がなでてくれたからだ。たぶん回復系の魔法を使ってくれたのだと思う。魔力をあげてないのに、優しい子達だ。

ガイの隣に腰掛けて、スープの入った木の器《うつわ》をもらう。スプーンも木製だ。軽く炙《あぶ》ってもまだ硬いパンはスープに浸《ひた》し、柔らかくしてから食べる。

「ではいただきましょう」

スインさんがそう言うやいなや、ガイは硬いパンを物ともせずに、少しスープに浸《ひた》しただけで食べてしまう。

「ガイ、ゆっくり食べないと喉につまるよ」

一応注意を促《うなが》して、私はスープを啜《すす》った。

そういえば、精霊達に食事は必要ないんだろうか。魔力を食べるのは、魔術師の要請を受けて魔法を使う時だけ？　さっき、頼んでないのに魔法を使ってくれたから、お礼として魔力をあげてもいいんじゃないかな。

渡し方は……スインさんに聞くと藪蛇《やぶへび》になりそうだ。魔法モノの小説を参考にするなら、確か気の流れをイメージするという描写があった。

ふっふっふ。気功なら知ってますよ。ちょっと調べた事があります。でも凄く奥が深くて、私が知っているのは、ほんのさわり程度。だけど問題ないだろう。必要なのは正確な知識ではなく、イメージだ。魔法はイメージが重要って、スインさんも言ってたし。幸《さいわ》い、読みあさっていた漫画や小説、アニメにも魔法モノがたくさんあったから、その手のイメージはお手の物だ。

あやふやな知識を想像力で補完する。気を魔力と仮定して、体内に巡らせて練り上げ、右人差し指の先に集める感じでどうだろう。

パンを味わいながら、目を伏せて早速トライ。

えーと、まずは深呼吸。

私は胸に魔力の珠《たま》をイメージすると、胸元から順に巡らせた。

しばらく続けていると、何か温かいモノが感じられた。これが魔力だろうか。私は魔力の珠《たま》のイメージを体内に巡らせるのをやめて、珠《たま》が右肩を通り、腕を通り、人差し指の先に流れ込むのをイメージした。すると、温かなモノも一緒に移動する。

目を開けて確認すれば、指先が蜜色に光っていた。うまくいった。

「ミラさん？」

「っ！　っはい」

いきなりスインさんに呼ばれて、集中が解《と》ける。光が霧散《むさん》した。

び、びっくりした。バレた？　バレたの？

挙動不審な私に「また気分が悪くなったのかと思いまして」と優しい言葉をかけてくれるスインさん。

ごめんなさい。「魔力集めてました」なんて絶対言えない。

「いえ、ちょっとぼーっとしてました」

「寝ぼけてるのか？」

ナイスだガイ。たまには使える。

集中している間にふやけきってしまったパンを食べて、精霊達を探す。さっきまで竈《かまど》の周りに居たはずなのに、いない。視線を巡らせると、薪《まき》の山の近くで固まっていた。

私は小首を傾《かし》げる。

おしくらまんじゅう？

いや、震えてる。何かに怯《おび》えているみたいだけど……

私が見ている事に気がついた火の精霊が、焦った顔で何かを訴えた。でもやっぱり声は聞こえない。小さな手が指さした馬車は、丘を背にして止められていて、轅《くびき》から放たれた馬達が、のどかな様子で草をはんでいる。騎士の軍馬も一緒だ。

他の精霊達も、ジェスチャーを交えて訴え始めた。けれどわからない。私が更に首を傾《かし》げると、スインさんが再度声をかけてきた。誤魔化《ごまか》そうと振り仰いだ瞬間、脳裏《のうり》に一瞬文字が浮かんだ。カタカナで三文字。

『キケン』

「え？」

思わず声を出して、精霊達を振り返った。彼らが顔を輝かせる。またも脳裏《のうり》に文字が浮かぶ。今度は二つだ。

『キケン』

『ニゲテ』

パソコンのモニタに表示されるように次々浮かび、徐々に数が増えて私の思考の邪魔をする。

『キケン』『ニゲテ』

『ニゲテ』『アブナイ』

『ニゲテ』『ニゲテ』『ニゲテ』『ニゲテ』『ニゲテ！』

「ミラさん！」

スインさんが私の両肩に手を置いて、向き直らせた。

「どうしたんです、ミラさん」

顔を覗き込んでくるスインさんにどう答えるべきか、警告で埋め尽くされた頭では考えられない。私は譫言《うわごと》のように呟いた。

「……精霊達が、怯《おび》えて……」

「精霊が視《み》えるのですか!?」

『キケン』

『ニゲテ』

『クル！』

「キケンって何。何が来るの!?」

私は更に文字情報を読み取ろうと、強く目を瞑《つむ》って叫んだ。

『マリョクグライ！』

同時、轟音《ごうおん》が耳をつんざいた。馬の嘶《いなな》きが大気を切り裂き、全員が馬車を振り返って凍《こお》りついた。けれど騎士達は瞬時に抜剣し、ソレに相対する。

「なんてこった。マジで魔力喰《まりょくぐ》らいがお出ましとは」

「なんすか、あのデカさ！」

「ギルドには厳重抗議ですね」

「まったくだ」

ソレは丘の上から落ちてきたのだろう。大破した馬車の残骸の中、薄汚れながらも黒光りする鱗《うろこ》に覆われた、体長五メートル越えの魔獣が舌なめずりをしていた。

巨大な体。鋭い爪。厚い舌が蠢《うごめ》く口腔《こうこう》からは、鋸《のこぎり》のような牙がぞろりと覗く。サイズは想像以上だったが、スインさんが言ってたとおり、魔獣はワニに似ていた。

「おそらく奴は手負いだ。死に物狂いで魔力の強い者を狙ってくるだろう。俺達の今の装備では時間稼ぎにしかならんだろうが、スインは子供達を連れて逃げてくれ」

隊長さんの指示で、スインさんが私とガイの腕を引いた。

「ゆっくりで構いません。奴から目を逸《そ》らさずに下がって」

頷いて腰を上げる。ふと精霊達を視界の端《はし》で捉《とら》えると、彼らの目は魔獣に釘づけになって震えていた。魔力喰《まりょくぐ》らいはあらゆる魔力を糧《かて》とすると聞いた事を思い出す。

もしかして、精霊も捕食対象!?

あの子達も連れて行かないと！　だけど私が下手に動けば、魔力喰《まりょくぐ》らいを刺激するかもしれない。そうだ。さっき頭の中に浮かんだ文字を私から精霊に送れないだろうか。

『おいで。こっちにおいで』

じっと見つめて念じるが、精霊達は怯《おび》えるばかりで気づかない。それとも送れていないのか。

「ミラ、何してんだ。行くぞ」

ガイが、私の腕を引く。

「わかってる。でもあの子達を置いていけない」

「あの子達って、誰の事だ？」

ああしまった。精霊が視《み》える事は秘密なのに、口が滑った。でもフォローを考えている暇はない。文字が送れないなら、他に何か手は……もしかしたら……

そうだ！　馬車の中で、風の精霊は私が呟いた言葉を聞き取った。

「こっちに来なさい」

吐息に乗せて、祈るように囁《ささや》いた。風の精霊が私を振り返る。

届いた！

音は空気の振動。思った通り、風の精霊は音に敏感なんだ。

ボロボロと涙を流しながら、風の精霊は他の三人の服をむんずと掴んで飛んだ。私の胸に飛び込んできた精霊達を両手で抱きしめるのと同時に、魔獣が咆哮《ほうこう》する。

「来るぞ！」

騎士達が魔獣へ向かって駆け出した。私はスインさんに掻《か》っ攫《さら》われるように抱き上げられる。

「走って！」

スインさんの言葉に、放たれた矢のごとくガイが駆け出した。スインさんも走り出す。

「風よ、魔石を糧《かて》に成せ。我らに更なる加速を！」

スインさんの腕輪から緑色の魔力が解放されて、私の腕の中にいる風の精霊が、必死に腕を伸ばして魔力を取り込んだ。とたん、風の補助を受けたのかスピードが増す。

「囲い込め！」

「一撃入れたら即離脱！　足を止めるな！」

怒号《どごう》が飛び交い、剣戟《けんげき》の音と魔獣の咆哮《ほうこう》が響く。私はスインさんの肩越しに遠く離れた後ろを見やり、息を呑んだ。

グゼさんが魔獣に突き刺した剣を抜こうとした一瞬、尻尾が振られて、はね飛ばされる。隙を逃さず、逆サイドから隊長さんとパナマさんが更に足に剣を打ち込む。悲鳴を上げながら、魔獣は刺された足を振り上げた。

剣を奪われては攻撃手段がなくなる。剣を掴んだまま高く持ち上げられた二人は、上空で魔獣の足を蹴りつけ、剣を引き抜き落下した。受け身を取って素早く転がり、彼らを踏みつぶそうとする魔獣の足を避ける。

『グルォォォォォン！』

苛立たしげに咆哮《ほうこう》する魔獣。騎士達を睥睨《へいげい》する目がこちらを捉《とら》えたと思った瞬間、総毛立った。

来る。

ドッと地を蹴り、ブルムさんを体当たりで吹き飛ばし、追撃する騎士達に構わず、こちらに爆走してくる。

速い。

全身細かな傷と血に覆われ、大きく開かれた顎《あぎと》からは唾液が伝《つた》う。逸《そ》らされる事のない血走った目に宿《やど》っているのは、餓《う》えだ。

奴が狙っているのは、私だ。

そう気がついて、血の気が引いた。次に、怒りが満ちた。

「ジョーダンジャナイ」

「ミラさん？」

口端《こうたん》からこぼれた低い声に、スインさんが私の視線をたどって後ろを振り返る。迫り来る魔獣に気づいて、一瞬足を縺《もつ》れさせた。

私は身を捩《よじ》って彼の腕から飛び降り、魔獣に立ちはだかる。私が抱いていた精霊達も、震えながらも地に足を着けた。

「ミラ！　スインさん！」

止まった私達に気づいたガイが叫ぶ。

「何してる！　逃げろ！」

傷だらけになりながらもなお、魔獣を追ってくる隊長さんとパナマさん。骨が折れているみたいなのに、起き上がろうともがくグゼさんとブルムさん。

「ジョーダンジャナイ」

そう、冗談じゃない。前世では車にはねられて死に、今世は魔獣に喰い殺される？しかも私だけじゃない。このままだとガイも、スインさんも、みんなみんな……

「チートなんていらない。でも、あるなら今ここで奴を倒せっ」

口の中でそう呟き、顔を上げて脳裏《のうり》に望むモノを描きだす。常人にない魔力は転生時に偶然手にしたか、誰かに与えられたのか。どっちだかわからないけど、今はどうでもいい。チートなら魔法が使えるはずだ。むしろ、今使えなくてチートと言えるか！

「我が魔力を糧《かて》に成せ！」

「ちょ、おい！　まさかスインの真似か!?」

驚きのあまり、隊長さんがつんのめって倒れる。

「え、ミラ、魔法が使えるのか!?」

「いけませんミラさん！　さっき私が作った程度の穴ではどうにもならない！」

そんな事はわかってる。あんなのじゃ足だって引っ掛かりやしない。

驚愕《きょうがく》の声を上げるガイとスインさんを黙殺し、私は魔力の練り上げもそこそこに、その力を前方へ突き出した右手に送った。みるみるうちに蜜色の光は巨大な珠《たま》となる。魔力を取り込んだ地の精霊が姿を変えた。三頭身の小人から見上げるほどの長身へ。金色の髪が風になびく。

私は右手を高々と頭上に掲げ、一気に振り下ろした。

「障壁！」

大地が振動し、轟音《ごうおん》と共にソレは瞬《また》く間に造り出された。幅三メートル、高さ八メートル。下部の厚さ七メートル、上部三メートル。緩く弧《こ》を描いた防波堤《ぼうはてい》型の壁。

突然現れた障害物に、魔獣は突進の勢いを殺せずに突っ込んだ。だが、高密度の障壁は揺るぎもしない。

「と、止まった。でも駄目です！　いくら頑丈でも、これでは魔力を喰わせるようなもの……」

「本命はこっちじゃないです」

「え？」

スインさんがまじまじと私を見た。けれど私は答えず、壁の向こうにいる魔獣の様子を窺《うかが》った。ヤツは脳震盪《のうしんとう》でも起こしたのか、動かない。ただ、何かがギシリと軋《きし》む音がする。

ニィッと自然と口端《こうたん》が上がった。上々だ。

「三、二、一……ゼロ」

『グァアー！』

カウントゼロに、土砂が崩れる音と絶叫が重なった。続いてドズンッと腹に響く衝撃音。私はゆっくりと歩いて障壁を回り込み、壁のすぐ向こうにある、穴の縁に立った。スインさんにガイ、隊長さん達もおそるおそる近づいてくる。

みんな言葉もなく見つめている。それもそうだろう。そこにあるのは直径五メートルの口を開けた、深い深い穴だ。穴の底では魔力喰《まりょくぐ》らいがその身を痙攣《けいれん》させている。虫の

息といったところか。

「……嬢ちゃん、この穴は？」

「壁を造るのに、土を使った跡です」

穴を造るために、壁を造ったとも言う。

「穴だけ掘ると、魔獣と距離があるうちなら避けちゃうかもしれないじゃないですか。でも近すぎればそのまま突っ込んでくるかもしれないし。だから壁で動きを止めて、落とし穴に落としてみました」

すぐに穴を踏み抜くかと思っていたんだけど、意外にももってしまった。カウントゼロで足場を崩す事は最初から予定していたから問題ないけどね。魔獣の重さがわからなかったから、念には念を、である。

「すさまじいな」

「ですね。まだ息があるなんて、凄い生命力です」

「いや、嬢ちゃんの魔法の事なんだが」

「本当に。これだけの事を可能とする魔力も想像力も。学園の授業には見取り稽古《けいこ》がありますが、私の魔法を一度見ただけでこのような応用をするとは……末恐ろしいです」

隊長さんとスインさんの言葉に、まずい事になったかなぁ、化け物扱いされちゃうのかなぁと思ったものの、後悔はしていなかった。だって死んだらそこまでなんだもん。次の転生先で、ミラの記憶を前世の記憶として思い出したとしたら？　あの時ああしていれば助かったかもしれない、みんなを助けられたかもしれないなんて思いながら、次の人生を生きるなんてゴメンだ。過去を変える事なんて、できないんだから。

「あー、とりあえず、長く苦しませておく趣味はないんで、とどめ刺しときます」

地の精霊を見上げると、にぱっと嬉しそうに笑顔を返された。

なんか成長して美形になってるし。

そういえば、さっき魔力を渡した時に大きくなっていた。手足がすらりと伸びて、愛嬌《あいきょう》のある顔立ちは精悍《せいかん》さを纏《まと》い、十七、八歳くらいの外見になっている。

両肩にそれぞれ火と水の精霊を乗せていて、腰まで伸びた金色の髪には風の精霊がじゃれついていた。キラキラと輝く琥珀《こはく》色の瞳が、私を見つめている。パッと見、人間とほぼ変わらない。耳は尖《とが》ってるし、やたら美形だけど。

美形オーラがまぶしいです。癒《いや》しのおちびはどこへ？

精霊って魔力で成長するんだろうか。あとでスインさんに聞いてみよう。

「我が魔力を糧《かて》に成せ」

してほしい事をイメージする。障壁を造った時ほどの量は要《い》らないだろう。軽く魔力を練って、五分の一くらいに加減し、手の平の上に差し出してみる。はたして地の精霊は、それを受け取ってくれた。

ってか、直接口をつけるな！　餌付《えづ》けじゃないんだから、手を使いなさい手を！

「……大地を埋め戻せ」

魔力の消耗《しょうもう》のせいだろうか。なんか疲れた。もういい。とっとと終わらせよう。

覇気《はき》のない発動の声に、一瞬で障壁がぐしゃりと土塊《つちくれ》に戻って穴に流れ込む。怒濤《どとう》のごとく流れ込んだ後、ローラーでもかけたかのように整地された。

魔獣、魔力喰《まりょくぐ》らいの死因は圧死である。

瀕死《ひんし》の体にこれだけの質量を受ければ、ひとたまりもあるまい。なむなむ。

馬車の旅なう。と言いたいところだけど、馬車は魔力喰《まりょくぐ》らいの襲撃で大破してしまったので使えません。

チックショー、アノヤロー！　穴の底に剣山でも敷き詰めときゃ良かった。

馬は無事だったけど、隊長さんとパナマさんは打撲《だぼく》と捻挫《ねんざ》。馬に乗れなくもないけれど、確実に悪化する。助けを呼びに村へ戻る途中、敵が出ても戦闘は不可能。

グゼさんとブルムさんはやっぱり肋骨がイッちゃっていたようで——そういや穴の側

に来てたのは、隊長さんとパナマさんだけだった。これではとても馬になんて乗れない。最後の大人、スインさんはまさかの乗馬未経験。

詰んだ。水は魔法で作り出せても、食糧が尽きる。なんせ次に立ち寄る予定だった村までの、二日分しか積んでなかった。それすらも馬車が潰されたために、半分が食べられなくなってしまった。他の旅人が通る可能性に賭けるのは、博打《ばくち》すぎる。

子供じゃ鐙《あぶみ》に足が届かないし、村まで馬車で数時間の道のりを歩いて戻れるわけもない。敵は問題ないんだけどねぇ。私、チートだから。

ふっ、開き直りましたよ。誤魔化《ごまか》す事を考えなくもなかったけど、私ってば「精霊達が怯《おび》えてる」とか言っちゃったし。挙げ句スインさんの前で、精霊と会話しているとしか思えない事も口走った。それに……

「誤解のないよう先に言っておきますが、精霊や魔力を視《み》る事のできる人は、多くはありませんが皆無《かいむ》でもありません。私の師匠も、魔力を視《み》る目を持っています。精霊達に誓いましょう。私はあなたの不利になる事はしません。あなたを護《まも》るためにも、話していただけますか」

と、ここまで言われて誤魔化《ごまか》せるわけがない。誓いを破ると精霊に嫌われるから、許しを得るまで魔法が使えなくなってしまうらしい。魔術師にはかなりのペナルティだ。

正直、相談できる人は欲しい。何しろ今の私は五歳で、村の外の事なんて何も知らなかった。魔法の使い方はファンタジー知識で補《おぎな》えても、この世界での魔術師の常識はわからない。わからない事は、やっぱり不安だ。事実、私以外にも精霊や魔力が視《み》える人がいる事を知っただけで、少し安心した。

なので騎士さん達に応急手当をしながら、白状しましたとも。前世云々《うんぬん》は省いて。だってそっちは記憶に穴があるからね。性別も名前もわからない人の話をしても、信じてもらうのは難しいじゃん。

ちなみに、化け物扱いされちゃうのかなぁとの心配は杞憂《きゆう》だった。騎士さん達には感謝されたし、スインさんには、都に着いたら是非、師匠に会ってほしいと言われた。

「え。実験材料はイヤです」

「しません！」

速攻で否定された。

「我が国で人体実験などしようものなら、投獄されます。相手が誰であってもです」

「兵器扱いもしない？」

「何のための騎士と宮廷魔術師ですか。魔獣を倒してもらっておいてなんですがね、五歳の女の子を兵器扱いなんてしませんよ。それに、他国と戦《いくさ》にならないようにするのが、代々の国王の方針なんです。学園の創設もその一環です。優秀な人材を育てる事で、我が国に挑むのは損だと思わせるのです」

スインさんは立て板に水の如《ごと》く力説した。でも実際は使えないって見破られたら無意味じゃないかな。

私はチート魔力を持っていても、人殺しは罪、という前世の記憶があるから、人には使えない。

辺境の村娘としては、殺さなければ殺されるという、この世界の厳しさを多少は知っている。五歳といえど、現実は甘くない。生き残るために教えられる。

野盗に情けは無用。半端に見逃せば報復《ほうふく》されるし、新たな犠牲者も出る。けれど私にできるのは生け捕りにして、兵に突き出すくらいだと思う。捕まった野盗は死刑だと知っているから、自分で手を下さないだけだけど。

それに戦《いくさ》をしないようにしていると言っても、実際戦争が始まったら使える駒《こま》は使う判断をしなくてはいけない。それが王だ。

「ミラさんの場合は、誘拐を警戒した方がいいでしょう」

スインさんの警告に、ネガティブな思考から浮上して首を傾《かし》げる。

「フィーメリアでは人体実験は罪ですが、他国では違うところもあります。戦《いくさ》を起こそうとしている国ならば、自国の戦力として使おうとするでしょう。ミラさんは小さいですから、簡単に攫《さら》われてしまうかもしれないです」

も、盲点でした。うちの王様が善政をしいていても、他国に攫《さら》われたら元も子もない。これは防犯グッズを作らねば！　防犯ブザーとか、スタンガンなんか良いかも。出力を調整すれば、相手が死ぬ事はないだろう。必要なのは風と、あとは……

誘拐対策に思考を巡らせていた私に、スインさんは苦笑してつけ加えた。

「陛下や一部の方々にはすべてお話しする必要がありますが、対外的には、属性と魔力の強さ以外、秘匿《ひとく》しておいた方が良いでしょうね」

なるほど、情報は隠蔽《いんぺい》ですね。そして下手に手を出せば噛みつくぞ、と魔力で威嚇《いかく》。防犯グッズで守備力アップ。戦わずして勝つ、国王陛下式防衛ですね。理解しました。

「ところで、精霊って美人っすか？」

話が一段落したところで、グゼさんが軟派《なんぱ》な事を口にした。

「かわいいですよ。地の精霊以外は三頭身で」

「は？」

この場にいる精霊の姿が三頭身という衝撃の事実に、みんなポカンと口を開けた。そして私の魔力を受けて華麗なる変身を遂げた地の精霊に関しては、スインさんが打ちひしがれた。

なんだろ。自分の属性だし、美人な女性型の精霊だと思って憧れてたのかな？

でも三頭身の精霊達は、体型の違いなんてないも同然だし、服装も属性ごとの色のチュニックに白いズボンだから大差ない。

アクセサリーや所持品で判断するなら、短剣を腰に携《たずさ》えている火の精霊は男の子。青のリボンで髪を結んでいる水の精霊は女の子。風の精霊はおてんばで、わかりにくいけど、ズボンの裾《すそ》がフリルになってるから女の子だと思う。地の精霊はまごう事なき男の子――いや、男だ。さすがにここまで成長すると間違いようがない。性格はあまり変わっていないみたいだけど。

成長した地の精霊はなぜか髪や瞳の色がおちびの頃と違っていて、タンポポみたいだった髪は長く艶《つや》やかな金色ストレートだし、瞳も少し茶色味を帯びた琥珀《こはく》色になっている。服装も変化していて、白いシャツにオリーブグリーンのベスト。それに黒炭のように黒いズボンと革靴を履いていた。

スインさんには、成長の件は絶対に他言無用と言われた。突然成長したのは、魔力を摂取しすぎたからじゃないかとの事。

うーむ。これも問題ありだったか。スインさんが打ちひしがれていたのは、地の精霊が男だったからじゃなかったんだね。

それはそうと、地の精霊は後でお腹コワしたりしないだろうか。魔力の食べ過ぎで。

騎士さん達の治療を終え、私は今後の事を考えた。

野営はできる。風の精霊に、壊れた馬車の残骸を吹っ飛ばしてもらって発掘した。テントも多少壊れていたが、補強すれば一泊ぐらいなら何とかなるだろうと見積もった。しかし、助けを呼びに行ける人がいない。ここで最初に戻るのだ。

「やはり俺が行く」

と無茶をしようとする隊長さんを力ずくで引き止めて――地の精霊に頼んで、起き上がろうとする隊長さんの足を膝まで土に埋めた――腕組みして唸《うな》っていると、視界の端《はし》を軍馬が軽やかに駆けて行った。

ん？

「今誰か馬に乗ってませんでした？」

「いや、乗れる状況じゃないし」

グゼさんのツッコミはもっともだ。騎士さん達は全員大人しく横になっている。若干一名、埋まった足を引き抜こうとしている人がいるけれど。

大人しくしててくださいよ隊長さん。でないと海での砂遊び状態にしますよ？　それすなわち首まで埋めるぞって事である。言わないけどね。

私の黒い計画を知らないスインさんは、駆ける軍馬に視線を向けて首を捻《ひね》った。

「誰も乗っていませんよ」

「けど確かに馬の腹に足が……」

私も目を向け、絶句した。なんであんたが馬に乗ってるんだ、地の精霊。

「……地の精霊が乗ってました」

「あははは。って事は救援が呼べる！」

私の報告にグゼさんが歓声をあげた。そうだそうだ、精霊が馬に乗れるなんて予想外だったけど、大きくなった地の精霊がいた。

「ぐっじょぶ、地の精霊！」

喜ぶ私達の姿を見て地の精霊は首を傾《かし》げ、馬を促《うなが》して戻ってきた。相変わらず三人の精霊を肩と髪にくっつけたままだ。

「私を乗せて、私達が今朝出てきた村まで連れて行って。魔獣や獣が出たら、魔力をあげるから適当に撃退して良し」

おおざっぱな指示に頷いた地の精霊はひらりと馬から下りて、私を軽々と抱き上げた。

優しく鞍《くら》に座らせると、自分も再度騎乗する。

「あなた達はスインさんと一緒にいてくれる？」

地の精霊にくっついている精霊達に声をかけると、ふるふると首を横に振った。

イヤって事かな？

「精霊達はその子達だけじゃありませんから、連れて行っても大丈夫ですよ」

「そうなんですか？」

「今この場にいるのは試験のために来てくれた子達だけですが、呼びかければ他の精霊が来てくれます」

「じゃあ行ってきます」

そういえば、種族って言ってたね。

「ちょっと待て！」

隊長さんの慌てた声に振り向くと、彼は苦い顔で自分の足下を指した。

「これを解除してから行け」

「あ」

忘れてた。

隊長さんの足を解放し、お留守番組に改めて手を振った私は鞍《くら》に掴まった。地の精霊が軍馬を促《うなが》して、並足から駆け足へと徐々に速度を上げる。地の精霊は不安定に揺れる私を抱きかかえて、落ちないように支えた。

顔が近い。流れる景色にご機嫌な、無邪気な美形が至近距離。

とてもじゃないが落ち着かない。すっごく落ち着かない。リアルな美形に落ち着かない。三次元の美形を嫁と言っていいのだろうか？　いやそれは普通……じゃない。嫁は私……でもない。五歳で嫁ぐか馬鹿者。

なんというか、白人系の美形芸能人が目の前に！　どうしよう！　みたいな気持ちかな？

ミラの記憶もあるから、アジア系とはほど遠い顔立ちが見慣れないなんて事はないと思うんだけど——気候は南国だけど、住人の肌色はそれほど焼けてはいない——言葉の通じない国の人と相対した時の緊張感でもない。

……きっと私の前世は女だったんだ。そして彼氏いない歴イコール年齢で、異性に免疫がなかったに違いない。だってこんなに落ち着かないんだもの！

離れろと言うわけにもいかずに視線を彷徨《さまよ》わせていると、馬の頭に火の精霊が飛び乗った。

なんか和《なご》むけど、危ないぞ、おちび。

彼は期待に満ちた笑顔で私を指さし、続いて自分を指さし、両手の平を揃えて何かを飲み干す仕草をする。そして最後に地の精霊を指さした。

えーと、私から火の精霊。何かを飲んで、地の精霊？

ジェスチャーを解読しようとして、嫌な予感がした。

『ワタシタチモ、オオキクナリタイ』

水と風の精霊までも、地の精霊の髪をロープにして私の両脇に顔を出す。脳裏《のうり》に浮かんだ文字に、頭痛がした。

この三人も大きくなったら、美形になるのだろうか。……なるんだろうな。

「やっぱチートなんていらない」

風を切り、軍馬は進む。

野盗も獣も魔獣も魔物も、絶っ対に出るなよ!? 巨大魔法を使う羽目になったら、周囲の美形率が上がっちゃうんだからな！

第四話

「おんやまあ、ミラが出戻ってきよった」

誰が出戻りか。嫁に出た覚えはないぞ、こちとら五歳児だ。

夕暮れ時、村に辿り着いて早々、狩猟帰りのおじさん達に失礼な事を言われた。

「騎士様達が怪我したの。村長さんに人手と馬車を借りたいんだけど、家にいるかな？」

「何！　ならひとっ走りして人を集めてきてやる。護衛も含めて十人はいるな！」

「あ、ちょっとまっ……」

言うやいなや、ビーンおじさんが駆け出してしまった。止める間もない。

「ばっかだなー。今から集めて出かけたら、こっちに戻ってくるのが夜になっちまうわ」

「だなぁ。朝早《はよ》うに出たミラが今時分戻ってきたんだ。そこそこ遠いんじゃろ？」

「うん。行きは私が馬車に酔ったから、ゆっくり進んでいたんだけどね。お昼ご飯の時に魔獣に襲われたんだ。帰りは馬で来たから、少し早く着いたけど」

時計を持ってないし、途中で寝てたから正確なところはわからないけど、行きは四時間ほどかかった。帰りは三時間くらいかな。体重があるのか不明な精霊と子供一人。多少の休憩を挟んだものの、こんな時間になってしまった。今から出ても向こうに着くのは夜だし、それからみんなで村に戻ってきたら夜中になってしまう。

「なら村長に声かけて、今日は家に戻って休め。一日中移動したなら疲れたろ」

「だな。明日の朝一に出発したいって、村長に頼んどきゃいい。ビーンの奴を追いかけるのはムダじゃ」

残った二人が顔を見合わせて頷き合う。ビーンおじさんは良い人なんだけど、そそっかしいというか、話を最後まで聞かずに先走る傾向がある。

「じゃあ、そうする」

チラリと地の精霊を見上げると、彼は馬を促《うなが》して歩かせた。

「おう。ゆっくり休めよ！」

「ありがとー」

私は手を振って、おじさん達と別れた。

＊　＊　＊

「ん？」

「どした、ジール」

亀のように首を伸ばし、目を細めてミラを見やる男にポムは声をかけた。

「ミラの奴、鐙《あぶみ》に足が届いてないぞ。よく馬に乗れたな」

ポムがギョッとして見れば、確かにミラの小さな細い足が鞍《くら》の上にある。鐙《あぶみ》はそのずっと下。

当然だ。五歳児の足が届くわけがない。

「ありゃ、ホントじゃ。あっぶないのー」

「危ないというか、よく一人で帰ってこれたもんだ」

「アレじゃないか、魔術師様の加護っちゅー」

「かのう」

「すげぇのう」

イルガ村に来た魔術師はまだまだ年若く、二十歳そこそこに見えた。だが、かなりの実力者なのだろう。ミラやガイは良き道しるべとなる人に出会えたのだと、二人は満足げに頷いた。

「くしゅん」

遠ざかる小さな背が、クシャミで震えた。

＊　＊　＊

「魔法を教えてください！」

ミラが助けを呼びに行って数十分後、深々と頭を下げる少年に、スインはさして驚かなかった。

幼馴染《おさななじ》みの少女が初めて見たスインの地魔法を応用し、規模を大きく変えて、あれほどの地魔法を使ってのけたのだ。この年頃の少年としては、負けん気が刺激されても不思議ではない。もっとも、あの魔力に張り合おうとするのは若さ——いや、幼さ故《ゆえ》か。

などと、自身も十分若いスインは思う。

「オレ、ミラよりも少しだけど年上だし、男なんだからオレがミラを護《まも》るんだって思ってた。でもミラは凄く強かった。魔獣だって倒しちまった」

「それに関しては、我々も彼女に助けてもらった立場なので、大人の男として情けないと言いますか……」

思わず、大人組全員の目が泳ぐ。

「でも、どんなに強くたって、ミラだけが頑張る事ないと思うんだ。オレ、もっと強くなって、ミラを助けてやれる男になりたい」

「よく言った」

「男の子っすね」

騎士達に褒められて、照れくさそうに頭を掻《か》く少年。その微笑ましい光景に、スインは微笑を浮かべた。

「でもって、あの地の精霊には負けない」

「は？」

「精霊に、ですか？」

疑問符が出る中、スインが確認する。

「うん。ミラの魔力で大人になったっていう地の精霊。ミラを乗せた馬が走り出した時、なんかイラッとした」

「なんでだろう」と首を捻《ひね》る少年を目にして、肋骨を痛めて動けないグゼとブルムを中心に、大人達は顔を寄せ合った。

「おい、あの子は精霊、視《み》えてないんだよな」

「そのはずですよ。ちび精霊を視《み》たがってましたし」

キーナンの確認に、パナマは肯定した。

「実際のトコ、どんな状態だったんすかね。クルヤード魔術師」

「私は精霊が視《み》えるわけではないんですが……」

「気配は感じられるんですよね」

騎士達の視線がスインに集まった。彼は精霊や魔力を視《み》る目を持っていない。大多数の魔術師はそうだ。だが魔力の高い一部の魔術師に、視《み》えなくとも感知する者がいる。感応力と呼ばれる力だ。目で視《み》る力は精霊眼と呼ばれている。

ミラが助けを呼びに行った時の事を思い出して、スインの視線は彷徨《さまよ》った。

「ミラさんが馬に乗る時に浮かんだのは、地の精霊が抱き上げたからだと思います」

騎士達は頷いた。あの瞬間は驚いたが、精霊達が物を動かすのは割とよくある事なのだ。取ろうとしたカップが手から逃げたり、最後の一個だったお菓子が消えていたり。主に悪戯《いたずら》だが。

「馬が駆け足になった時、ミラさんの背後の気配が彼女を包み込んだように感じました」

「そういや、不安定に揺れてたのが、突然安定したな」

パナマが顎《あご》に指をかけて頷く。彼も女性や子供と相乗りする際、相手が落ちないように抱《かか》える。

「つまり嫉妬《しっと》か」

「視《み》えてないのにわかるとか、凄いっすね」

「嫉妬《しっと》で？」

「凄いな。嫉妬《しっと》で感応力アップか」

生温かい眼差しで自分を見守る大人達に気づいた少年は、その意味には気づかず、まっすぐにスインを見返した。

「魔法を教えてもらえますか？」

スインは苦笑して頷いた。駄目だと言っても諦めまい。自分の目の届かないところで火属性の魔力を暴走させてしまうよりは、ずっと良い。

先ほどブルムが風魔法の伝達鳥《でんたつどり》によって、王都に通信を送った。怪我人の療養のためにイルガ村に戻る事を伝《つた》え、そして魔獣によって馬車が壊されたため、迎えを要請した。

相手が風属性持ちの知人でないと送れないので、村への連絡には使えなかったのだ。

どんな村にも精霊協会はあるが、イルガ村の協会には魔術師自体がいなかった。風の精霊王の端末はあったが、あれは端末同士でしか繋《つな》がらないし、巡回騎士が携帯できるほどの数はない。

村人にハンター上がりの人もいたようだが、滞在期間に知り合った中には、風属性がいなかったのだから仕方ない。

現役の魔術師で伝達鳥《でんたつどり》が使える風属性は、需要の多い都市部に偏《かたよ》りがちだ。せめて情報の重要度が高くない物だけでも、魔石で送受信可能にならないものかとスインは常々思う。

王都からの返信はもうしばらくかかるだろう。そして王都からイルガ村までの道程にこれと言った難所はないが、そこそこ距離があるうえ、魔力喰《まりょくぐ》らいの討ち漏らしがこれ以上ないか、ハンターギルドが確認を取る時間を鑑《かんが》みれば、迎えが来るのは二週間は先だ。時間は十分にある。

「実戦は俺が教えてやろう」

「ホントに!?」

目を輝かせたガイの頭を、キーナンがぐりぐりとなでた。

「もちろんだ。俺は火属性だからな」

「騎士だから接近型っすけどね」

「魔力喰《まりょくぐ》らいには勝てなかったけど」

なでる手を止め、キーナンは悪人面の笑顔で部下達を振り返る。

「てめえら三人、回復次第走り込み十キロな」

「なっ、鬼！」

「酷《ひど》いっすよ、隊長」

「私はとばっちりですか」

「連帯責任だ」

賑々《にぎにぎ》しい大人達を少年は目をキラキラさせて見上げ、拳《こぶし》を握った。

「打倒魔力喰《まりょくぐ》らい！」

「ムリ」

「ムリだな」

「ムリっす」

「無理ですね」

振り上げた拳《こぶし》が下がる。

「なんでだよぉ」

「むくれたって、ムリなもんはムリだ。火魔法は土魔法と違って重さもない。撃ち込んだところで、さしたるダメージも与えられず喰われるだけだ」

「ミラちゃんなら、火力で押し切っちゃいそうっすけど」

あり得る。

全員の心が一致した瞬間だった。

「あの地魔法にしても、半端な壁じゃ、体当たりでぶち抜かれてただろうし。穴だって這《は》い上がられる可能性があった」

「まあ結果はあれですからね」

キーナンの言葉に、ブルムは苦笑した。スインが同意する。

「魔力で身体強化された魔獣の突進を受けてもひび一つ入らない壁を造り、穴に墜落させる。シンプルですが、あの魔獣には良い手です」

「アホほど魔力がいるが」

「まったくだ。魔術師何人分の魔法だ?」

軽口を叩くキーナンに、答える者はいなかった。ガイはその基準を知らなかったし、他の者は笑えない予想に口を閉ざしたのだ。おそらく平均的な魔力量保持者で約三十名分。五歳児は元より、一般的な魔術師が持つ魔力量でもない。

「ガイ君。基本から学びましょう。ミラさんも基本を知りたがっていました」

スインは多少強引に話を戻した。元々ガイが魔法を学びたいと言ったのだから、乗ってくるだろう。騎士達もこれ以上この話題は続けまい。

「馬車の中でもお話ししましたが、魔術とは術者がイメージした現象を、糧《かて》となる魔力と引き替えに、精霊達に起こしてもらうものです。火属性の魔法が火魔法。覚えていますか？」

「はい、スインさん」

元気の良い返事にスインは満足げに頷いた。

学園では、属性ごとに共通化した魔法を最初に教える。一人の魔力では行使不可能な魔法を使う際、複数人で同じ呪文を唱え、イメージを共有する必要があるからだ。でなければ精霊はどれを実行すれば良いのかわからず、魔法は不発に終わる。

また、共通化すれば生徒に教えやすい、という理由もあった。もっとも、接近戦では共通化した呪文だと攻撃を予測されてしまうデメリットがある。

綿密なイメージを精霊に伝《つた》える余裕のない接近戦で、イメージを補《おぎな》う呪文は必須。そして願いが精霊に届かないと発動しないため、口中で呟く手段は使えない――風の精霊は比較的小さな声でも拾ってくれるそうだが。だからより短い呪文で、より効果的な魔法を研究し、独自の呪文を考える者は多い。

「松明《たいまつ》代わりとなる灯火《トーチ》が、炎を生み出して操る火魔法の基礎となります。攻撃魔法は、まずは火球《ファイヤーボール》から頑張りましょう」

「おう。じゃなくて、はい！」

少年はやる気に満ちあふれていた。

良い事だ。幼馴染《おさななじ》みと自分を比べ、できない事をできないと嘆《なげ》くのではなく、できる事を磨《みが》く決意。それは彼を大きく成長させてくれるだろう。

スインももう少し頑張ってみようと思った。身体を鍛《きた》えるように、魔力量を高める方法はある。大量の魔力の消耗《しょうもう》と回復が、唯一の手だ。自身の魔力の成長はこれ以上見込めないと思い、研究に打ち込んでいたが、訓練を再開しようと決めた。

上には上がいる。知ってはいたが……常識の埒外《らちがい》が実在するとは思っていなかった大人達だった。

そして翌日の昼頃、その常識の埒外《らちがい》に存在する少女が帰還する。まっすぐな気性の少年は、まだ拙《つたな》いながらも何とか習得した魔法をさっそく披露した。その後それを見た彼女が即興でとんでもない改変を行う事など、彼は知る由《よし》もなかったのである。

＊＊＊

「我が魔力を糧《かて》に焼き尽くせ、火球《ファイヤーボール》」

バシュッと音を立てて、大人がようやく抱《かか》えられる大きさの炎が砕け散る。当たった岩肌には、焦げ跡が残った。

「おおー」

感嘆の声と共に、拍手が蒼天に鳴り響く。ガイは得意気にそれに応えて私を見た。鼻息を荒くして、満面の笑みを浮かべている。

「すげーだろ、ミラ」

「うん。凄いね。一晩で二つも火魔法が使えるようになるなんて」

私は救助用の荷馬車と、男手として私の父エギル、ガイの長兄ザク兄《にい》、元ハンターで現鍛治師のクーガーさんを連れて戻ってきていた。今は休憩を取りつつ、先に昼食を食べ終えたガイに、覚えたての火魔法——灯火《トーチ》と火球《ファイヤーボール》を見せてもらっているところ。

ガイの魔法に力を貸した火の精霊が、ガイの肩の上で手を振る。

可愛い。

でも困った事に気がついた。私の隣に座る地の精霊の膝の上で遊ぶ火の精霊と、そっくりなのだ。だけど、微妙に赤の色合いが違う。腰に携《たずさ》えた短剣の鞘《さや》の色や模様も少し違うようだ。

まるで間違い探しだね。今後も行動を共にするなら、早々にわかりやすい違いを見つけなければ。

あとは名前だ。種族名で呼ぶのは厳しい。今は火の精霊は二人だから名前がなくても問題ないけど、学園の授業で魔法を使う時とか、凄い事になりそう。火の精霊を呼んだら、その場にいる火の精霊全員振り返ってしまうかと思うと、おかしくなる。

街中《まちなか》で田中さんを呼んだら、知らない田中さんまで振り返っちゃった的な？

そう考えると見えない人が羨《うらや》ましい。精霊がどこから来てどこへ帰るのかとか、魔力の受け渡しのタイミングとか、すべて精霊任せって事だもんね。

見えるばっかりに、この子達は普段どこにいて、どうして魔法を使う時にタイミング良く来てくれるのとか考えてしまう。「精霊がいるのは右、右。左手じゃ魔力取りにくいって！」なんてツッコミをしたくなったりするかも。

とりあえず、機会があったら名前について聞こう。ないなら付けちゃえばいい。

「でもイメージがまだまだだ。隊長が撃《う》つのよりでかすぎるし、もう魔力切れで疲れたし。しかもこの魔法じゃ、魔力喰《まりょくぐ》らいに喰われちまうんだよな」

ガイが唇を尖《とが》らせて座り込んだのを機に、私は思考を戻した。

「魔力喰《まりょくぐ》らいっつったら、最悪の魔獣だぞ。騎士様達だから勝てたんだ」

クーガーさんが豪快に笑って、「ひよっこにはムリムリ」と言う。

騎士達の目が泳いだ。

「いやそれは……」

「倒したのはミラだぞ」

隊長さんの言葉を遮《さえぎ》って、ガイが真実を言ってしまう。魔法を使えるようになろうと、ガイはガイ。空気の読めなさは健在だ。お父さんやザク兄《にい》、クーガーさんがギョッとして私を見た。仕方ない。

「落とし穴に落としただけだよ？」

こてんと小首を傾《かし》げ、せいぜい子供らしく見えるように言ってみる。王都組から、「その『だけ』が問題なんだ」と言いたげな空気が漂《ただよ》っているが、あえて気づかない振りをした。

「そういや、魔法を教えてもらったから、護衛は少数でいいって言ってたな」

クーガーさんが目を丸くしたまま呟く。

「将来が楽しみだな。ガイ、頑張らんと尻に敷かれるぞ」

そう言って、ザク兄《にい》はにんまりと笑ってガイの頭を抱《かか》え込んだ。

お父さんはポンポンと頭をなでてくれる。目が合うと、少し複雑そうに笑った。

「あまり無茶はするなよ」

私はふにゃりと笑い返した。言葉は少ないが、優しいお父さんが大好きだ。

そうだ。学園卒業後は新しい魔法とか魔道具を造ったら、高く売れるんじゃないかな。宮廷魔術師だと戦場に駆り出される可能性があるもんね。

私は開き直ってチートを利用する気満々で、香草茶をコクリと飲んだ。

「クーガーさんは昔ハンターだったんだろ?」

ザク兄《にい》の手から逃れたガイは、クーガーさんのもとへ駆け寄った。

「おう。ランクはD止まりだったがな」

「それって弱いのか?」

「……ガイよ、そういう事は言っちゃいかん。確かにDは下から四番目だし、ガキの頃は学園に入れるだけの魔力もなかった。だがな、鍛冶師としての腕は一流だ」

重々しくそう言うと、クーガーさんはガイの頭を拳で挟んで締め上げた。

「お仕置きだ!」

「うがが、いたっ、いたいっ、カンベンっ」

ようやく解放されたガイは、いつでも逃げられる距離を確保しながらクーガーさんに聞き直した。

「クーガーさんが魔力喰《まりょくぐ》らいにあったら、どうするんだ?」

「逃げる」

即答だ。

「戦わないのか？」

「無謀《むぼう》ってもんだ。逃げるのすら命がけだぞ」

その言葉に昨日の事を思い出したのか、ガイは神妙な顔で頷いた。そして溜め息をつく。

「あーあ、やっぱミラくらい魔力がないと、丸焼きにすんのはムリかー」

なんだそれは。人をなんだと思ってる。――チートか。

「丸焼きにしたいの？」

確かに私なら、巨大火球《ファイヤーボール》を叩き込めると思う。多少魔力を喰われるだろうけど、炎が拡散する前に魔力喰らい《まりょくぐ》を火中に呑み込むとか、着弾と同時に爆発で吹っ飛ばすとか。力押しでもやりようはあるだろう。

「噛みつかれたら火は消えるんだろ？　なら後ろからドカンって」

それだと囮《おとり》がいるな。しかも巻き添え覚悟の。でも効くだろうか？

「魔獣って、魔力で身体強化されてるんだよね？」

「うー。だから魔力がいるんじゃんか」

だよねー。結局そこに戻るのだ。硬い鱗《うろこ》を貫いてダメージを与えるには、魔力というエネルギーがいる。ん？　エネルギー？

「ねぇ、火球《ファイヤーボール》以外の火魔法ってどんなのかな」

「オレはまだ使えないけど、火槍《フレアランス》とか、火矢《フレアアロー》とか……でも、通じないらしいぞ」

「ふーん。て事は火槍《フレアランス》も火矢《フレアアロー》も、基本的な力がさっきのより弱いのかな。ならあれをそのまま変形させて、速くすれば……」

「ミラ？」

考えごとを呟いて纏《まと》めていると、周囲の視線が集中していた。

「あの、たぶんなんだけど、ガイでも魔力喰《まりょくぐ》らいに通じそうな魔法を思いついて……」

「マジか！」

「本当に!?」

うわ、凄い食いつき。

「実験できないから、通じなかったらゴメンなさいとしか……」

「いやいい。坊主にできるかもしれんって事は、火属性で、嬢ちゃんみたいな魔力量は必要ないんだな？」

「あ、はい」

勢い込んで顔を近づける隊長さんに、若干引き気味で答えた。でもまあ仕方ない。魔法を使えば〝ゴチになります〟な魔獣相手に、チート魔力なしでも魔法戦可能かもしれないとなれば、当然の反応だろう。接近戦をしなくて済めば、危険性も下がる。

「じゃ、ちょっとやってみます。火の精霊、お願いね」

連れ立ってきた火の精霊に声をかけると、尻尾があれば、ブンブン振り回しそうな笑顔で私の肩に飛び乗った。ひょっとしたら成長を期待しているのかもしれないけれど、残念でした。そこまで魔力を使う予定はないんだなー。

立ち上がり、先ほどガイが撃《う》った岩壁を見る。

接近戦の代表格は剣士だ。剣を持っていると仮定して右手は降ろしたまま、胸元に挙げた左手の人差し指に魔力を送る。

ガイは魔力を練っていないみたいだったから、私もやらない。けれど、魔力は問題なく指先に集まった。やはり練らなくても使えるらしい。ただ、消耗《しょうもう》の度合いが大きいような気がする。練ると何かが変わるのかな。それに蓄電池のように魔力を溜めておけるなら、普段から溜めておきたい。これは要研究だね。

「我が魔力を糧《かて》に成せ」

呪文は精霊への意思伝達に不可欠だそうだ。イメージを補《おぎな》うためにも重要で、無詠唱で魔法を使うなんて不可能との事。でも組み合わせる言葉は自由で、その研究も盛んらしい。

遠距離攻撃をする場合は、詠唱の速さよりも正確性を求められる。威力を上げるために複数名で同調魔法を行使するなら尚更。その場合、学園で学ぶ基本の呪文――どんな現象を起こしたいのかを詳細に言葉にする詳細指定型呪文を使用する。

接近戦ではイメージする余裕なんてないから、短い呪文とイメージを繰り返して身体に覚えさせるらしい。けっこうスパルタだ。そして〝焼き尽くせ〟といった、シンプルな呪文が多い。込める魔力量によっては、言葉通り丸焼きにできる。

きっと私なら、魔力喰《まりょくぐ》らいが相手でも丸焼きにできると思われてるだろうなー。

などと考えて、自嘲した。

昨日私が魔力喰《まりょくぐ》らい相手に使った地魔法は、イメージを完成させてから魔法の行使を宣言し、みんなには内緒だけど、表意文字である漢字を使って発動させた。イメージプラス短い呪文のセットだから、どちらかと言えば接近戦用かな。即席だったけど。

そういえば、火球《ファイヤーボール》とかは、普段使っている公用語とは違う。これは帝国時代のとある地方の言語だったらしい。

当時は学園のような教育機関はなく、ハンターギルドも精霊協会もない時代。魔術師がそれぞれに魔法を開発し、弟子を取って教えていたとの事。

だから同じ魔法を何人もの人が開発した、という事もざらにあった。その中である魔術師は、開発した魔法にその地方の言語で名前を付けた。いわく、「その方がかっこよかったから」。

……異世界にもいたよ中二病！

その魔術師に感化されたのか、単に考えるのが面倒くさかったのか、その後次々に同じ言語で名付ける魔術師が増え始めた。精霊協会発足後は、同系統の魔法は同じ言語にして、呪文として発声しやすい名前で纏《まと》められたと言う。

一方、公用語の呪文そのままの魔法も多数存在するわけだけど。だから呪文に統一性はなかったりする。

それはさておき、今回は接近戦用の詳細指定型の呪文を詠唱しよう。頭の中で組み立てて発動させただけでは説明にならないしね。

ガイが使ったのと同程度の魔力を火の精霊に渡すために準備する。

「このくらいだったかな」

「そうですね」

魔力を視認できるのは、こういう実験に便利だ。感応力で魔力の存在を感じ取れるスインさんにＯＫをもらい、火の精霊に渡す。

あれ、魔力を感じ取れるなら、昨日のお昼に魔力を集めてたのバレてる？

……スイマセン、ゴメンナサイ、面倒事を避けたい一心で黙ってました。あ、つい本音が。よし、追及されない限り、スルーの方向で。

「火球《ファイヤーボール》を作製。停止」

ボウッと音を立てて火の玉が生じる。ガイの時と同じように、大人がようやく抱《かか》えられるほどの大きさだ。ここから手を加えていく。

「収束」

横線を引くように振った手に従って炎が捻《ねじ》れ、変形していく。細く細く。矢よりも細くなった炎が、青白く色を変える。

「閃光《せんこう》となりて穿《うが》て！」

瞬時に炎は岩へ吸い込まれるように消えた。なんの音もしなかった結果に、私は首を傾《かし》げた。

「失敗？」

太陽光を虫眼鏡に通して焦点に紙を置くと、そこが焦げるでしょう。あんな感じで炎の熱エネルギーを一点集中させたら、威力が上がるんじゃないかと思ったんだけど、〝ジュッ〟という音すらしなかった。

「細くしすぎたのかな。それとも魔力不足？」

岩壁とのインパクトの瞬間に、炎が吹き飛んでしまったのかもしれない。首を捻《ひね》る私と、「予想通り行かないのが魔法ってもんさ」と私を慰《なぐさ》めるクーガーさんをよそに、ガイが岩壁へと駆けて行った。その後をスインさんが追う。

うーん。大口を叩いて失敗ってのは恥ずかしいけど、失敗は成功のもとだよね。私も見てみようと足を向ければ、ガイの歓声が上がった。

「ひゃー、すっげー！」

何だろう。変な形の焦げ跡でもあったか？

ガイがキラキラした笑顔で私に手招きをする。

「見に来いよ、岩が溶けて穴が空いてるぞ！」

スインさんがこめかみに指先を当て、緩く頭を振った。

「おい、マジか……」

隊長さんが痛みを堪《こら》えて立ち上がり、足を庇《かば》いながら岩壁へ向かう。それを見たお父さんが慌てて隊長さんを支えた。他の三人の騎士達も立ち上がろうとしていたので、私は無邪気にコテンと小首を傾《かし》げて、彼らを脅《おど》した。

「埋まります？」

安静にしていないと治るものも治らない。いつでも昨日の隊長さんと同じになれるぞ？　と、右手をワキワキ動かせば、三人は大人しく腰を下ろした。

うむ。聞き分けていただけて何より。

ふと視線を感じて見やれば、ザク兄《にい》とクーガーさんが目を点にしていた。

あ、しまった。王都組には魔力喰《まりょくぐ》らいのせいで一部とはいえ本性をぶっちゃけちゃったけど、やっぱり村人は驚くか。

ガイは気にしてないみたいなんだけどねぇ。鈍《にぶ》いのかおおらかなのか。

前世の人格を隠してないから、これまでの私とは違って見えると思うんだけど。

しっかし、我ながらどんな生き方してたんだろう。――そうだ、オタクでプチ引きこもりか。

今世では改善しよう。リアルで魔法オタクになってしまいそうな気がビシバシするが。

そして研究にハマって更なる引きこもりになりそうな予感もするが……

「岩壁が一部溶けて穴が空いてた。深さまではわからんが」

車座《くるまざ》になっての報告会で、隊長さんがこのくらいの穴だと指で示した大きさは、一センチ弱。初めてにしては上出来だ。

「穴は一度溶けて、固まったような状態でした」

スインさんが私を見る。

「形状は火矢《フレアアロー》に近かったですが、スピードが違いました。まさに閃光《せんこう》。ですが相違点は速度だけではないですよね？」

「火矢《フレアアロー》を知らないから、わからないです」

「なら俺がやって見せよう」

隊長さんが座ったまま岩へ向き直り、弓を引く仕草をする。

「我が魔力を糧《かて》に射よ、火矢《フレアアロー》」

左右の手の間に、火の線が生じる。矢だ。弓弦《ゆみづる》を放つ動作をすると火矢《フレアアロー》は岩に向かって飛び、突き刺さる。小さな焦げ跡を残して火は消えた。

「とまぁ、火力は火球《ファイヤーボール》ほど強くない。魔力次第で複数同時に射る事は可能だが、威力は一律だ。坊主の火球《ファイヤーボール》はイメージが弱くて、つぎ込んだ魔力本来の威力は出せてないが、それでも撃《う》てはする。魔力重視のパワー型魔法なんだよ。対して、火矢《フレアアロー》はイメージ重視。イメージできなきゃ矢にならん」

そう言った隊長さんに、私は質問した。

「なら火球《ファイヤーボール》の威力をそのまま一点集中して、貫通力を上げたアレはどうでしょう？」

「イメージ重視のパワー型だな。なんつーか、イメージの苦手な奴には難しそうだが」

「威力も高いのですから、根性で覚えるしかないのではないですか」

ブルムさんはなかなか毒舌だ。にしてもイメージ重視かぁ。失敗したら爆発とかしそうだ。圧縮してるから、かなり危ない。私の場合、意識したら余計やらかしそう。

「よし、試そう」

隊長さんはさっそくバスケットボール大の火球《ファイヤーボール》を出し、空中に浮かべた。行動的な人だ。ワクワクしているあたり、新しい魔法を試すのが好きなんだろう。

「で、次は収束するんだったよな？」

隊長さんの迷いを反映して炎が揺れるのを見て、私は手巾《しゅきん》――ハンカチを広げて見せた。

「こんな感じです」

左手の親指と人差し指で輪を作り、そこに手巾《しゅきん》の中央を押し込んで、反対側から引っ張り出す。棒状になった手巾《しゅきん》を見せると、隊長さんは頷いた。火球《ファイヤーボール》に変化が生じる。細くなった炎の色は赤いままだった。〝高温の炎は青い〟という色温度の知識が私にはあるから、さっきは無意識に青くなったのかな。それとも隊長さんの収束率がそこまで達していないから？

「閃光《せんこう》となりて穿《うが》て！」

飛ぶスピードは、弓矢よりも少し速いくらい。これは仕方ない。動体視力も良さそうな隊長さんだが、光の速さなんて認識不可能だろう。私だって無理だ。とてつもなく速い事を知っているだけ。でもそれがイメージの差になるんだと思う。

結果、隊長さんが放った魔法は岩壁の表面を溶かし、小さく穴ぼこを作った。

「これなら魔力喰《まりょくぐ》らいの鱗《うろこ》にも穴が開くかな？」

意気込むガイに、私はどうかな、と答えた。

「どうせ狙うなら、口の中がいいんじゃない？」

「口!?」

「喰わしてどうするんだ」

「でも噛みつかなきゃ魔力を吸収できないんでしょう？　なら、噛まれる前に打ち抜けばいいんじゃないかな」

攻撃は最大の防御なりって言葉があるんだよ。

「……確かに、口の中を攻撃した奴はいないだろうが」

「魔力は喰われるってのが常識ですからね」

「剣だって、突っ込めませんって」

言外に非常識って言われてる気がする。拗《す》ねていい？　いいよね、コレ。

「魔法に関しちゃ、意外に好戦的だったんだな、ミラ」

なんですと!?　事なかれ主義万歳な私が好戦的？

クーガーさんの言葉が決定打になった。私はクルリとみんなに背を向けて膝を抱《かか》えた。

「あれ？」

「クーガーさん、女の子にソレはないでしょ」

「いやでも、魔術師なら別にいいんじゃゃ……って、エギル、無言でそんな睨むなよ」

ザク兄によってクーガーさんが槍玉《やりだま》に上げられているようだが、私は振り返らない。

そんな評価は断固異議ありだ。

「ミラちゃん、ミラちゃん。強い魔獣を倒す対策を考えてくれるのは大歓迎っすよ？」

「他の属性でも可能なら、生還率が上がるな」

他の属性と聞いて、ウォーターカッターや風のレイピアなんかが脳裏《のうり》に浮かぶ。炎と違って高熱という破壊系の要素がないから、まったく同じ使い方だと威力は落ちるかもしれない。だけどこれなら……って、これじゃクーガーさんの言うとおりじゃん。駄目じゃん私！　でもでも、それで助かる人もいるんだったら……

葛藤《かっとう》の中、チラリと背後を見やると、クーガーさんが私を拝んでいた。お地蔵さんではないんだが。いや、謝罪なんだろうけど。

ああ、うん。ここが折れどころかな。なんせ私は事なかれ主義だから！

第五話

キーナン隊長達の療養のため、一度イルガ村に戻ってきた私とガイは、王都からの迎えが来るまでのおよそ二週間、基礎学習に励《はげ》む事になった。

「えー、魔法教えてくれるって言ったじゃん」

「以前教えた灯火《トーチ》なら、私や騎士の指導のもとで行って構いません。ですが、火球《ファイヤーボール》は危険ですから駄目です」

火属性が暴走すると危ないから、魔法は勝手に使わないと約束させられて、ガイはずいぶん残念がったが仕方ない。

学園に通うのは大抵貴族だから、多くの入学者が家庭教師から文字も歴史もすでに習っている。となれば、授業についていくためにもそちらを優先すべきだろう。私達は自国の歴史はおろか、文字もほとんど読めないのだから。

この世界の識字率は日本に遠く及ばない。当然だ。義務教育なんてないんだから。

村の子供達は生家の仕事を継《つ》ぐ。跡継《あとつ》ぎ以外の男は田畑を広げるか、村を出て何がしかの職人に弟子入りするか、ハンターになる。女はお嫁に行って、血を繋《つな》ぐのが役目だ。国の歴史を知る必要はないし、村を出ないなら文字が読めなくても、計算ができなくてもあまり困らない。今更ながらその事実に気がついたスインさんが、基礎学習優先と宣言し、お勉強の日々と相成ったのだった。苦痛な事に。

お父さんが学園入学のための書類にサインした時に見たけれど、当然ながらそこに書かれていたのは日本語じゃなかった。前世の記憶が戻ったのがつい最近なので、この国の公用語を話す分には問題はない。うん。子供の学習能力は凄いね。でも、前世の記憶が戻った弊害《へいがい》なのか、文字を覚えるのは難しかった。

「何この装飾過剰なアルファベットもどき！」

口中で絶叫するという、器用な事をやってのけた私だった。

幸《さいわ》い文章はアルファベットもどきを組み合わせるローマ字方式だったからなんとかなりそうだけど、読みにくいし書きにくい。子供の学習能力はどこ行った？　神様、どうせなら言語チートが欲しかったです。

日本語なら得意だったんだよ。古典の成績も良かったんだよ。ついでに漢文も割と読めた。でもね、英語は駄目だったのさ。文法を学べば単語がわからず、単語を覚えようとすれば文法を忘れていく。

「絶対、日本から出るもんかっ」

と決意したのは、穴だらけな前世の記憶の中でも強く覚えている。そんな私が今や海外どころか、異世界にいるんだから笑ってしまう。

歴史も日本史の頃は成績が良かった。でも世界史では赤点に怯《おび》えた。

「覚えが悪いのは絶対、この文字のせいだよね」

スインさんが書いた見本を見ながら書き取りをして、誰にも聞こえない声量で愚痴《ぐち》る。

前世の苦手科目の共通点は、日本語以外の言語である事だ。そんな私がいくらカタカナ表記に脳内変換したところで、この国の文字や歴史をすんなり覚えられるだろうか。あり得ないよね。威張る事じゃないのは重々承知。でも、頑張ってるんだよこれでも。

計算は楽だった。これも書類で見た事だけど、アラビア数字が使われていたし、十進法だった。思わず神様に感謝したね。前世の記憶のおかげで、四則演算なんて軽い軽い。足し算引き算なら、多少桁数が多くても暗算できるしね！　きついのは、うっかりエア算盤《そろばん》しそうになるのを耐える事。絶対怪しまれる。なんのまじないだってね。

つい鼻歌交じりにエア算盤《そろばん》してしまった時は、とうとうガイにまで「ミラが変だ」と言われた。

もちろん、失礼な幼馴染《おさななじ》みにはお母さん直伝〝みょーんの刑〟を執行しておきました。

それで、この国の歴史だけど……よく他国が怒鳴り込まないなと思える内容だった。

フィーメリア王国は今年建国八百年を迎える。北には標高の高いユグルド山がそびえ立ち、ユランシア大陸の南西から北部まで続くその山の北側は樹海。魔物や魔獣が跋扈《ばっこ》する魔の森だ。王都はユグルド山の南にある。

「なんだってこんなところに国を置いた！　しかも王都がユグルド山や平原を挟んでいるとはいえ、魔の森に近すぎる！」

この国の民《たみ》ならきっと誰しもが思う事だろう。できる事なら初代国王を問い詰めたい。だけど討伐の難しい高位の魔物は、ユグルド山を越えないのだそうな。建国以来それはずっと変わらない。王都よりずっと東、ユグルド山に連なるキルグ山を越えて迂回《うかい》してやってくる。なぜなら、王都寄りのユグルド山の地下深くには魔王が眠っているから。

「毒をもって制すにもほどがある」

これも国民共通のツッコミだと思う。

ともあれ、正確な場所は知られていないものの、封印から漏れ出る魔王の気配に怯《おび》えて、獣と高位の魔物は寄りつかない。畏怖《いふ》する知能を持たない中低位の魔獣のみが山を越えるのだ。

ドになっている。

さて、このユランシア大陸暗黒期の魔王の封印が、各国の建国譚《けんこくたん》に欠かせないエピソー

八百年と少し前、大陸を統治していたのは一つの帝国だった。その頃は人族と呼ばれていた人間だけではなく、エルフやドワーフなど様々な種族が共存していた。ドラゴンまで共存していたらしい。しかし、平和な世に突如魔王と彼に傅《かしず》く魔族が現れた。それは理性を失った皇帝が、残忍な実験によって生み出してしまった存在だったらしい。

スインさんはその実験内容については教えてくれなかった。「いずれ大人になる頃には知る事ができますよ」と濁《にご》された。よほど、酷《ひど》いものだったのだろう。

皇帝は魔族に惨殺され、帝国は崩壊。汚染された魔力の影響で動物達は次々に魔獣へと変わり、大陸は破壊と暴虐の世界へと変わった。魔族が戯《たわむ》れに人を殺し、町を焼き払い、ゲームと称して人と人を殺し合わせるようになったのだ。それはもしかしたら人への復讐だったのかもしれない。

絶望の中で人々は身を震わせ、魔族に目を付けられぬ事を祈りながら日々をやり過ごし、逃げ惑った。そんな世界を救ったのが、後にフィーメリア王国初代女王となったフラルカ・フィーメリア様と、精霊王に選ばれた勇者様だった。

「おお！　勇者！　それじゃフィーメリアは勇者が作った国なのか？　よくあるお伽《とぎ》噺《ばなし》みたいに女王様と結婚して」

「いえ、フラルカ様は幼馴染《おさななじ》みの婚約者と結婚されましたよ」

「幼馴染《おさななじ》みとか」

ちらりとガイが私を見た。

「何？」

どうしてそこで私を見る。さすがに私は勇者様と一緒に戦うなんて体力的に無理だよ？　どこにでも通じるドアとかがあればそれで移動して、いざ戦闘という時に大技ぶちかます事はできるけど。

「いやなんでもない」

変なの。

スインさんもちょっと変だった。意味深に私達を見てニコニコ笑ってるんだもの。私と目が合うと咳払《せきばら》いして講義に戻ったけど。

フラルカ様は地の精霊王の契約者で、巫女《みこ》と呼ばれる存在であり、婚約者であるトール様共々勇者を助けたそうだ。

大陸中を回り、当時の帝国領主達——現在の各国王家の始祖である六人の魔術師とその血族の協力を得て、魔族を屠《ほふ》り、怪力を誇る巨人を打ち負かし、人々を救った。最後にフラルカ様とトール様だけを伴《ともな》って魔王のもとに乗り込んだ勇者様は、自身の命と引き替えに魔王をユグルド山に封印したそうな。

魔獣は残ってはいたものの、一応の平和が訪れた。しかし、人族以外の姿はなかった。魔王出現当初、魔王の種族が不明だったために、魔法に通じたエルフが人族への憎しみから魔王と化したのではないかと噂が流れ、迫害があったらしい。

「それに苦言を呈《てい》した他種族とも溝が生じたようです。そのため魔王封印後、人族に愛想が尽きた彼らは危険を承知でユグルド山に移《うつ》り住んだのではないかというのが定説となっています」

「彼らが人族に滅ぼされたんじゃない根拠はあるんですか？」

私の問いにスインさんは苦笑した。

「根拠は剣や果実酒、布織物といった彼らの特産品の存在です。昔は潤沢《じゅんたく》と言うほどではありませんが、それなりに流通していたんです。戦後は一時高騰《こうとう》した事もあったのですが、不思議となくならなかったんですよ」

「なくならない？　酒は飲めばなくなるだろ？」

「布だって服を作ればなくなるし、いつか着られなくなりますよね？」

「その通りです。ですが果実酒や織物が少なくなって価格が上がり始めると、仲介人を名乗る男が安く市場に卸《おろ》していくのですよ。もちろん、商人達はどこから仕入れてくるのかと問うのですが、のらりくらりとかわされて、後をつけても撒《ま》かれてしまうのだとか」

うーん。謎な人だね。

ところでスインさんは、商人達が後をつけたと言ったけど、本当にそれだけだろうか？　だって希少な特産品だよ？　その人は安く卸《おろ》してくれるみたいだけど、高値で売りたい商人がいないとは思えない。そんな人達にとっては、希少品を独占して卸《おろ》している男が目障りだったはずだ。なんとか仕入れ先を聞き出そうと、汚い手を使った人もいるんじゃないかなーと邪推《じゃすい》してみる。

「さすがにドワーフの鍛《きた》えた武器は元の所有者が手放す事で市場に流れてくる物が大半でしたが、稀《まれ》に新品が持ち込まれるんですよ。発掘品のような骨董品《こっとうひん》ではなく、刃こぼれ一つない新品が。そうなると大金が動きます」

「だからみんなどっかに隠れてるだけって事か」

「ええ。人族が足を踏み入れない場所はユグルド山くらいですからね。隠れ里はそこにあると言われています。それから男の正体はドラゴンではないかとも」

「ドラゴン!?　でもデカイんだろう?」

「大きいですよ。稀《まれ》に、ユグルド山上空にドラゴンらしき影を見かけます」

私とガイはそろってユグルド山方面を見た。近いと言っても一日二日で辿り着けるような距離ではない。それでもドラゴンとわかるのだから、かなりの大きさなのだろう。

「ドラゴンはエルフと同じく魔法を得意とする種族なんですよ。人族に化けても違和感を感じさせないとすれば、この二種族でしょう」

実のところ、魔王はドラゴンだったらしい。皇帝は殺される何年も前から、定期的にドラゴン討伐隊を派遣し、また同時にあらゆる魔獣を狩っていたそうだ。そのドラゴン達もやはり、魔王封印後は姿を消したとの事。

「人族だけとなってしまった土地で、人々は復興に尽力しました。その一つが、ハンターギルドの始まりです。魔獣化した動物達を討伐し、汚染された土地を浄化して回った一行が初期メンバーで、初代ギルドマスターはトール・フィーメリア様。建国の女王の夫です。ですからハンターギルドの総本部はこの国の王城の隣にあるんですよ」

トール様は火属性の浄化魔法の使い手で、大いに復興を助け、請われれば他国にも出向き、現在のギルドシステムの礎《いしずえ》を築いた人だそうな。女王様も同行するので政務は大変だったらしいが。

ひょっとして、この人も転生者じゃないでしょうね。ハンターギルドは冒険者ギルドみたいだし、これってある意味異世界の定番じゃないか。そして私という例がある以上、他に前世の記憶を持った転生者がいなかったとは断言できないわけだし。もしかして魔王を倒した勇者は、異世界召喚された日本人だったりして。

うわー、私だったらそれは嫌だな。それって完全に拉致《らち》だよね。拉致《らち》された上にその国のために命をかけて戦えと命じられたら、チートの限りを尽くして逃げるね！

「もう一つ話しておきたい事があります。現在まで定期開催されている大陸統括会議の事です。最初の議題は、新興国による大陸の分割統治でした。荒れ果てた大陸を七人の魔術師が王として分割統治する事になり、そのための話し合いが行われたのです」

まず、魔術師達はそれぞれ希望する土地を申告しあう事にしたが、かつての穀倉《こくそう》地帯を巡って話し合いは膠着《こうちゃく》状態に陥《おちい》った。魔族との戦争で荒れ果て、魔獣化した獣が出没する危険地帯となったその場所が、かつて肥沃《ひよく》な土地であった事は確か。瓦礫《がれき》を撤去し、抉《えぐ》れた土地をならし、耕《たがや》し……と手間暇はかかるだろうが、魅力はある。しかし最大の問題点は、魔王の眠るユグルド山の近くだという事だ。

万が一魔王が復活したら、真っ先に被害に遭う。穀倉《こくそう》地帯は欲しいが、恐怖が先に立つ。そんな中、一人の娘が手を挙げた。七人の魔術師のうち、最年少で、対魔族戦で守護を一手に引き受けた地属性魔術師。まだ希望地を出していなかった彼女が言った。

「誰も要《い》らぬと言うのならば、私がもらおう」

とたん、彼らは難色を示した。眠る魔王は恐いが、小娘にくれてやるのは癪《しゃく》なのだ。「危険だ」「手のかかる土地だ」と言って前言撤回させようとする。

「私の血族は地属性が多く、支持してくれる民《たみ》は清貧を重んじる。どのような土地であろうと必ずや実りをもたらし、飢《う》えに苦しむ者を助けるだろう」

彼女は苦い顔をしている魔術師達を見回した。

「たとえ他の国の者であっても」

食料の輸出を暗に示した台詞《セリフ》によって、彼らはその土地を彼女に託《たく》した。初代フィーメリア王国女王の誕生である。

魔術師の一部には、復興し、肥《こ》え太った土地となったところで奪おうと企《たくら》む者もいた。だが女王の次の言葉を聞いて諦めたのだ。

「彼《か》の地を荒らせば、戦《いくさ》の気配に魔王が目を覚ますやも知れませぬ。暗黒期の再来がなき事を願います」

初代女王、フラルカ・フィーメリア陛下は、結構良い性格をしていたようだ。まぁ魔王を国防の盾《たて》にするくらいだしね。そしてその政策は、現在の国王、ブルムシアーズ・ユル・フィーメリア陛下に受《う》け継《つ》がれている。

時折ツッコミを入れたくなるような王国の歴史を読んだり聞いたり、書き取りしたりと、村に戻ってからは勉強漬けだった。いくら前世が読書好きのプチ引きこもりであっても、やはり疲れる。

そこで、効率の良い学習には休息も大事だよね。と嘯《うそぶ》いて、勉強の合間に散歩に出た。

ガイと二人で村近くの森の小道を歩きつつ、地の精霊が教えてくれた食べ頃のベリーを摘《つ》む。今は十二月。この土地が温暖な気候だから採《と》れるのか、それとも異世界産のベリーは旬が違うのか。日本のベリーの旬は初夏だったと思うけど。

湧き水でベリーを洗い、お皿代わりの葉っぱにのせる。精霊達にもお裾分《すそわ》け。

「あ、ラボの実みっけ」

私を待っている間、泉のほとりで腰をおろして空を仰ぎ見ていたガイが、新たな果物を見つけて木にするすると登ってしまった。さすが野生児。あっという間に実の生《な》る枝に辿り着く。

ラボの実の見た目はサクランボで、味はアメリカンチェリーに似ている。私の好物の一つだ。ミントと違って前世と名称が違うので、うっかりサクランボと言わないよう、注意しないといけない。

「ガイ、気をつけてねー」

子供だから体重は軽いし大丈夫だと思うけど、枝が折れて落ちたりしたら、いくらガイでも怪我をする。

魔力の使い方を覚えれば身体強化で頑丈になったり、素早く動いたりできるようになるらしいけど、私達はまだ教えてもらってない。前世の漫画知識でできなくはなさそうなんだけど、教えてもらっていないのに発動させたらびっくりさせてしまうしね。チートを利用する気にはなったけど、無闇《むやみ》に目立つ事はしたくない。

「へーき、へーき。よっと」

私の心配をよそに、ガイは実を摘《つ》むと、あたりを見回してさらなる収穫が得られないかと身を乗り出す。

「危ないってば。ベリーもあるし、それだけあればおやつには十分だよ」

「大丈夫だって。ミラ、ラボの実、好きだろ？　ジャムにして都に持ってってたらいいじゃん」

う。凄い誘惑だ。ラボの実ってのは甘さの中に酸味があって、おいしいんだよ。すっごく好みの味なんだよ。ジャムなら日持ちもするし、都に行ったら野生のラボの実なんて手に入らないだろうし。

「ラボの実落とすから、受け止めろよ」

「え、ちょっと待ってよ」

受け止めようにも、帽子とかないよ。何か代わりになるものは……

慌てて探すも、そんなものはここにない。

「スカートでいいじゃん。ほら落とすぞ」

「却下ー！」

いいわけあるか！　下にズボンは穿《は》いてないんだぞ！

私の叫びを無視して、ラボの実が投下される。

「ああもうっ。風の精霊、お願い」

落下地点に両手を差し出し、少量の魔力を流す。呪文にしていたら絶対に舌を噛むし間に合わないと思ったから、イメージと単語だけ。

「風の器《うつわ》」

ヒュルルとかすかな音を立てて、小さな旋風《せんぷう》が両手の上に生じる。落ちてきた実を受け止めて、渦の中心に寄せた。

「ミラって器用だよな」

木の上から私の魔法を見ていたガイは、羨《うらや》むように口にした。仰ぎ見れば、ガイは更に別の枝に手をかけている。

「魔法をちょっと見ただけで真似するし、応用するし、制御もできてる。絵とか下手なのに」

悪かったね。どーせ美術の成績は2でしたよ。

「ほっといてよ。イメージで発動するから、現実の器用さは関係ないんだよ、きっと。この魔法だって、落ち葉が風で集まるのを参考にしたんだよ」

アニメのおかげとは言えない。でも映像技術の恩恵って凄いよね。

「ああ、あれか。なるほどな」

今度は予告なしに実が投下される。むー、一言言いなさいよ。落として潰したらどうする。もったいない。内心で抗議しつつも、風の魔法で危なげなく受け止める。

「でも魔法を使ったのは内緒ね」

「なんでだ？」

習ってない魔法を使いました、なんて言いたくないからだよ。

「スインさんと約束したでしょ？　暴走したら危ないから、スインさん達がいないとこでは使わないって」

約束したのは本当なので、さらりと適当な言い訳が口から滑り出る。怒られたくないからナイショ、というのは子供の間ではよくある事だ。

「そっか、ぺなるてぃーでメシ抜きになったらヤダもんな」

育ち盛りにそれは嫌だね、確かに。

その後も実を摘《つ》んでは投下して、枝を渡り歩いたガイは、最後に低めの枝から、「よっ」

というかけ声と共に飛び降りた。

「おかえり」

「ただいま」

ラボの実は風の器《うつわ》の上で山になっていた。大量である。ウハウハだ。でもどうやって持って帰ろう。このまま持って帰っては、魔法を使った事がバレてしまう。もちろん、スカートは却下だ。悩んでいたら、ガイが上着を脱いで地面に広げた。

「ここ置けよ。んで、今食べる分だけ洗って食べたら、あとは持って帰ろうぜ」

「寒くない？」

「木登りしたから暑いくらいだ」

さすが男の子。暦上《こよみじょう》はもうすぐ春だけど、今日は少し肌寒いのに。ガイはこういうところが優しいよね。よし、スカートで受け止めろと言った事は許してあげよう。

「ありがと、ガイ。じゃあ風の精霊、そっと落としてね」

地面に広げられたガイの服の真上で、両手を左右にゆっくり開く。旋風《せんぷう》が、そっとラボの実を落として行った。潰れたらもったいないってのもあるけど、ガイの服にシミが付いてしまったら申し訳ない。無事に全部の実を降ろし終えて、私はほっとして風魔法を解除した。

「ありがとう、ガイ。ジャムができたら一緒に食べようね」

うふふふ。楽しみー。

笑顔を向ければ、ガイは少し顔を赤くして笑った。そうかそうか、ガイも楽しみか。

さしあたっては生食だね。鼻歌交じりに小山から二、三個取って、湧き水に走り寄る。シャパシャパと洗って、いっただきまーす。

「んーん、おいしぃー」

もっと食べたいけど我慢我慢。ジャムにする分がなくなっちゃうし、ベリーもある。

それに晩ご飯が食べられなくなっては、お母さんに怒られてしまう。ガイもラボの実を食べて、にんまりと口元をゆるめた。

「あまずっぱぁ」

「それがいいんじゃない」

クスクス笑って更にいくつか洗い、精霊達にもお裾《すそ》分《わ》け。

その後、ベリーののった葉っぱのお皿を持って地面の乾いた場所に移動し、車座《くるまざ》になって座った。

「じゃ、いただきまーす」

しばらく無言で食べ続け、ふと思い出した。というか思い至った。

「ねえ、ガイ」

「んあ。あに」

「ごめん、口の中の食べきってからでいいよ」

ガイはあんたはリスかってツッコみたくなるくらい、ベリーを頬張っている。

「んぐ。ん、よし。で、何だミラ」

急いで呑み込んだみたいだけど、ちゃんと噛んだのかな。消化に悪いぞ？　心配だけどとりあえずそれは置いておいて、改めて問いかけた。

「ガイのそばにも火の精霊がいるけど、スインさんに内緒で魔法の練習とかしてないよね？」

ついさっき、私が内緒ねと言ったのに対して疑問を呈《てい》したくらいだ。うっかり忘れている可能性もある。ガイは火属性だから、暴走したら大変だ。村の家屋は木造なんだから。

「してないぞ。つーか、呼んでないのに火の精霊がいんの？」

パタパタと周囲を探る手に、火の精霊のキックが入る。

「イテ」

「ゴメンね、ガイが無神経で」

謝罪の品として、ベリーを手渡す。これはガイの分から引いとこう。

「スインさんは、精霊は魔法を使おうとする人の意志に反応するって言ってたから、いないと思ってたんだけどな」

でもいるんだよね。水晶の中にいた精霊達もどこかへ帰る様子はない。彼らは魔道具の中にいたから、期間契約でもしているのかもしれない。

「ガイが気に入ったのかな？」

蹴りを入れてたけど、じゃれてるみたいだったし。私の呟きに、火の精霊はベリーを頬張りながら頷いた。

「よかったね、ガイ。火の精霊の友達だよ」

「へへへ。友達か。なら早く魔力を上げて、感応力も上げないとな。見えないと一緒に遊びにくいし」

「魔力制御も必要らしいよ」

「うん。苦手だけどガンバル」

えらいえらい。私はよしよし、とガイの頭をなでてあげた。

「そんじゃ、友達の名前が知りたい」

ガイの要求に、精霊五人は同時に首を傾《かし》げた。おお、見事にシンクロ。若干一名大人サイズだけど、周りがちびっこなのでセットで可愛い。

「少なくとも今、火の精霊は二人いるよね。それに学園に行けばもっといっぱいいるでしょ？」

精霊達はまたも同時に頷く。いちいち可愛いな。音声会話はできないし、謎の文字テレパシーは繋《つな》がる時と繋《つな》がらない時があるから、ジェスチャーに頼る事になる。それがどうにも可愛いのだ。

「せっかく友達になったんだから、授業のない時は一緒に遊びたいし。そしたら呼びかけるのに名前は必要でしょ？」

すっごい良い笑顔で頷く精霊達。ところが、「教えて」と言うと困った顔をする。地の精霊が両手の人差し指を交差して、バッテンを作った。

「駄目？」

そろって首を横に振る。すると、焦《じ》れたガイが私の袖を引いた。

「ミラ、精霊達はなんだって？」

「一緒に遊ぶのは良いみたいなんだよ」

ガイに説明するためにそう口にすると、精霊達も肯定する。

「なら何がダメなんだ？」

「名前を教えられないの？」

返事は否《いな》。

「違うかぁ」

「なぁ。精霊って字、書けないのかな」

ポンと手を打って、ちょうど良いサイズの小枝を探した。文字テレパシーが使えるのだから書けなくはないだろう。地の精霊に小枝を渡してからハッとした。

カタカナだ！

魔力喰らい《まりょくぐ》の襲撃時、私の頭の中に浮かんだ文字はカタカナだった。スインさんには文字が浮かんだと伝えてある。カタカナである事は隠して。

でも、私は最近この世界の文字を習い始めたばかり。しかも手間取っている。つまり、当時はまったく読めなかったはずの文字を読めた事になる。

それどころか、今ここで地の精霊がカタカナを書いたらジ・エンド。未知の文字を読んだ事になってしまう！

しまったー!!

読めないって誤魔化《ごまか》すのは……ああ駄目だ。スインさんに文字が浮かんだと伝えた時、ガイもそこにいたんだった。ガイがその事を忘れていたとしても、読めない文字をスインさんに質問するかもしれない。

どうしよう。スインさんはまだ、私が文字を読めた不自然さに気がついていないのか、何も言ってこないけど……どうする。どう誤魔化《ごまか》す……

私の焦りをよそに、地の精霊は多少いびつながらも、地面に文字を書いた。

「『なまえ、ない』」

「あ……」

この世界の文字だ。

ガイが読み上げるのを聞いて、私はこっそり安堵《あんど》の息をつく。ちょっと悔しいけど、ガイは私より早く文字を習っていた。勉強嫌いでサボってばっかりだったけど、六歳になった今年の春から、村長さんの家で開かれる勉強会に出ていたのだ。

家督を継《つ》ぐ長男以外は村を出る可能性があるから、最低限の学習の機会は与えられるのだけれど、強制じゃないから実家の手伝いがある子は参加しないし、ガイみたいにサボる子もいる。だからやっぱり識字率は上がらない。

私はまだ五歳だった事もあるけれど、女の子だからたぶん参加しなかっただろうね。学ぶべきは家事だから。

とりあえず最悪の危機は去った。でもなんで文字テレパシーはカタカナだったんだろう。

「そうだね」

「名前がないと不便だよな」

わからない事を考えていても仕方ない。機会があれば精霊達に聞けばいい。

今は精霊達の名前だ。以前、見分けがつかないから名前を知りたいと思っていたし、もし名前がないなら付けちゃえばいいって考えたんだった。勉強の詰め込みですっかり忘れてたよ。

精霊達は何やら期待のこもった目で私達を見ている。

「……名前、付けていい？」

ぱぁっと笑顔になる。そうか、嬉しいか。それは名付けがいがあるね。

四大元素の精霊と言えば、火はサラマンダー、水はウンディーネ。風がシルフィードで、地はノームが有名どころかな。せっかくだから、これにちなんだ名前にするのはどうだろう。気に入ってくれるといいけど。ああでも、火の精霊は二種類の名前を考えないといけない。それにガイの意見も聞かないと。相談すべく口を開こうとすると、風の精霊が私の指を引いた。

「うん？」

風の精霊は自分達を順に指さし、最後に私を指さした。

「えーと、『よにんはミラがなまえつけて』？」

地の精霊が書いた文字をガイが読み上げる。風の精霊は頷き、もう一人の火の精霊を指さした後、ガイを示した。

「『もうひとりはガイがつけて』か」

私とガイは顔を見合わせた。気に入った人間に名付けてもらいたいって事かな。

「ガイ、火の精霊の名前考えてね」

「ミラは四人分も大丈夫か？」

「うん。平気。候補はもうあるから」

「はやっ！」

ビックリしたガイは叫び声を上げ、それから腕を組んで唸《うな》り始めた。頑張れ。私はサブカル知識由来の名付けをするつもりだけど、さすがにそのまま呼ぶのはどうかと思うから、私もちょっとは考える。

えーと、サラマンダーは……サラ？　響きが女の子っぽいけど、そのままは長いしなぁ。

ウンディーネはディーネ。うん、決定。

シルフィードはシルフィ。でも他の子が二文字ぐらいだしなぁ。……ルフィー？　一瞬某海賊さんが脳裏《のうり》をよぎるが、気づかなかった事にして次だ。

ノーム……今度は短すぎて難しい。そういえば初めて綴《つづ》りを見た時、ローマ字読みしてグノーメだと思ったんだよね。よし、決めた。グノーだ。

「じゃあ私からね」

まずは私の指を握っている風の精霊を指さす。

「風の精霊はルフィー。水の精霊はディーネ。火の精霊はサラ。最後に地の精霊、あなたはグノー」

順番に指を指して全員の名前を告げた瞬間、脳裏《のうり》に文字テレパシーが浮かんだ。

『ありがとう、マスター』

「え？　ますたー？」

ピンと伸ばしていた指が困惑で曲がる。しかもなんだろう、精霊達に違和感がある。いつもと違う気がする。どこが違うのか、とりあえず身体の大きなグノーを注視した。

金色の髪。琥珀《こはく》色の瞳。耳の先が尖《とが》った美形……ピアスなんてしてたっけ？

金色の小さなピアスがグノーの両耳を飾っている。まさかと思っておちび達三人を凝視《ぎょうし》すれば……あった。全員お揃いの金色のピアスだ。これはアレか？　契約の証《あかし》とか、そんなアレですか？

ふあぁぁぁ！　やっちゃったよ、やっちゃいましたよ！　すいません安倍晴明《あべのせいめい》先生！　名前は一番短い呪いだって忘れてましたー!!

いやね、彼らの事は可愛いし好きだよ？　でもこれっていいんだろうか。スインさんは契約的なものがあるなんて言ってなかったよ。つまり勝手に魔法を使う事よりバレちゃまずいんじゃないか？　——よし、黙っておこう。

「……ガイ、名前つけた？」

「うーん。フレイってのはどうだろう？」

ガイに名前を提案された火の精霊は、ぐっと親指を立てて笑顔で頷いた。

「気に入ったみたい」

「そっか。よし、これからもよろしくなフレイ」

ご機嫌なガイは、フレイの分として取り分けたベリーの前に、右手を差し出した。

「ほい、握手」

フレイがそれに応えてガイの指先に飛びつくと、ガイはその小さな感触に驚いたのか少し目を見張り、それから嬉しそうに笑った。

微笑ましい光景だけど、私はアレがあるかどうか確認しなくてはならない。ガイにじゃれつくフレイをよーく見た。凝視《ぎょうし》した。けれど、その耳にピアスはない。

なぜに？　名付けは契約じゃないのか？

でもあの子達は私をマスターなんて呼ぶし……今まで文字テレパシーでもマスターなんて呼ばれた事なかったのに！

とにかく、フレイに変化はないけどガイも名付けたんだし、一蓮托生《いちれんたくしょう》だ。

「ところでさ、ガイ。精霊達に名前付けた事、しばらく内緒にしとこう」

「なんで？」

「なんとなく。なんとなくだけど、怒られそうな気がする」

「よし、内緒な」

ガイは即答した。わけも聞かずに承諾してくれてありがとう！

「うん、内緒ね。王都に行ったらスインさんのお師匠様にバレるかもだけど……」

カタカナの謎と名付けの謎。謎が増えたお散歩は、こうして終わったのだった。

第六話

負傷した隊長さん達とイルガ村へ帰還して六日目。

働き者のお母さんが朝ご飯の支度をする音で、私は目を覚ました。もぞもぞと布団から這《は》い出せば、既に着替えを済ませたお姉ちゃんが部屋を出るところだった。私の目覚めに気がついて戻ってくる。

「おはようミラ。誕生日おめでとう」

「ありがと、お姉ちゃん」

そう、今日は私の誕生日である。

誕生日というのは、なんだか朝からウキウキソワソワしてしまう。しかも本来なら家族とは一緒に迎えられなかったはずの、六歳の誕生日だ。

「もう少し寝ていてもいいのよ？　誕生日なんだから」

私がベッドから降りてタンスに駆け寄ると、お姉ちゃんはそう言いつつもワンピースと帯の一式を取り出してくれた。

「ありがと」

お礼を言って受け取ったワンピースを腰掛けの上に置いて、私は寝間着を脱ぐべく裾《すそ》をたくし上げる。寝間着は裾《すそ》の長いダボダボの貫頭衣《かんとうい》で、ボタンすらない。

「うーん、でも起きる。お台所に入らなきゃいいでしょ？　テーブルに飾るお花を摘《つ》んでくるよ」

我が家では、誕生日の朝は惰眠《だみん》を貪《むさぼ》る事を推奨《すいしょう》されている。なぜならお母さん達は普段通りお仕事に行くので、朝のうちにちょっと豪華な夕食の下ごしらえをしなくてはならないからだ。その料理がプレゼントだから、主役はうっかり見てしまわないように、起こされるまで寝ていなければならないという暗黙の了解がある。

でも、やっぱりソワソワして落ち着かない。二度寝なんてできないよ。学園に入学すれば私の誕生日は三学期中だから、卒業するまで一緒に過ごせなくなるしね。

「お花ねぇ。主役が自分の誕生日に飾る花を摘《つ》んでいいのかしら？」

首を傾《かし》げつつ、お姉ちゃんは私が脱いだ寝間着を回収した。

「大丈夫？　手伝おうか？」

ワンピースと帯を指さすお姉ちゃん。私は半分甘える事にした。

「着るのは自分でできるよ。でも帯はやって欲しいな」

「はいはい。じゃー着なさいな」

「うん」

畳んであったワンピースを広げると、それは襟元が紐で編み上げになっているタイプで、頭から被ればいいだけの物ではなかった。被った後に紐を締め上げて、リボン結びにする必要がある。

「クスクス。口が曲がってる」

「もー、お姉ちゃんてば！」

プンと唇を尖《とが》らせて、私はワンピースを頭から被った。

「ん、やって」

両手を広げて見上げると、お姉ちゃんはクスクス笑いながら飾り紐を手に取った。

「よーく見てなさいよ」

「うん」

「下から順番にかるーく引っ張っていくの。右と左、ちょっとずつね」

編み上げブーツの時みたいに軽く紐を締めたお姉ちゃんは、一回片結びしてから左右の紐をそれぞれ輪っかにして指先でつまんだ。

「一回結《むす》んで兎《うさぎ》の耳。上から下に、お山を越えて、穴を潜《くぐ》れば……はい、出来上がり」

綺麗なリボン結びになった。

ふむふむ。上から下ね。

「やってみる？」

「うん」

片結びまで解《ほど》いた紐を両手に持って、レッツチャレンジ！

「上から下。上から……下？　あれ？」

縦結びになった。

「ちょっと待って。えーと、あ、そうか逆向きだから」

結び目を解《ほど》いて唸《うな》っていたお姉ちゃんは、何度か結び直すと原因がわかったらしく、片結びも解《ほど》いてから私の背後に回り、肩の上から手を出してきた。

「はい、あんたから見たらこうね。右手の紐を、左手の紐の上に通して片結び」

クルリと紐が結ばれる。

「で、兎《うさぎ》の耳を作ったら、右耳を下から上に左耳の上を飛び越えさせて、穴を通すの。で、キュッと引っ張ったら出来上がり」

「ん。やってみる」

もう一度リボンを解《ほど》いて、クルンと一回片結び。でもって右の輪っかを下からね。で、潜《くぐ》らせる。

「できた！」

チャララララッラララー。器用さが上がった！

そうだったそうだった。自分に結ぶのと他にするのとじゃ、最後のとこが逆になるんだった。

これでリボン結びができる！

「帯もやってみる！」

嬉しくなって帯もリボン結びに挑戦してみた。襟元にリボン結びがあるから、帯の結びは後ろの方がいいだろうと考えて、後ろ手にやってみた。

「ミラ、縦結びになってる」

「ええ！」

がーん。

「まあまあ、後ろ手はまだあんたには難しいよ。どうしても後ろに結びたいなら、前で結んでから帯を回して後ろに持ってきなさい」

着物の着付けですか。

「今日のところはやったげる。お花、摘《つ》みに行くんでしょ。遠くに行っちゃ駄目よ」

お姉ちゃんは手早く帯を結び直して、ポンと私の肩を押した。

「うん、いってきます」

「いってらっしゃい」

気を取り直した私は、廊下に出た。

「おはよう、おばあちゃん、おかあさん。お花摘《つ》みにいってきまーす」

リビングの入り口からキッチンに向かって声をかけ、玄関へと向かう。その背中を、お母さんとおばあちゃんの声が追ってきた。

「おはよう。気をつけてね」

「誕生日おめでとう。いってらっしゃい」

「はーい、いってきまーす」

もう一度言って、外へ出た。日本の十二月とは違ってキンと冷えた空気ではないけれど、澄み渡った青空が気持ちいい。目を閉じて、両手を思いっきり広げて身体を伸ばす。

「んー」

『おはよう、マスター』

「ん、おは……ぬああ！」

目を開ければグノーの顔がドアップで、私は奇妙な悲鳴を上げて仰《の》け反《ぞ》った。

「どうしたんじゃミラ！」

家の裏手からおじいちゃんとお父さんが駆けつけた。二人はいつも、朝ご飯ができるまでは農具の手入れをしている。

「どうした、何もいないようだが」

鍬《くわ》を構えたお父さんが辺りを見回すのを、グノーに支えられた状態で見やった私は気まずい思いで謝った。

「ゴメンナサイ。ちょっと、精霊に驚いただけ」

「精霊の悪戯《いたずら》か」

「うん」

精霊眼の事は打ち明けてあるから、お父さんは納得して鍬《くわ》を下ろした。

「おはよう。おじいちゃん。お父さん」

改めて朝の挨拶《あいさつ》を交わす。

「おお、おはようさん」

「おはよう。今日は誕生日だな」

「うん。晩ご飯楽しみね。ところでお兄ちゃん達は？」

「まだ寝とるよ。末っ子がもう起きとるのになあ」

おじいちゃんがぼやくように言ったちょうどその時、家の中からお姉ちゃんの大声が聞こえた。

「ナム、エダ、起きな！　ミラはもう起きちゃったよ！」

私が起きてしまったから、兄二人は叩き起こされるはめになってしまったようだ。合掌《がっしょう》。でも早起きは三文の得というので諦めて起きてください。

「私、河原でお花を摘《つ》んでくるね」

「わかった」

「気をつけるんじゃぞ」

「はーい」

森の奥には大きな泉がある。泉から流れ出した水が川になり、支流の一つが村に流れてくる。今朝の目的地はその河原だ。畑仕事に向かう人達と挨拶《あいさつ》を交わしながら精霊をお供にテッテコ歩いて、小川が見えた辺りで駆け出した。

冬と分類されている季節でも、温暖な気候のおかげで花は咲いている。もちろん春や夏ほどの種類はないけれど。

『ねえマスター。今日は誰かの誕生日なの？』

「うん。私の誕生日だよ。晩ご飯のプレゼントのお返しに、テーブルにお花を飾ろうと思って、摘《つ》みに来たの」

契約みたいな事をしたからか、名付けた精霊達から送られてくる文字テレパシーはカタカナじゃなくなった。嬉しい事に、片言の短文でもない。

独り言に見える事を気にする私に配慮して、他人の目がなくなってから文字テレパシーを送ってきたディーネに、私は花束に良さそうな花を探しながら答えた。すると、一緒に花を探してくれていた精霊達の動きが止まる。

「ん？　どうしたの」

『誕生日プレゼント？』

ルフィーの問いに頷くと、精霊達は互いに目配せし合ってから『探してくる！』と言ってあちこちに散っていった。そして一番最初に帰ってきて、花がたくさん咲いている場所に案内してくれたのはグノーである。

「これ、コスモスに似てるね。可愛いからこれを花束のメインにしようかな」

ピンクや黄色、白のコスモスもどきを摘《つ》んで花束にする。ある程度摘《つ》んだところでルフィーとディーネが帰ってきて、私を次の場所へ案内してくれた。

『マスター、これはどう？』

　小さな手が指し示す先には小さな青い花。

「うーん、これは露草《つゆくさ》？」

　摘《つ》もうと手を伸ばしたけど、既に花束にしているコスモスもどきを見て手を引っ込めた。

『摘《つ》まないの？』

「これには、ちょーっと合わないかなって思って」

『じゃあアレも？』

　そう言ったディーネが指し示したのは、水面に咲くホテイアオイに似た薄紫色の花。

「花束にはムリだね。水槽に浮かべたらきっと綺麗だけど」

　金魚鉢とかいいよね。鯉の泳ぐ池でもいいと思う。

「それにアレを採《と》るのは危ないから駄目だよ」

『私、水の精霊よ？』

「あ、そうだった。でもバケツを持ってきてないから、採《と》ってくれても持って帰れないし、気持ちだけもらっておくよ。ありがとう」

『そっか。私達もマスターに贈り物したかったんだけどな』

　プレゼントのつもりだったんだ。それは悪い事しちゃったな。と反省しているところへ、ショボンリと肩を落としたサラが帰ってきた。

『可愛いの見つからなかった』

あちゃー。今の季節って花束向きの可愛い花が少ないんだよね。地の精霊であるグノーは、地面に根を張る植物を感じ取るのが得意だって言っていたから見つけられたんだろうけど。

この場合、下手に慰《なぐさ》めても無意味だろう。何か精霊達にやってほしい事はないだろうか。グノーからはお花をもらったけれど、できれば四人で協力する必要がある事が望ましい。

……なんだか四つ子のお母さんになった気分だ。みんなに平等に接するのも大変である。

「そうだ。ね、精霊って人から魔力をもらわなくても、魔法を使えるんだよね？」

馬車酔いした時に身体を温めてくれた事を思い出して聞いてみると、肯定の言葉が返ってきた。

『少しならできるわよ』とディーネが言えば、『グノーみたいに大きくなったら、もっと色々できるようになるよ』とルフィーが言う。

「成長しないと使えない魔法があるの？」

『余剰魔力量が、高位精霊と下位精霊じゃずいぶん違うからね』

私の疑問には、グノーが答えてくれた。けれど意味がわからなくて首を傾《かし》げると、グノーは更に詳しく説明してくれた。

『僕達精霊は、自然界に満ちる魔力から生まれてくるんだよ。その後、魔力を吸収しながら何百年もかけて高位精霊へと成長するんだ。けれど相性のいい人間と契約して、成長にかかる時間を短くする事ができる。マスターと最初に出会った時の姿はまだ下位精霊。そこから今の僕の姿まで成長するには、本当なら三百年はかかったはずだよ』

それはなんとも豪快にかっ飛ばしたものである。

「えと、子供時代をなくしちゃってごめんなさい？」

『謝る必要はないよ、マスター』

『そうよマスター』

ディーネが私に言い聞かせるように、精霊と魔術師間における魔力の報酬の一端を明かした。

『私達は早く高位精霊になる事に憧れるの。でも大きな魔法を使う必要がない時に、マスターが私達を高位精霊に成長させるほど過剰な魔力を与える必要はないのよ？　報酬としてなら喜んでもらうけど』

「村に帰ってくる時、望んでなかったかな」

馬上での事を忘れてないかいとツッコめば、『あの時はまだ契約してなかったもん』と嘯《うそぶ》いた。つまりもらえたなら、もらっていたわけだ。ちゃっかりしている。

「それにしても、やっぱり名付けが契約なんだね」

確認すると、サラが頷いた。

『マスターは僕達の初めての契約者だから、名前を付ける事が契約なんだ。二人目以降は最初の契約者にもらった名前を僕達の方から教えて、その名前で呼ぶのを許す事が契約になる』

『契約者はみんな大切だけど、初めての契約者は特別だよ』

グノーはそう言って花束から一輪抜き取ると、私の左耳と髪の間に差し込んだ。

どこで覚えた、こんな誑《たぶらか》し技術！　お母さんはそんな子に育てた覚えはありませんよ！

目を見開いて固まった私をよそに、グノーは説明に戻った。

『精霊は契約した魔術師を護《まも》るし大切にする。危険は可能な限り排除するし、たとえマスターが普段からどんなに魔力をだだ漏れにさせていても勝手にもらったりしない。あと、報酬以上の魔力をもらったりもしないよ』

「え。私、魔力だだ漏れにしてるの!?」

グノーの言葉に不安になった私は自《みずか》らの両手をじっと見た。どうだろう。漏れているようには見えないけど。

『たとえだよ。大丈夫、マスターの魔力制御は完璧すぎるくらいだから』

「もう。で、余剰魔力量って?」

『精霊は魔力で存在しているから、単独で魔法を使う場合は自分を構成する魔力を残して、余剰分を使うんだ。もちろん、高位精霊の方が下位精霊よりも必要とする魔力量は多い。だけど余剰魔力として抱《かか》え込める量も高位精霊の方が多いから、単独の魔法行使の威力も使い道も変わってくるんだよ』

ふむふむ。精霊ってそういう存在だったんだね。

「そしたら地の精霊王の巫女《みこ》だった女王様って、凄い魔力だったんだね。精霊王の成長って、すっごく大変そうだもの」

ゲームの話になっちゃうけど、レベルが上がれば次のレベルアップにかかる数値も比例して増えるじゃないか。まあ魔王討伐に参加したんだから、魔力の強さは凄まじいものだったんだろうけど。

『精霊王は当代が寿命で消滅した時、一番大きな魔力を持った精霊が選ばれるんだよ。

成長を手伝ってもらう必要があんまりないから、契約者は完全に趣味で選んでる』

「……趣味？」

『うん』

私の感動を返せ！　と訴えるべきは女王様か精霊王か、それともグノーか。

「……よし、それじゃあ魔法は多少使えるって事で、誕生日プレゼントに万年暦《まんねんごよみ》を作ってもらいたいんだけど、どうだろう」

気を取り直して、私は話を戻した。

『万年暦《まんねんごよみ》？』

いっせいに首を傾《かし》げる精霊達に、私はその辺の小石を拾って地面に絵を描いた。絵、と言っても四角いサイコロを五つ。そしてその表面に数字を割り振る。

「木材をサイコロ状に切って、一つ目には0から5の数字を入れるの。二つ目は0から2と6から8ね。三つ目には1から4。四つ目はまた0から5。最後のは0と6と7だけ」

『サイコロが暦《こよみ》になるの？』

「そうだよ、ディーネ。最初の二つが月。三つ目が週。残り二つが日付になるの。9は6をひっくりかえせば9に見えるでしょ？　毎日数字を入れ替えるだけで羊皮紙《ようひし》に毎月書かなくていいし、使い終わった暦《こよみ》の羊皮紙《ようひし》を削って新しく書き直す必要もなくなる」

紙が安く大量に手に入る世界じゃないから、日めくりカレンダーなんて物はない。農作業の予定を書き込むのに毎月羊皮紙《ようひし》に書き直している。そしてどの時期にどんな作業をしたとか、その時の畑の様子だとかのどうしても残したい記録だけは、備忘録《びぼうろく》として別の羊皮紙《ようひし》に書き残している。子々孫々に伝《つた》えられる大事な記録だ。しかし、月間カレンダーは今日は何日だっけ？　みたいなド忘れには対応できない。ってなわけで、万年暦《まんねんごよみ》が役に立つのである。

学校のある日なのに休日と勘違いして、うっかり――なんて事にならないために使えると思うんだよね。

『僕達の魔法はどう使うんだい？』

サラの問いには「できるかどうかはわからないけど」と前置きして、ざっと手順を説明した。

「まずはグノーに文字入れしやすそうな木材を選んでもらうの。ディーネにはその木材から水分を抜いてしっかり乾かしてもらって、ルフィーには乾いた木材を三センチくらいのサイコロ状に切ってもらう。最後にサラには数字の焼き入れをしてほしいんだけど、できるかな？」

精霊達はお互いの顔を見合わせて、頷き合った。

『たぶんできると思う。そんな魔法の使い方した事ないから、やってみないとわかんないけど』

『試してみないとね。じゃあさっそく森に行こう』

口々に言うサラとルフィー。けれど私は「残念ながら」と遮《さえぎ》った。

「もうすぐ朝ご飯だから、食べてからね」


朝ご飯を終えてお仕事に出る家族を見送った私は、お弁当として用意してもらった籠《かご》を手に外へ出た。中身は黒パンにチーズを挟んだサンドイッチ。そのままでも美味《おい》しいけれど、温め直したらチーズが蕩《とろ》けてもっと美味《おい》しいと思う。電子レンジのない世界を、今初めて悔しいと思った。

イルガ村の主食はパンだ。元日本人としてはお米を食べたくなる時もあるけど、パンも好きだからさして苦には思わない。パン好きなのは、ミラとして生まれ育った味覚も要因としてあるだろう。何より流通の発達していないこの世界で、もしお米があったとしてもきっと高い。だから将来お金持ちになれたら探してみようと思う。

「お昼ご飯はスインさんのとこで食べようかな？　それともクーガーさんのとこに行こうかな」

なぜ昼食場所の選択肢がこの二人のところかと言えば、手軽にパンを温めてもらえそうだから。蕩《とろ》けたチーズパンが食べたくても、危ないから私一人で火を使う事は禁じられているのだ。

スインさんは地属性の魔術師だけど、火の魔石を持っている。怪我の具合が良くなっているようなら、隊長さんにお願いする事もできるだろう。旅の間、火を使えない場所では熱のみで調理する事もあるらしいから。

クーガーさんは火魔法が使える。それに鍛冶師だから、魔法を使わなくても炉に火が入っていれば、パンを温められるのだ。

でもスインさんは隊長さん達と一緒に村長さん宅にお世話になっているから、今向かっている方向とは真逆なんだよね。お昼までに暦作りが終わらなければ、移動がちょっとどころでなくメンドイ。やっぱりクーガーさんのところかな。

『あれ、森に行くんじゃないの？』

サラが不思議そうに尋ねる。私は森の入り口へ向かう道から外れ、ギーコギーコと鋸《のこぎり》の音がする家屋へと足を運んでいた。

「木材の切れ端《はし》をもらった方が早いからね。というわけで……こんにちは、クウマさんいますかー」

木工所の奥で作業しているはずのクウマさんに声をかける。鋸《のこぎり》の音がやんだかと思うと、彼はのっそりと姿を現した。

「おう、ミラじゃねえか。出戻ってきたんだって？」

森のクマさんかとツッコミを入れたくなる名前のクウマさんは、体格もクマさんのように立派だ。無精ひげを生やした厳《いか》ついオッサンである。

ちなみにクーガーさんと同じく、クウマさんも独身。彼らは〝どちらが早く嫁さんをもらうか対決〟をしているともっぱら噂になっている。

「都から別の人がお迎えに来る予定だから、そしたらもう一度出発するってスインさんが言ってたよ。その前に作りたい物があるんだ。木材の切れっ端ちょーだい」

「構わんが。何か欲しいなら、作ってやるぞ？　ほら、確かお前さん、今日が誕生日だろう。前の旅立ちの時は急だったから餞別《せんべつ》もやれんかったし」

クウマさんの提案に私は首を傾《かし》げた。

「なんで私の誕生日知ってるの？」

「おいおい。村の子の誕生日なんて、村人なら誰だって知ってるぞ。と言いたいところだが、実はお前さんが誕生日直前に一度村を出たからだ。お前さんの兄ちゃん達が椅子を作ってやろうと思ってたのにって言ってたからな」

おいおい、バラしていいのか？

もっとも、作ってもらっても学園に行ってしまうから、里帰りした時にしか使えないのだけど。

「急に帰ってきて誕生日をこっちで過ごせる事になったからって、夕べ遅くまで人形を彫《ほ》っていたぞ」

「そうなんだ」

だからバラすなよ。

でも、そっか、お兄ちゃん達が今朝寝坊してたのはそのせいだったんだ。嬉しくなってエヘへと笑っていたら、クウマさんがしゃがんで私と視線を合わせた。

「で、何をお作りしようかね、お嬢さん」

「ん。ありがと、クウマさん。でも作ってくれるのは精霊達だから、材料だけ欲しいの」

「精霊だって？」

目を見開いて驚くクウマさんに、私は頷いた。自力で作るのは認めてくれないだろうし、ミラが魔法を使ったとスインさんに話されては怒られる。だからあくまでも、作るのは精霊だ。三センチくらいのサイコロを五つ採《と》れるだけの端材《はざい》が欲しいとねだると、クウマさんは「待ってろ」と言って作業場に戻って行った。

鋸《のこぎり》の音がした後、コロン、カコンと木材が転がる音がする。危ないから子供は作業場へ入ってはいけないんだけど、気になる。背伸びをしてつま先立ちをしても、何をやっているのか見えない。大人しく待つ事しばし。ようやく戻ってきたクウマさんは、三センチの立方体を五つ積み重ねて私の前に置いた。

「ほい、ついでだから切っといたぞ」

「……」

グノーにやってもらう予定だった木の選別も、ルフィーにやってもらうつもりだったカッティングもされてしまった。しかしクウマさんに悪気はないのだ。

「ありがとう」

私はお礼を言って、木工所を出ようと背を向ける。その瞬間、引き止められた。

「場所を貸してやるから、うちで作って行け。俺も精霊の魔法ってヤツを見てみたいしな」

さてどうしよう。先日行った泉の畔《ほとり》で作業しようと思っていたけど、キチンとした台の上で作れるのはありがたい。万が一火が出ても消せるように水場を選んだけど、大人が一緒なら水場でなくても大丈夫だろう。

でも人の目のある場所では猫を被って子供らしい言動をしなくてはならない。既に色々ボロは出始めているけれど。

場所を借りる事のメリットとデメリットを天秤《てんびん》にかけて、私は前者を取った。

「じゃあお邪魔します」

作業台に身長が届かない私のために、クウマさんは椅子代わりに丸太を用意してくれた。そして鋸《のこぎり》や木材を片付けて作業台にスペースを作った。お礼を言って、ついでに万が一火が出た時のために、バケツに水を用意してもらう。

私は隣に立つグノーを見上げ、続いて作業台の上に立つサラ達を順番に見て宣言した。

「じゃあ始めまーす」

『始めよう！』

サラが元気よく拳を振り上げる。私は作業台の上に転がした木材の一つを手に取った。

「まずは実験ね。初めてだし、上手くいかないかもしれないから」

『失敗すると思うの？』

不満そうなディーネの頭を、私は人差し指で軽くなでた。

「みんなの力を信じてないわけじゃないよ。でも私が手伝っちゃ駄目なんでしょ？」

『それはそうだよ。プレゼントなんだから』

サラの主張に頷いて、私はまず木片をグノーに差し出して聞いてみた。

「加工できそう？」

『大丈夫』

頷くグノーを見て、私は木片をディーネの前に置いた。

「じゃあ、よーく乾燥させてね」

『はーい』

返事をするやいなや、ディーネは木片に手を翳《かざ》した。キャラメルの香りがしたかと思うと青い光が木片を包み、その上部にごく少量の水が浮かぶ。

「おっ！　水が出た」

「出てきた水はバケツに捨ててね」

驚くクウマさんをよそに指示を出せば、宙《ちゅう》に浮いた水はポチャンと音を立ててバケツの水と混ざった。次はルフィーの番だったのだけど、カッティングはすでにクウマさんがしてくれた。どうしようかと迷いながら木材を手に取ると、ざらついた感触が気になった。

「表面を磨《みが》いて手触りを良くできるかな？」

『うーん。やってみる』

ルフィーがそう返事をするとカスタードの香りがして、木材は緑色の光に包まれた。

シュルシュルという音と共に激しく回転し始める。クウマさんは目を大きく見開いて、その様子を凝視《ぎょうし》していた。

「ヤスリを使わず、なんで研磨できるんだ。風で削れるもんなのか？　なあミラ」

「さあ？　風の精霊にお任せしてるからわかんない」

私も首を傾《かし》げざるを得なかった。小さな風の刃をたくさん作ってヤスリ代わりにしているんだろうか。

光が消え、コロンと転がり落ちた木材は、角が程良く取れて手触りも良くなっていた。

「凄いな」

「うん。キレイになってる」

私とクウマさんは二人で感嘆の声を上げた。

「じゃあ最後は数字入れね」

『まずは0だね！』

サラが腕を回して張り切り、ピシリとサイコロの一面に指を突きつける。ミルクチョコレートの香りと共に赤い光が指先に灯《とも》り、ゆっくりと動くサラの小さな指は、木片に焦げ目を付けた。

『次、1！』

私はサイコロを回転させて、数字を書いて欲しい面をサラに向ける。2、3、4、5と繰り返し、一つ目は完成した。

「一個目かんせー」

「六がないがサイコロか？　しかし五つもサイコロを作ってどうするんだ？　マス遊びは一個ありゃ十分だし、数あわせはガキにゃ早いし」

マス遊びとは双六《すごろく》みたいな遊び。数あわせはアレだ。丁《ちょう》か半《はん》かってやつ。いわゆる大人の遊びである。

首を捻《ひね》っているクウマさんを放置して、私は精霊達に引き続き作業できるか聞いてみた。『もちろんＯＫ』との返事を受け、残る四つを仕上げてもらう。

無事に目的の物は出来上がった。

「で、そりゃなんなんだ？」

数字が入ったり空白のままだったりするサイコロを見て、クウマさんは降参と言って両手を挙げた。私はにんまりと笑ってサイコロを並べ替える。

「こうして使うんだよ。今日は十二月の第二週五日っと」

「暦《こよみ》か！」

サイコロを回転させて一通り弄《いじ》ったクウマさんは、「よしちょっと待ってろ」と言って、その辺から二ミリほどの厚さの端材《はざい》を持ち出してきた。

大人しく丸太に座ったままクウマさんの手元を見ていると、三センチ四方に四枚に切り出し、更に蒲鉾《かまぼこ》板くらいの厚みがある板に二ミリほどの溝を四本掘った。溝は左右の端《はし》っこと、その端《はし》からそれぞれ六センチほど離れた場所。もう一枚同じものを作ったクウマさんは、蒲鉾《かまぼこ》板を白い塗料で塗り上げて顔を上げた。

「ミラ、さっき精霊が魔法を使った時に、かすかだが俺にも青と緑と赤の光が視《み》えた。だが、精霊はもう一人いるんだろ？　そいつが魔法を使う時は何色だ？」

クウマさんは私が最初にグノーに話しかけていたのをしっかり覚えていたらしい。けれど、香りには気づかなかったみたいだ。

「黄色かな？」

精霊自身が魔法を使ったところを見たのは、前回馬車酔いしていたから私も初めてだ。今回グノーは木材を見ただけ。魔法を使うまでもなかったのかもしれない。だから私は他の三人の光から推測して、疑問形で答えた。結果グノーが頷いてくれたので、魔術師の魔力の色と同じらしい。

「黄色な」

クウマさんは手早く薄い板の一枚を黄色く塗り上げる。二枚目は青、三枚目は緑、最後は赤だ。塗り終えたクウマさんは、改めて私を見た。

「さてミラ、時間がないから精霊に頼んで欲しい。木材を乾かした時みたいに、塗料を乾かせるか？」

私はディーネに視線を向けた。彼女が頷いたので、「できるって」とクウマさんに通訳する。

「なら頼む」

塗料はディーネの魔法であっという間に乾いた。蒲鉾《かまぼこ》板はL字型になるように釘を打ち付け、残りの薄い板は溝に差し込んでいく。ミニチュアのブックラックのようなものが出来上がって、クウマさんは万年暦《まんねんごよみ》のサイコロをそのラックにセットした。

「これって」

「な、これなら月と週と日付を区切れて見やすいだろ。持ってけ」

「ありがと、クウマさん」

持ち運びしやすくなった万年暦《まんねんごよみ》を抱《かか》えて、私は工房を出る。

「あ、お弁当！」

籠《かご》に入ったチーズサンドを工房に忘れてきたのを思い出し、回れ右。

「クウマさーん。一緒にお昼食べよー」

時間もちょうどいいから、森のクマさんならぬ、木工所のクウマさんとお昼をご一緒したのだった。

第七話

誕生日から時は過ぎ、ようやく王都からお迎えの騎士様達がやってきた。

予想外な事に、村の警備に就く騎士様も一緒だった。なんでも、家族や村人が私への人質にされる事を防ぐためらしい。

ああ、チートを悪用されないようにですね。お気遣いありがとうございます。

お迎え組の到着後、彼らの休息のために一日置いて、私達は翌日出発した。王都に着いたのは、それから五日目の昼近くだった。

隊長さん達は騎士の詰所に向かい、報告と休暇の申請をするとの事。村々を回るのは結構な長旅だったろうし、怪我を負ってしまったのだから、ゆっくり休んで欲しいものだ。

私とガイはスインさんに連れられて、北部精霊協会へやってきた。私が開発した火球《ファイヤーボール》の改変版を正式に登録するためだ。

王都には魔法を管理する精霊協会が五ヶ所もある。名称に王都の中央と、東西南北それぞれを冠した協会だ。

イルガ村の協会は、一つしかない上に色々な組織の窓口を兼ねる役場扱いだった。その小さな建物に比べたら――比べる事自体が間違いだと言いたくなるような立派な建物だ。でもその向かいにある建造物は更に凄い。ガイと二人揃ってそれを見上げ、ポカンと口を開けた。

「でかいな」

「おっきいね」

前世で高層建築は見慣れていたんだけど、これは違うインパクトがある。だってお城だもの。

「さあさあ、行きますよ。魔法を実践して見てもらった後、身分証代わりの協会登録者カードが発行されますから、遅くなるとその分お昼ご飯も遅くなります」

スインさんの言葉に我に返ったガイが私の手を引いて、協会へと駆け込んだ。駆け込み入館は人様のご迷惑だぞー。

急ぎ足で駆け込んだものの、どこへ向かえばいいのかわからず、カウンターが並ぶ広い空間でお上りさんよろしくキョロキョロと辺りを見回す私達。スインさんは苦笑して、プレートに登録と書かれた窓口に向かった。私達もその後に続く。

「新規の魔法登録とカードの発行をお願いします」

「カードの発行ですか？」

スインさんが、白とスミレ色のラインが右下に入った琥珀《こはく》色のカードを見せながら申し出る。すると、窓口の女性は不思議そうな顔をした。

「ええ、彼女の分です」

スインさんがそう言って私を指し示すと、マジマジと私を見てから、口を開く。

「そこの女の子のものですか？」

「そうです。先にイルガ村の精霊協会から、風の精霊王の端末で連絡を入れているのですが」

「しょ、少々お待ちください」

彼女は慌てて奥の部屋へと向かった。

風の精霊王の端末とは、端末同士を繋《つな》いでお話ができる水晶玉の事だ。仕組みはわからないけれど、電話みたいだと思った。

協会だけにあり、旅人が携帯する事は不可能。一般家庭に普及する前の電話事情っぽい。といっても、この端末がこの先携帯電話のようになる事はないのだろうけど。

そんな端末で先に連絡を入れたのは、例の魔法の登録のためだ。村の協会でも登録できるんだけど、村人がすべて知り合いという環境の上、私の歳が歳だ。魔法の開発登録は自己申告制なので、不正を疑われかねない。だから王都の協会へ先に連絡をしておき、正式登録はこちらで行う事になっていた。

東門から王都に入ったので東部精霊協会で良いと思ったのだけど、実践して見せる魔法の破壊力を説明したら、北部に回されたのだ。北部精霊協会にはユグルド山方面に向かって、試し撃《う》ち可能な演習場があるらしい。

少々と言うにはだいぶ長く待たされたけれど、彼女は上役《うわやく》らしき男性と共に戻ってきた。

「お待たせしました。王都北部精霊協会主任のマヌス・ホーエンと申します」

「宮廷魔術師のスイン・クルヤードです」

お互いに琥珀《こはく》色のカードを見せ合って、握手を交わした。どうやらあのカードが名刺代わりのようだ。主任さんのは白のラインが入っていないから、あのラインにも意味があるんだろう。

「攻撃魔法の新規登録でしたね。実践は屋外で」

主任さんはちらりと私を見やってから、スインさんに確認した。

「はい。可能な限り硬度の高い的を用意していただけるよう、お願いしてあったと思いますが」

「地属性の者が岩壁を用意します。横幅は一メートル、厚みは二メートルでよろしいですかな」

「そうですね。そのくらいあれば」

「ではご案内します」

外へ出た私達は、お城の横に並ぶ大きな建物の間を抜けて、広い運動場のような場所へ出た。既に何人かの利用者がいて、的へ向かって火矢《フレアアロー》を射っていたり、魔力を纏《まと》わせた剣を打ち合わせたりしている。けれど、私やガイぐらいの子供が来るのは珍しいのか、手を止めてこちらに視線を向けてくる。

ああ、注目されたくない。でも我慢我慢。協会に魔法を登録すれば、新規習得希望者が支払う料金の一部を報酬としてもらえるようになるんだから。

私達が立ち止まると、演習場の管理者待機所らしき一角から二人出てきて、遠く離れた私達の対面に岩壁を作り出した。そして再び待機所へ戻る。的を外した魔法に巻き込まれないようにするためだろう。

「ではミラさん。あの壁に向けて撃《う》ってください」

「はい。じゃあいきます」

目を閉じて深呼吸し、周囲の視線をシャットアウトする。気にしない気にしない。あれはカボチャ。

「我が魔力を糧《かて》に成せ。火球《ファイヤーボール》を作製。停止。収束。閃光《せんこう》となりて穿《うが》て！」

サラに魔力を渡して前回の手順通りに行い、魔法を放つ。炎は岩壁に吸い込まれるように消えた。あの時と同じく、音もしない。

「終了です。確認をお願いします。もしかしたら、貫通していないかもしれませんが」

スインさんの声に、呆然としていた主任さんは我に返って的へと駆け寄った。岩壁を作ってくれた人達も出てくる。三人は的を確認し、ホーエンさんだけが引き攣《つ》った顔で戻ってきた。

「本当に、五歳のこの子があの魔法を？」

「四人の精霊王に誓って事実です」

真顔のスインさんの頷きに、主任さんはゆるゆると首を振った。

「信じられませんが、この目で見たからには信じるしかありませんね。カードの発行手続きをしますので、協会へ戻りましょう」

来た時とは別の賑《にぎ》やかさ――というよりはざわめきに包まれた演習場を去る途中、私は一心に念じていた。

あれはカボチャ。あれはジャガイモ。

「あんな子供がマジで？」

なんて言葉は空耳だ。もしくは言葉通り驚いただけで、悪意なんてないはずだ。うん。

カードの発行は簡単だった。登録カウンターで羊皮紙《ようひし》に先ほどの魔法の概要を書き、名称は未決定である事を明記して提出。その後指示に従ってアースブラウンのガラス玉に触れたら、琥珀《こはく》色のカードが手の平とガラス玉の間に浮き上がってきた。

「わ！」

「おお！　カードだ」

なんてファンタジーな発行方法だ。

ガイと一緒にビックリしていたら、指先をチクンと風魔法で刺された。突然の事に呆然としていたら、血の滲《にじ》む指をカードに擦りつけられ、個人登録終了。

さほど痛みもなかったし、あっという間だったけど、先に一言欲しかったな。

ちなみにあの玉は地の精霊王の端末らしい。風の精霊王の端末もそうだったけど、試験の時みたいに中に精霊がいなかったのは、直通だからだろうか。

カードの発行が済んだら、スインさんが使い方の説明をしてくれた。

「データ表示を心に念じて、カードの表面をタップしてください」

指示に従ってタップすると、表面に文字が浮かんだ。

氏名　ミラ
年齢　六歳
出身　フィーメリア王国イルガ村
職業　フィーメリア王国魔術学園入学予定
罪歴　なし
属性　火・水・地・風
祝福　精霊眼・約束
体力　20／30（現在値／最大値）
魔力　29995／30000（現在値／最大値）
資格　精霊協会魔術登録者
・登録魔法　火球《ファイヤーボール》改　詳細指定型（仮名）
・習得魔法　地魔法状態指定型／火球《ファイヤーボール》

とまぁ、スクロールしていくと色々出てくる。ぶっちゃけステータスカードだね。

名前とかは身分証明時に表示義務があるらしいけど、属性以降の情報は、所持者の意志で非表示を選べるそうな。でも、私の場合、できればあまり人に見られたくない項目が三つほどある。場所によっては、全開示を要求される事もあるらしいけど……

「スインさん、一応参考として聞いておきたいんですけど、私ぐらいの歳の子って魔力の最大値はどのくらいですか？」

「そうですね。ミラさんぐらいの歳の子は、五十ぐらいですかね」

「大人は？」

「だいたい二百ですけど……見せてもらっていいですか？」

さすがに私の様子がおかしいと思ったのか、スインさんが向かい側から覗き込むので、見やすいように差し出した。

「さんまん、ですか」

「はい、三万だそうです」

「そして体力は三十。平均は五十なのですが……」

ええ、はい、しょぼいです。魔力と反比例するかのようにしょぼいです。スインさんの目が私を哀れんでいるみたいに見えるのは、私の被害妄想でしょうか？

「じゃあスインさん、祝福の精霊眼の下にある〝約束〟ってなんですか」

私は強引に次の質問に移《うつ》った。

精霊眼ってのは魔力や精霊達が視《み》える事なのは聞いたけど、約束ってなんだ。誰かと約束すると、強制力でも働くんだろうか？　なんだかイヤな予感がする。

「いえ、聞いた事がありませんね。しかし何らかの呪いでしたらそうわかるよう表示されますから、悪いものではないのでしょう」

呪いなんてあるんだ。ちょっと引く。でもカードが教えてくれるなら、対策も立てやすいかな。

「罪歴は窃盗などの犯罪はもちろん、協会登録されている魔法を、悪意を持って正式な手段を経《へ》ずに習得するとその事が表示されます」

「凄いですね。でもどうしてそんな事が表示できるんですか？」

「地の精霊王のおかげですよ。この地に生きるモノのすべてを記録する存在である彼が情報を提供してくれますので、罪を犯した者はどこにも逃げられません。今回ミラさん達が私達の同行者として関所を抜けたように、身元保証人がいなければ関所を通る際にカードの提示を求められますからね。必ず引っ掛かります」

便利だねぇ。冤罪《えんざい》知らずだ。でも……プライバシーはないのか？

「このカードは今後学園でも必要になる身分証明書ですから、肌身離さず持っていてください。ガイ君は入学時に学園の方から発行されます」

「はーい」

私達は声を揃えていい子のお返事をしたのだった。

精霊協会への登録が完了して、私達は少し遅めの昼食を取る事にした。商業区域にある庶民的なレストランに入って、スインさんおすすめのパスタを注文。しばらく待つと、トマトベースに挽き肉たっぷりのボロネーゼ風パスタが運ばれてきた。喜び勇んで、いっただきまーすとフォークを突っ込んだ瞬間、ドアベルが鳴り、新たなお客さんが入ってきた。

白い制服を着た騎士様、二名様ごあんなーい。

けれど彼らは待ち合わせでもしていたのか、女給さんの案内を制し、店内を見回した。

「男女の小さな子供を連れた魔術師の男を探しているのだが……」

それって誘拐犯の捜索ですかね。ん？　でもその特徴って……。あ、目が合った。

「いました！」

やっぱ私らか！

騎士様達はテーブルの間を縫《ぬ》って、私達が座るテーブルに近づいてきた。彼らは右下に朱色とスミレ色のラインが入った白いカードをタップして、スインさんに提示する。

「我々は近衛隊の者です。クルヤード魔術師ですね」

「ええそうです」

スインさんもカードを提示した。

「任務ご苦労様でした。陛下からお呼び出しの要請を受けておりますので、子供達と共にご同行願います」

え、王様からのお呼び出し？　スインさんてば何やらかしちゃったの!?　てか私達も？

「えー、ごはんはー？」

パニクってる私をよそに、ガイはパスタにフォークを突っ込んだまま、グリグリとかき回して唇を尖《とが》らせた。

「……食後で結構です」

「かたじけない」

「いえ」

お腹をすかせた子供には勝てないですか。ガイ、あんたってある意味凄い子だよ。

急いでお昼ご飯を食べ終えて、店先に止められていた馬車に乗せられ、王宮へ。そして今、私達がいるのは謁見《えっけん》の魔……もとい謁見《えっけん》の間。

私的な面会用との事で、小さめの部屋だと聞いていたんだけど、どこが？　我が家が入ってしまいそうですよ？　これで小さいとか、公式の方はどんだけ広いんだ。東京ドームですか。行った事ないからよく知らないけど。

てか、どうしてなんでもかんでも東京ドームで比較するんだろうね。甲子園球場じゃダメなんだろうか。球児の聖地なんでしょう？　まあ、こっちも行った事ないんだけど。

とかなんとか現実逃避に走ってしまったけれど、目の前に国王陛下がいらっしゃいます。あの初代女王様の血を、おそらく性格と共に受《う》け継《つ》ぐ王家の方々が。

陛下は銀髪をオールバックになでつけた、ダンディーなおじいさまだった。小柄な王妃様と共にソファーでくつろぎ、にこやかに笑っておいでです。お二方とも、とても五十代とは思えません。

向かって右手のソファーには、王太子ご夫妻。王子様と言うには薹《とう》が立っているけれど、十二分に美形な銀髪の紳士だった。王太子妃様は金髪美女。二児の母とは思えないプロポーション……ゲフンゲフン。おやじか私は。

そして向かって左手のソファーには、王太子ご夫妻のお子様が二人。十四、五歳ぐらいの王子様と、私やガイと同じ年頃だと思われるお姫様。

王子様は金髪碧眼《きんぱつへきがん》のテンプレ王子様である。湛《たた》えた微笑みは優しげで、金糸の髪が艶々《つやつや》と輝くテンプレの王子様である。大事な事なので繰り返す。でも――あの女王様の血を引いてるんだよね、この方も。

お姫様は銀髪碧眼《ぎんぱつへきがん》。プラチナブロンドって、こんな感じかな。お人形のように小さな顔に、小さな赤い唇。少々勝ち気な輝きを宿す大きな瞳。それを縁取るふっさふさの睫《まつげ》。

王族は美術観賞品ですか？　グノーが大きくなった時も思ったけど、ここでも二次元にいるはずの美形が三次元になってたよ。

「王都に着いて早々、顔を出してもらって悪かったね。けれど君達の支援者に決まったからには、早めに挨拶《あいさつ》をしておきたかったのだよ」

王太子様がにこやかな笑みを浮かべて放った衝撃発言に、私は目を見開いた。なんと、私とガイの支援者は王家かい。

「四属性の高魔力保持者であり、精霊眼持ちである君を一貴族に任せるのは、他の貴族に不公平になるからね。同じ村の出身者が側にいた方が心強いだろうから、ガイ君も一緒に。でも正直に話すなら、これは表向きの理由なんだ」

そうでしょうとも。なんせこの王家は戦う前に相手を諦めさせるのが方針だ。

「謀反《むほん》とまではいかなくても、君という駒《こま》を手にした貴族が勢力を拡大したり、野心を持ったり、また、国内の乱れに乗じた他国の介入を防ぐため、など理由は色々ある」

何それコワイ。胃が痛くなるどころの話じゃないよ。

「もちろん、君を護《まも》るためでもある。城ほど警備の厳しいところはないからね」

子供だからとうやむやにするのではなく、きちんと説明してくれる王太子様の誠実さが嬉しかった。でも胃がイタイ……気がする。ダメだ。気にしちゃダメだ。まだ何も起こっていないんだから。

せっかく生まれ変わったのに、胃痛再びなんて嫌だ。第一、この世界に子供も服用可能な薬があるのか確認できてないし、医療技術も心配だ。胃潰瘍《いかいよう》になっても治してくれるだろうか。

ちょこっとは予想していたけど、最高権力者の庇護《ひご》下って……

王族の周囲には常に人がいる。その近くにいる事で、私達までずっと見られるかと思うとキンチョーモノだ。だって、前世も今世も平民だもの。あ、今世は農民か。ガイは空気が読めない子だから、余計な事をして不敬罪なんて事にならなきゃいいけど。

「はじめまして。僕の名前はアインセルダ・ユル・フィーメリア。妹はフィルセリア・ミル・フィーメリアだよ」

今後の打ち合わせを終えると、王子様がお姫様と共に私達の座るソファーに歩み寄り、改めてご挨拶《あいさつ》してくれた。私とガイも慌てて立ち上がって礼を返し、名乗る。しかしお二人とも長い名前ですね。舌を噛みそうです。

「光栄に思いなさいですの。あなた方は、わたくしの学友になるんですのよ」

フフンと得意げなお姫様。胸を張っているつもりなんだろうけど、残念ながらお子様なので、ぽっこりお腹の方が目立つ。

「妹は君達と同じく、今期入学者なんだよ」

王子様が苦笑して言い添えた。

「偉ぶっているけど、新しい友達が嬉しいんだ。仲良くしてあげてね」

「お兄様！」

ツンデレですか？　ブラコンは確定っぽいですけど。

ポカポカと小さな拳をぶつけてくる妹が可愛くて仕方がないといった様子の王子様を、

私は内心微笑ましく見守った。ビックリの表情を浮かべて。

自分でも器用なものだと思う。でも見た目は子供、頭脳は大人な私は、リアクション注意なのだ。一瞬王様達と一緒になって、見守りモードに入りかけたけどね。ガイの驚いた顔を横目で見て切り替えたのだ。

危ない危ない。私は子供。私は六歳。

小さな子供って、異質な存在に容赦ないから気をつけないと。

ガイと一緒にいると心が身体にひきずられるのか、子供として行動するのもそれほど難しくない。周囲が子供ばかりになれば、もっと楽になるんじゃないかな。それにせっかくの二度目の子供時代。しかも魔法世界。楽しまなくては損だ。

ふくれっ面のお姫様の頭をなでた王子様は、おもむろに膝をついて私の手をとった。

「ちなみに僕は来年度、高等部第三学年。再来年は成人するので、僕と結婚してください」

……………………は？

隣でゴガッと大きな音がした。たぶん、ガイがずっこけて、どこかにぶつかったんだろう。でも今の私にそれを慮《おもんぱか》る余裕はない。というか、私、耳がおかしくなったのではないか。

周囲を見渡すと、王妃様と王太子妃様は口元に手を当てて驚いている。王太子様は何かを納得したのか、王様と目配せして頷き合っている。お姫様は目を大きく見開き、両手を胸元で握りしめて興奮を隠せない様子だ。

え？　やっぱり今の私に言ったの？　聞き間違いじゃなく？

私はまじまじと目の前の王子様を見返した。王子様も私を見つめ返す。手も握られちゃってるし、この場にいる女性は、私以外は王子様の血縁者。

……うん。私へのプロポーズだ。

思考停止。再起動をお待ちください……


オウジサマニ、プロポーズサレチャイマシタ？


って、カタコトになってる場合じゃないよ。これは面倒事だよ？　丸め込まれたら確実に未来は胃潰瘍《いかいよう》だよ？

「み、身分。そう、身分が違いすぎて、畏《おそ》れ多いのでゴザイマスノコトヨ」

あう、言葉がメチャヤクチャ。シクシク。何さ、ございますのことよって。

結婚？　王族と？　ナイナイナイナイ。

淡水魚に大海でサバイバルさせる気ですか。水が合わないし、運良く合ったとしても

サメにバクっとヤられちゃいますよ。サメとはもちろん、次の王太子妃の座を狙うお貴族様ですが何か?

「貴族の養子になれば、問題ありませんよ」

「……っ」

一部の貴族に突出した影響力を持たせないために、王家が私の支援者になったんじゃなかったんかいっ。

確かフィーメリア王国は一夫一妻制だ。王家もそのはず。第一王子と結婚すると、よほどの事がない限り王太子妃、王妃のコースが出来上がる。

一夫一妻制は、王位をめぐる泥沼展開を避けるには有効な手だ。後釜狙いの暗殺に気をつけなくてはいけないのは、さして変わらないだろうけど。そんな基本先着一名様限りの地位に就くのは、生まれながらに覚悟のできてる人がいいと思う。

だから私はナイ。恋愛感情で突っ走れるのは若いうちだけだよ、王子。てか若くても自重《じちょう》しようよ王子。ロリコン王子だなんて、民《たみ》が泣くぞ?

二次元から抜け出したような王子様にミーハー心はくすぐられるけど、プロポーズは受けられない。顔が良ければいいってものではないのだ。

一瞬で駆け抜けたこの思考を口に出せたら、心変わりしてくれるだろうか。不敬だろうか。そしたら逃げなきゃね。せっかく魔法を習うために来たのに、助成金をもらうどころか賞金首に……ん？　ポコンと浮かんだ仮説にパニックが治まる。

「魔力狙い？」

花がほころぶように微笑む王子様。

黒っ！

戦慄《せんりつ》した。戦慄《せんりつ》したよ、私。鳥肌ものだよ。捕らえられた手を引き抜きたいのに抜けないしっ。

「わ、我が家は自由恋愛結婚主義です！」

父と母は幼馴染《おさななじ》みだった。とはいえ両親同様、自分も幼馴染《おさななじ》みの誰かと結婚したいかと聞かれれば否だけど。

前世の記憶が戻る前は、みんな友達としか思っていなかった。今は誰も彼も弟のように思えてしまう。ミラとしての記憶が消えたわけじゃないから、それほど苦労とか違和感はこれまでなかったけど、恋愛という意味で第二の人生を楽しむなら、私は元々ショタっ気はないのでそういう方向では楽しめない。

なんてこったい。前世の記憶がある弊害《へいがい》が、こんなところで出てくるなんて。同年代は気分的に犯罪。ならば相手はロリコンでないといけないないなんて!!

王子様は政略結婚が当たり前なせいか、八歳の年齢差を歯牙《しが》にもかけていない。

前世を含めた年齢だと逆転して……私と王子様はひと回り以上の差になるね。アハハハー、はぁ。

私、この世界で恋愛できるんだろうか？

「君が成人するまでは結婚できないから婚約者という事で、ゆっくりと愛を育《はぐく》もう」

王子様はなおも口説《くど》いてくれるが、魔力目当てと知っていてどうやって愛を育《はぐく》めば良いのでしょうか？　私も政略結婚と割り切れたらいいんだろうけど……無理だ。

前世で結婚していた記憶はない。恋人がいた記憶もない。前世の自分は女だったに違いないと一度は考えたけど、相手がいたならその性別から、自分の性別が判断できたのにねぇ。プチひきさんには出会いがなかったらしい。あ、地味にグサッと来た。

大丈夫だよ、今の私は六歳なんだから。これからきっと出会いはある。ショタやロリの壁を越えた出会いが……あるとイイなー。

それはさておき、つまり今の私は恋愛に対してそれなりの夢や希望を抱いてるわけで、政略結婚は最終手段にしておきたいんだな。でも王子様をキープ君扱いって、やっぱ不敬罪だよね。だから諦めて欲しい――私の胃と平和な未来のために。

自力でのお断りは不可能だと悟《さと》って、私は傍らに立つスインさんを仰ぎ見た。

（へるぷです、スインさん）

一介《いっかい》の魔術師に王族の相手をお願いするのは酷だと思うけれど、私では捌《さば》ききれない。

私の縋《すが》るような目にスインさんは苦笑して、国王陛下に向き直った。

陛下は王子様のプロポーズを楽しげに見守っていた。

止めてください。

背後に控える宰相さんは、さすがにどうしたものかという顔をしていた。

うん、気持ちはわかる。国としては、魔力の高い跡継《あとつ》ぎを残せそうなお嫁さんは是非欲しいだろうね。でもその娘が農家の出身じゃ、並み居る貴族の皆さんが納得しないと思うよ。

「畏《おそ》れながら陛下」

「うむ、申してみよ」

「彼女がこのお話を断りましたら、支援をおやめになられますか」

「それはない」

陛下はきっぱりと言った。

「アイン。真に彼女を欲するのであれば、王族としてではなく、一人の男として誠意を見せるのだぞ」

「もちろんです。お祖父様」

あえて陛下と呼ばずにお祖父様と呼ぶのは、同じ男として本気の意を示すためなんだろう。でもお願いだから欲さないでください。

スインさんを再度見上げると、申し訳なさそうな顔をしていた。

誰か他に助けてくれる人はいないのか。隣を見れば、ガイが不機嫌そうに王子様に握られたままの私の手をじっと見ている。

いや、あんたはいい。動くな。立場の弱さは私と同じか以下だから。ああでも、口説《くど》くのに権力は使わないんだっけ。なら幼馴染《おさななじ》みが妨害するのはセーフ？

二進《にっち》も三進《さっち》もいかなくなっていると、ふいに扉をノックする音が聞こえた。

「宮廷魔術師長様がお見えになりました」

部屋の外に控える衛兵さんが、来客を告げる。

宮廷魔術師長様。フィーメリア王国に仕《つか》える魔術師達の長《おさ》。そしてスインさんのお師匠様。私は王子様に手を握られたまま、ゆっくりと開く扉を見やった。

どんな人だろう。たくさんのお弟子さんがいて、高齢ゆえにスインさんを最後の弟子とした人だそうだから、ひげもじゃのおじいさんかもしれない。ひげはもふもふかな。

ワクワクしていたら、サイケデリックな色合いのローブを羽織ったおじいさんが目に飛び込んできた。

アレ？

もふもふのおひげはある。白い巻き毛から繋《つな》がるもふもふのおひげ。小柄で、太ってはいないがどことなくサンタクロースのような印象のおじいさん。でもサイケ。

「ほうほう、地の精霊がデカくなっとるの」

おじいさんはグノーの周りをグルグル回った。他の精霊達にも視線を向けて、「フムフム」と一人頷く。私が身体を捻《ひね》っておじいさんを見上げていると、王子様の手が離れた。ラッキー。

「グリンガム様、またそのような薬品染みが付いたローブ姿で」

スインさんが苦言を呈《てい》するが、おじいさんは聞いてなかった。私を見てニカリと笑う。

「お嬢ちゃん、精霊に名付けをしたな」

「やっぱりバレましたか」

周囲から驚きの声が上がる中、私は事の次第を白状する事になった。

「で、一緒に遊ぶために名前があると呼びかけやすいから、付けてしまったと」

「……はい」

背筋を正して、遅まきながらスインさんへご報告。

「なぜすぐに報告しなかったのですか？」

「…………お、怒られるかな、と」

「子供ですか」

「子供です」

「……そうでしたね。すいません」

中身は子供じゃないけれど、いくつだろうと怒られるのは嫌だ。嫌な事は一度で済ませたい。

幸《さいわ》い、ここに来るまで精霊を視認できるのは私だけだった。王都にいるスインさんのお師匠様は魔力が見える精霊眼持ちだと聞いていたので、会ったらバレるだろうと覚悟していた。だから思ったのだ。王都で一度に怒られようと。

「怒るような事ではないのでいいのですがね。でも、報告はして欲しかったです」

「ガイが名付けた精霊には変化がなかったから、よくわからなくて……」

嘘です。後日きっぱりはっきり、彼らにとって初めての契約者だと聞きました。

契約しちゃった以上、受け入れるけどね。あの子達は好きだし。

「精霊との契約は、彼らを認識し、彼らに名付けを望まれるか、名を呼ぶ事を許されて成り立ちます。精霊眼を持つ者は、最初の段階を既にクリアしてるんですよ」

そして私は彼らに好かれていたから、速攻で名前を望まれたと。好かれるのは嬉しいんだけど、契約の事を教えてくれていたら、怒られないようにスインさんに確認してから名付けたのに、と思わなくもない。

「ガイは名付けをしたけど、やっぱり認識できないから契約した事にならないんですか？」

「感応力が上がれば、精霊の居場所を感知できるようになるでしょう。それまでは仮契約といったところではないでしょうか」

ガイの肩の上で、フレイが頷く。そうか、期待されてるんだね。

さて、ではいよいよ覚悟を決めなくてはいけない。これ以上先延ばしにすれば、聞きにくくなる。

「あの、契約する前、文字が読めない時に精霊達の送ってきた文字を理解できたのは……？」

「ああ、あの時のですか」

「概念通信じゃな」

「概念通信？」

「契約を交わす前に受け取れたという事は、よほど相性が良かったんじゃろうな。概念通信とは、精霊達が言葉の代わりに発する意思伝達手段じゃよ。基本、契約した人間相手に限られるがの。文字として認識されるが、読むより前に意味合い、概念が伝《つた》わってくる」

読むより前？　最初のは短文だったからかな、実感がない。でも契約後は、長文でもあっという間に理解できた。ふむ、なるほど。

「なかなかの有望株じゃな。お嬢ちゃんの名前で新しい魔法の発案報告もきとるし。お嬢ちゃん。いや、ミラじゃったな、わしの助手をやらんか？　新しい魔法を開発すれば、登録申請でウハウハじゃぞ？」

ウハウハですか。てか、私名義の魔法発案報告ってアレだよね、火球《ファイヤーボール》を圧縮して放ったやつ。名称未決定で精霊協会に登録したアレだ。スインさんてば、もうお師匠様に報告してたんだね。いったい、いつの間に。

「ダメですの！」

魔術師長様からのお誘いに、待ったの声がかかった。声の主はお姫様だ。私の手をがっちり握って、顔を至近距離まで近づけてくる。

「あなたはわたくしのお友達になるのよ。魔術師長の助手なんてしている時間はないいんですの！」

近いです、姫様。兄妹そろって近視なんだろうか。

「お兄様と結婚されるなら、私のお姉様になるのでしょ？　勉学は仕方ないけれど、仲良くなるためにはお仕事は邪魔ですの」

「結婚しませんよ？」

「なぜですの？　お兄様ほど素敵な殿方はいませんのよ？　お祖父様にごあいさつにいらっしゃる方々がお連れになるお姉様達もみんな、お兄様は素敵だとおっしゃりますのよ？」

ブラコン確定。でもお兄様に近づく女の排除はしないのね。あれですか、お姉ちゃんも欲しかったというやつですか。私は同い年だけど。

「不相応だからです」

高い地位や身分に伴《ともな》う義務――ノブレスオブリージュを全《まっと》うするための教育を、庶民である私は受けてないから無理なのですよ。今からでも間に合うだろうって？　いやいや中身アラサーですよ？　ぶっちゃけ面倒。チートの副産物より面倒。あ、これも副産物か。

「でもお兄様は、あなたと結婚したいそうよ？」

「兄妹愛はすばらしいと思います。でも女の子同士の友情の場合、友達の恋心を優先するのがすばらしいと思います」

「まぁ、好きな方がいらっしゃるの？」

「………………」

いないです。でもここでいると言ったら、それは誰だと詰め寄られそうだ。下手したら、王子様にも詰め寄られそうだ。

「……今は、いないです」

「ではお兄様の良いところを教えてあげるわ。お兄様の事が好きになれば、結婚してくださるのでしょう？」

にっこりと笑う姫様。私は笑って誤魔化《ごまか》した。

好きになればね。でも王子様、かなり腹黒のイメージが。それに婚約者候補に挙げられただけでもイヤミとか言われそうだし、さっそく暗殺者を送られたらどうしよう。

はぁ。やっぱりチートはめんどくさい。

第八話

ガラン、ゴロン。ガラン、ゴロン。

中央精霊協会が鳴らす朝一番の鐘《かね》の音《ね》と同時に、コンコンと扉がノックされる。

「はーい？」

夢うつつに返事をすれば、たくさんの人の気配が部屋の中に入ってきた。

何事!?

慌てて飛び起きると、メイドの団体さんが立っていた。

「おはようございます、ミラ様」

「おはようございます」

世話役として付けられたメイドのカーラ・ヒラルダさんの挨拶《あいさつ》に反射的に返してから、私は首を傾《かし》げた。

ずらりと並んだメイドさん達はそれぞれの手にパステルブルーやキャンディーピンク、ペールグリーンなどの布の固まりを五つ、そして細工の施《ほどこ》された髪飾りなどを持っていた。

「おはようございます、ミラ様。本日は新年祭の準備がありますので、まだ眠いかもしれませんが起きてくださいませ」

そう言って、問答無用で羽布団をはぎ取ったのはエメル・シーダさん。カーラさんと同じで、私付きのメイドさんである。

彼女達は領地を持たない貴族——下級貴族と呼ばれるお家のご令嬢で、行儀見習いのためにメイドとして王宮に仕《つか》えているそうだ。ちなみに二人とも婚活中の十七歳。二人の違いと言えば、エメルさんがボンキュッボンの大変魅惑的スタイルの持ち主だという事だろうか。しかしカーラさんが貧相な体型であるというわけではない。彼女は標準である。エメルさんが凄いだけだ。

それにしても何事だ。新年祭の準備？

言われてみれば今日は十二月の第四週七日。いわゆる大晦日《おおみそか》である。村でも大晦日《おおみそか》から新年にかけて夜通しでお祭りが行われていた。当然王都でもお祭りは行われる。規模は村の比ではないだろうけど。

村では見かける事のなかった屋台が出るだろうから、ガイと一緒に行こうと思っていたんだけど……何故《なにゆえ》私は今、メイドさん達の襲撃を受けているのでせうか？

それに私付きのメイドさんは、カーラさんとエメルさんだけだったはずなんですけど?

「さ、時間もありませんし、まずは水の浄化魔法を受けていただきます」

ベッドメイキングをエメルさんに任せ、カーラさんは起きたばかりで展開について行けない私を部屋の中央へ連れて行った。呆然としている間に知らない顔のメイドさん四人に四方を囲まれて、両の手の平を向けられる。ちょっと怖い。

「我らが魔力を糧《かて》に、水の精霊よ、彼女を清めたまえ。清浄なる水《ピュアウォーター》」

いっせいに唱えられた呪文に応じて現れたのは、三歳児くらいの精霊。メイドさん達の魔力と引き替えに作り出された青い光が、私を包み込んだ。

ザブンと水に飛び込んだような感覚が私を襲う。でも身体は濡れてない。光が小さくなるのに従って水の感触が消えて、寝汗などが綺麗さっぱり拭《ぬぐ》われていた。

旅の間はグゼさんや新たなお迎えの騎士様にお風呂代わりにしてもらったけど、何度体験しても不思議な気分になる。なんで濡れてないんだろう。

そういえば、今朝はまだグノー達が顔を見せていない。メイドさん達の物々しい様子に、怯《おび》えてしまったのだろうか。

「お次は衣装合わせですよ。ドレスはフィルセリア様にお借りしました。ミラ様の方がフィルセリア様より多少小柄ですので、少し詰める必要があるかもしれませんが。どのドレスがお好みですか？」

メイドさんから色やデザインの違う五着のドレスを広げて見せられ、思わず腰が引けた。

「あの、なんでドレスを選ぶ必要があるんでしょうか？」

「それはもちろん、本日のパーティーにご出席いただくためですよ」

「……どこの？」

「王宮主催のに決まっているではありませんか」

「聞いてませんよ!?」

「そうなのですか？　けれど私達は上の指示で参りましたので、ミラ様のご準備を整えないとお叱りを受けてしまいます」

あう。それはずるいですよ。そんな事を言われたら彼女達を振り切って逃走し、村から持ってきた一張羅《いっちょうら》に着替えて街に繰り出すなんて事、できないじゃないですか。

「……ドレスはお任せします」

私は観念して着せ替え人形に甘んじる事にした。

五着のドレスを順番に着せられて、結局瞳の色に合わせるのが良いだろうと、ペールグリーンのドレスを着る事に。ようやく解放されるかと思いきや、今度は髪飾りを取っ替え引っ替え付けられた。

もうどうにでもしてください。

「これはどうかしら」

「あっちの総レースの物もいいんじゃないかしら」

楽しそうに私を飾り付けるメイドさん達の声を聞きながら、私は遠くを見つめるのだった。

それにしてもさすが王族。普段、身に着けている衣装の布の質は最上級だし、庶民が着ているようなすとんとしたシルエットに飾り帯じゃなく、タックやダーツが入れられた立体縫製。ふんだんに布地が使われていて、重厚なカーテンみたいなスカートもある。

ちなみに王宮に来る前、街を歩いている時に見かけた、使用人を連れて買い物中の女性も立体縫製のワンピースを着ていたから、都会で流行の物なんだろう。村では実用性優先だから、初めて見た時は驚いた。

そのうえ、今私が着せられているドレスはレースやフリル、宝石まで使われている。一着で一財産になってしまうんじゃなかろうか。

「さ、できましたよ」

実家の鏡よりも大きくてはっきり映る鏡には、どこのお嬢様かと見紛《みまが》うばかりに磨《みが》き上げられた私がいた。

「馬子《まご》にも衣装」

「何を仰《おっしゃ》います。お似合いですよ」

ペールグリーンのドレスの上には、薄手の白いショールが掛けられていた。肩にかかるほどの長さしかない髪は、一部を結い上げられている。髪飾りは白とペールグリーンのオーガンジーが花びらみたいに重なっていて、ダイヤモンドとサファイアのような石が中心に……って、これ本物⁉

「これ、この髪飾りの中心のって」

「はい、宝石ですよ」

何さらっと言ってるんですか、エメルさん！

宝石はドレスにもついているのに、髪飾りにまで！

子供になんて物を身に着けさせるんですか！

「大丈夫です。可愛らしいですよ」

メイドさん達が満足げに同意するけれど、問題点はそこじゃありません。

歩く財産。王族でもない我が身が歩く一財産となっている。失くしたらと思うと恐ろしい。

昼食を兼ねた立食パーティーがあるからと、普段の朝食よりも軽い食事が用意されたが……正直食欲がなかった。ドレスを汚したらと思うと、気が気ではない。着せ替え人形になるのが、せめて朝食後だったらと思ったが、それはそれで、ストレスから気持ちが悪くなった時が恐ろしい。

「可愛いね、ミラさん」

王子様が真っ先に褒めてくれたけど、「ありがとうございます」と返すのがやっとだった。

「よく似合ってますの。夏至祭《げしさい》ではお揃いのドレスを作ってもらいましょうね、ミラ」

「ええっ！　そんな、もったいないですよ」

「わたくしとお揃いはお嫌？」

「うっ」

とんでもないと辞退しようとすれば、潤《うる》んだ瞳で見つめられて言葉に詰まった。

「王家の庇護《ひご》を受ける以上、大きなパーティーにはどうしても出てもらう必要があるし、王家のためだと思って、ドレスは受け取ってくれないかな。将来的にも必要になるかもしれないし」

王子様の援護射撃に、彼を見上げる自分の目に恨《うら》めしい気持ちが宿《やど》るのを抑えられない。今後もパーティーには出なくちゃいけませんか。てか、ドレスが必要になる将来ってどういう事ですか。いざという時、質屋に入れても良いって事ですか？　そんな未来は来て欲しくないけれど、備えとして持っておくのも手かもしれないと思ってしまった。

そんなやり取りの中、王子様の幼い頃の礼服を借りたガイは、珍しく顔を合わせても何も言わなかった。が、得心のいった面持《おもも》ちで手を打ち鳴らす。

「馬子《まご》にも衣装！」

失礼なっ。自分でも言ったけど、他人に言われると腹が立つ。

「ガイ君、女性にそんな事を言ってはいけないよ」

紳士な王子様は懇々《こんこん》と説教をし始めた。馬の耳に念仏かもしれませんが、ご苦労様です。

私達はだだっ広いパーティー会場へと入場し、王家の庇護《ひご》を受ける者として王族の席が並ぶ一角に座してパーティーの開始を待つ事になった。

続々と入場してくる貴族達が、王の前に膝をついて挨拶《あいさつ》を述べるのを、退屈な気持ちで眺める。隣のガイは、ビュッフェスタイルで並べられているご馳走の山に目を奪われていた。彼にとって、今日の朝食は軽すぎたらしい。緊張と無縁なガイが羨《うらや》ましくなる。

「皆に支えられ、我が国は今年も無事一年を終えようとしている。新しい年を迎えるにあたって感謝の意を示したい。今日は大いに楽しみ、英気を養ってくれ」

陛下は開会の言葉をそう締めくくり、ワイングラスを掲げた。

「乾杯！」

「乾杯！」

ホールの貴族達が唱和して、パーティーはスタートした。

「ミラ、ミラ、もう食べに行ってもいいんだよな？　何食べる？」

待てから解放された子犬のように、ガイがビュッフェに突撃しようとするのを腕を掴んで引き止める。

「はいはい、そんなに急がなくてもなくなったりしないから」

「美味《おい》しい物はなくなるのも早いと思うぞ」

「なくなれば追加されるよ」

王子様がクスクスと笑って言った。そんな彼は妹姫をエスコートしている。

「本当はミラさんをエスコートしたいところだけど、貴族達に囲まれてしまうからね。まだ個人的に紹介できる関係にはなれてないし」

お気遣いはありがたいですが、囲まれるような関係にはなりたくないなーと思いますです。はい。

「ミラ、ガイ、今日はほとんどご一緒できないのですけど、楽しんでらしてね。ケーキはナッツケーキがおすすめですの」

姫様はそう言って、王子様と共に貴族の駆け引き渦巻く場へご挨拶《あいさつ》回りに向かわれた。王侯貴族は大変である。

姫様達を見送った後は、ガイの希望で肉料理の並ぶテーブルに向かった。子供には手の届かない高さだけど、各テーブルには給仕担当の人達が付いているので、お願いしてよそってもらう。お上品に盛りつけられた取り皿は目にも楽しい。

「こんだけ?」

「料理は色々あるんだから、これでいいの。同じ物をいっぱい食べたら、他のが食べられなくなるよ」

「そっか」

私のアドバイスにガイはあっさり頷き、一口食べると目を輝かせた。

「うまい。ミラ、これうまい」

私達のやり取りに、テーブル付きのスタッフが笑みを浮かべている。少し恥ずかしい。

その時視界の端《はし》に、こちらへやってくる壮年の男性が映った。

彼はこのテーブルに用があるのか、それとも王家の庇護《ひご》を受けた私達に声をかけて何かするつもりか。

視線を合わせないよう注意しながら会場を見回す振りをして確認すると、どうやら彼の視線は私に向けられている気がする。……よし、とりあえず逃げよう。気のせいだったら、追ってこないはずだ。

「ガイ、飲み物もらいに行こう」

私は既に一皿目を食べ終えて、次は何を食べようかと思案している幼馴染《おさななじ》みの手を取った。料理皿を持って移動するのはマナー違反だけど、飲み物なら持ったまま逃げ続けても問題ない。ガイはまだ食べたそうだから置いて行ってもいいのかもしれないけど、王家批判の糸口として利用されては敵《かな》わないから、連れて行く事にした。

私達は王家の庇護《ひご》を受けているとはいえ、平民である事に変わりはない。何かしらの失態――貴族に無礼を働こうものなら、王家が恥をかく事になる。学園内では身分による特別扱いはないというから、多少の事なら平気だろうけど、ここではマズい。

私達が移動すると、問題の紳士もそれに合わせて移動した。やはり私が目的か。ならば撒《ま》くしかない。どうやって撒《ま》こうか……

人気《ひとけ》のないところに行くのは却下だ。一気に距離を詰められて捕獲されかねない。なら子供の多い場所に行って誰かと話し込み、声をかけ辛くするか。

周りを見回すと、歳の近い子はみんな姫様の近くへ集まっていた。

ああ。お近づきになるチャンスだもんね。あの空気の中には入れない。

ならば最終手段。お酒をメインに置いているテーブルの近くで談笑している大人の集団に近づいた。そこに私達を追ってくる紳士の知り合いがいればいいと思ったのだ。そうしたら、その人がきっとあの紳士に声をかけてくれる。

お酒しかない事を予測しながら、私はスタッフさんに「オレンジジュースはありますか？」と尋ねた。

「申し訳ありません、お嬢様。こちらの飲み物にはすべてアルコールが入っております。ジュースはあちらのテーブルにございますよ」

スタッフさんの案内を受けているうちに、紳士が近づいてくる。すると、案の定その彼に声をかける人がいた。

「お久しぶりです」

「ああ、久しぶり」

よし。

内心でガッツポーズを決めながらスタッフさんにお礼を言って、私はガイと共にジュースのテーブルへ向かった。

「あの子達がどうかされましたか？」

「いや、王家の庇護《ひご》を受ける事になった選抜試験の合格者だそうだから、顔つなぎをしておこうかと思ったんだが」

「相変わらずの先物買いですね」

「若者に投資するのも貴族の務めだろう？」

聞こえてくる和《なご》やかな会話を信じるなら、あの紳士に悪意はなかった事になる。けれどまあ、今後も警戒はしておいた方がいいだろう。


生演奏を聴きながら美味《おい》しい料理を食べ、姫様オススメのケーキを食べては周囲を警戒して逃げ回る。そんな時間を過ごしていたら、元々体力がないのもあって、疲れ切ってしまった。

「ミラ、ちょっと抜けるか？」

「……うん。姫様に一言言ってから、抜けさせてもらう」

姫様と王子様に途中退席する非礼を詫《わ》びた私は、誰にも声をかけられないうちにと、パーティー会場の近くに用意された控え室に避難した。

「ガイも休憩するの？」

一緒に部屋に入ってきたガイは、長椅子に腰掛けた。

「腹もいっぱいになったし、ミラを一人にしておけないだろ。なんかぴりぴりしてるみたいだし」

まさか気がついてるとは思わなくて、目を見開いた。ちょうどその時ノックの音がして、緊張しつつ応えると、入ってきたのはエメルさんだった。

「失礼いたします、ミラ様。ずいぶんお疲れのご様子だと伺いました。ドレスを脱いで、少しお休みになりますか？」

「お願いします！」

一も二もなく飛びついた。着慣れないドレスを脱いで一息つけるなら、こんなに嬉しい事はない。

「では奥の部屋が寝室になっていますから、そちらで」

促《うなが》されるままに移動し、部屋に用意されていた子供用寝間着に着替えた私はベッドに横になった。

少しだけのつもりだったのだけど、思ったよりも酷《ひど》く疲れていたらしい。私を起こしたのはけたたましい鐘《かね》の音《ね》だった。ビックリして飛び起き、窓を開けて外を確認する。

これは精霊協会の鐘《かね》の音だ。どう考えても五ヶ所あるすべての精霊協会が鐘《かね》を鳴らしているとしか思えない音量だった。しかも外は真っ暗。

どんだけ寝てたんだ私、と自分自身にツッコミを入れながら、状況を把握する。

普段は鳴らない深夜の鐘《かね》。私は村での新年祭を思い出した。年明けのカウントダウンで鳴らされる、精霊協会の鐘《かね》の事を。

ヒュゴウッと音が鳴り、いくつもの炎の魔法が暗闇を貫いて打ち上げられる。標的のないそれは次第に夜空へ消えて行った。空中で破裂して広がりはしなかったけど、まるで赤い花火を見ているみたいだった。

鐘《かね》の音《ね》がやむと、音楽が風に乗ってくる。これはパーティー会場の楽団が奏でているものだろうか。風魔法で城下にも届けられているらしい。人々の歓声が聞こえ、小さな明かりがそこかしこでクルクルと踊り出す。人々が手にランタンを持ちながら踊っているようだ。

村でも鐘《かね》は鳴らされたけど、協会は一ヶ所しかないから王都ほどの迫力はない。それでも小さな村だから事足りた。

楽団もない。のど自慢の村人の歌に合わせて鍋を叩き、弦を適当に張った楽器もどきをかき鳴らし、歌って踊るだけ。もちろん、風魔法も必要ない。なくたって、音は中央広場に十分に満ちた。

普段は早く寝なさいと叱られる子供達が、堂々と夜更かしできる大好きなお祭り。

先ほどのパーティーは疲れたけれど、料理は美味《おい》しかったし、ケーキも食べられた。

「うわ！　オレまで寝てた！」

騒がしい声と共に、バタバタと足音が近づいてくる。

故郷の新年祭を思い出してちょっと懐かしくなったけど、寂しくはない。だって騒がしい幼馴染《おさななじ》みが一緒なんだから。

「ミラ、年が明けたぞ！　パーティー会場でお祝いのご馳走食べよう！」

『マスター、新年おめでとう！』

今日一日、いや、昨日一日姿を見せなかった精霊達も訪れて、更に賑《にぎ》やかになる。

ホント、騒がしいったらありゃしない。

私は苦笑して、ガイにカーラさんかエメルさんを呼んできてほしいと頼んだ。

「寝間着でパーティーに行くわけにはいかないでしょ？」

はてさて、精霊達はパーティー会場で大人しくしているだろうか。精霊達は普段から楽しい事が大好きで、悪戯《いたずら》も大好きなのだ。会場が混乱しない事を祈るばかりである。

第九話

ガラン、ゴロン。ガラン、ゴロン。

朝一番の鐘《かね》の音《ね》に、私は目を覚まし、ベッドの中で丸まった。

眠い。でも起きなくちゃいけない。今日は入学式兼始業式。ついにフィーメリア王国魔術学園の生徒としての生活が始まるのだ。初日から遅刻はいただけない。

私はベッドの中で背筋を伸ばし、続いて手足を伸ばす。

『マスター、おきた？』

『おきた？　おはよ』

「おはよー」

精霊達の概念通信にもごもご挨拶《あいさつ》を返し、せいっと勢いをつけて起き上がった。

さすが王宮のベッド。農家での早起き習慣が、その魔性の寝心地によってあっという間に崩れそうになる。ちなみにガイはメイドさんが起こしに来るまで寝ているそうだ。寝起きは悪くないはずなのに、なぜ鐘《かね》の音《ね》で目を覚まさない。

私達は王宮を訪れたその日から、警備の関係上、王族の子供達が住まう離宮に一室をいただいている。衣食住、至れり尽くせりで本当にありがたいけれど、駄目人間になってしまいそうで怖くもある。一度楽を覚えたらその生活を続けたくなっちゃうからねー。

「っは、もしや罠!?」

こんな理由でプロポーズは受けませんよ。私はチートで稼いで自立するんだから！いそいそとベッドから抜け出して、サイドテーブルに置かれた時計を見る。六時十分くらいだろうか。

前世ほど正確な物ではないけれど、この世界にも時計はある。時計はなんとも不思議な植物だった。そう、植物なんだよ。しかも花の部分だけ切り取って、水に浮かべた状態で使用する。その名も時計花——時計草《とけいそう》にそっくりな花だ。

文字盤に当たる花の部分に数字はないが、時計の針に見立てられる三本の雄しべが独立して動く。それこそ時計の針のように。その針の間隔から時間を読み取るのだ。きちんと一日の時間の流れに沿って動くから、遥《はる》か昔から重宝されている。

割とどこにでも生《は》えている植物で、花を摘《つ》まなければそのまま受粉して実が生《な》る。摘《つ》んでからは、綺麗な水に浮かべておけば丸一年は枯れずに時を刻む。なんて生命力。

高級品でもなんでもないけれど、万が一絶滅したら困るから、国の植物園にも保管されている。

開花のシーズンであれば、わざわざお金を出さずとも手に入るけど、王侯貴族は入れ物に拘《こだわ》るからトータルでお高くなる。この部屋の入れ物は、時計花の蔦《つた》と葉っぱをイメージしたガラス細工だ。透き通ったガラスの緑色が美しい。

「置き時計としては使えるけど、腕時計は無理だよねぇ」

花が大きすぎるし、何より水が問題だ。でも大きめの懐中時計くらいのサイズなら持ち運びできるかもしれない。よし、開発しよう。絶対売れる。チートは人々のために利用すべきだよね。


寝起きが悪いのか、グノーはサイドテーブル横の椅子に腰掛けてぼーっとしている。ディーネはテーブルの上でまだ寝ている。私はそんな二人から少し距離を取って、元気いっぱいなルフィーとサラと一緒に今朝も体操を始めた。

最初は私一人でやっていたのだけど、遊びだと思ったのか、この子達は真似してすぐに覚えたのである。

ちなみに彼らがどこで寝ているのかは知らない。精霊界というものがあるらしいから、そこに帰っているのかもしれない。おやすみの挨拶《あいさつ》をすると姿を消し、朝の鐘《かね》が鳴る頃に再び現れる。たまーに、魔法を使うまで現れない時もあるけどね。

しばらくして、体操の途中でドアがノックされた。

「はい、どうぞ」

体操をやめて返事をすると、メイドさんが部屋に入ってくる。彼女には視《み》えないルフィーとサラは、二人だけで体操を続けた。

「おはようございます。カーラさん」

「おはようございます。ミラ様」

新年祭の日はたくさんのメイドさんがやってきたけど、本来は彼女とエメルさんの二人で、ローテーションで私のお世話をしてくれている。

「今日もいいお天気ですよ、ミラ様」

カーラさんは手荷物を鏡台の上に置くと、まずはカーテンを開いた。

「ほんとだ。雲一つないですね」

王子様が私に求婚した事を二人とも知っているけれど、私に対する敵対心は感じなかった。婚活中とはいえ、貴族であっても継《つ》げる爵位も領地もないし、魔力も低い身とあっては、王子様狙いは畏《おそ》れ多いとの事。私の求婚辞退の話を聞いてもったいないと言いつつも、理解を示してくれる常識人なお姉さん達だ。

そんなお姉さん達が私付きになった事で、スキルアップの機会が減ってしまった。

新年祭の時は流されるままにお世話になったけれど、前世は自分でできる事は自分でするのが当たり前な一般人だった。お世話されるのは居心地が悪い。だから様付けで呼ばれるのを妥協する代わりに、身の回りの世話は、自分でできない事だけを手伝ってくださいとお願いしている。

「湧水《ガッシュウォーター》」

カーラさんは鏡台の前に戻り、手桶に魔法で水を張ると、クローゼットに向かった。今日は浄化魔法ではなく、洗顔のために実体のある水が用意された。

「ありがとう、カーラさん」

通常のメイドさんには、ここで主の服の袖や髪が洗顔の邪魔にならないようにと、背後で纏《まと》めて持つお仕事があるらしい。そして洗顔後すぐに顔が拭けるよう、タオルを持ってスタンバイするメイドさんもいたりする。つまり、最低でも二人以上のメイドさんが朝の支度を手伝うのが、貴族としては普通なんだとか。

私にも最初は四人のメイドさんがつく予定になっていた。だけど幸《さい》わいカーラさん達以外がまだ決まっていなかったから、二人でローテーションしてもらう事にしたのだ。だって私の髪は、持ってもらうほど長くないし。

お礼を言った私は手桶の横に置かれたタオルで髪を巻いて包み込み、袖を捲《まく》り上げて顔を洗った。そして頭からタオルを解《ほど》き水気を拭《ぬぐ》う。これなら一人で洗え、なおかつタオルは一枚で済む。前世でもよくやって……ん？　て事はやっぱり私は女だった？　いや、ロン毛のにーちゃんだった可能性もあるか。まさかとは思うが、オネエって事はなかったと思いたい。

「はうぅ」

カーラさんには気づかれないように、こっそりと苦悩の声を漏らした。

今後前世での私服姿を思い出せても、スカート姿イコール女だと確信できなくなったじゃないか。

こうなったら顔か名前だ。鏡を見ていないはずがないし、名前を呼ばれた事がないはずもない。……頼むから源氏名なんて持っていてくれるなよ？　問題は中性的な容姿だったり、男女のどちらか区別できない名前だった場合だけど、それはその時考えよう。

今日から学校なのだ。前世の性別を知る事なんて、優先順位は限りなく低い。私は丁寧にブラッシングし始めた。

王宮に来て食事が豪華になり、毎日お風呂に入れるようになったからか、髪の毛の艶《つや》が良く、頬もふっくらしてきた。この状態を維持したいものだ。でも食事はもう少し控えめでいいと思う。今のままだと太りかねない。お風呂は外せないけどね。

「そうそうミラ様、本日の朝食はパンにバター、炒り卵とハム。お飲み物はオレンジジュースですけれど、その他にリクエストはありますか？」

「十分ですよ。オレンジジュースは大好きです」

ふっかふかの焼きたて白パンに蕩《とろ》けるバター。それに卵とハムを挟んでサンドイッチにするのもいいよね。搾りたてのオレンジジュースが爽《さわ》やかな、素敵な朝食だ。これに更にリクエストとか、贅沢すぎる。

贅沢と言えばお風呂なんだけど、村では大量のお湯を用意するのは大変だったから、毎日は入れなかった。井戸から水を汲《く》んで、薪《まき》を燃やして湯を沸かす。かなりの重労働なので、子供の手ではできない。それがわかっているので日本人としての記憶が戻っても、毎日お風呂に入りたいなどと言えるわけがなく、絞った手ぬぐいで拭いたり、水浴びで済ます事が多かった。

旅の間は言わずもがな。でも、実は村にいる時よりも清潔だったかもしれない。新年祭の時と同じ水魔法による浄化をしてくれていたから。

あの時、グゼさんやもう一人の水属性騎士様は、二人で手分けしてみんなの浄化を担当していた。四人がかりだったメイドさん達との魔力の差がわかるというものだ。

この魔法は使う魔力量によって効果にばらつきがある。お風呂上がりのようにスッキリするものから、単なる汚れ除去、消臭程度と幅広い。水の魔石でも浄化魔法は使えるけれど、使用限度のある魔石を使うのはなるべく避けるそうだ。そのために騎士の部隊は最低四属性で構成される。人なら、休息すれば魔力の回復ができるからね。

けれどやっぱり、お風呂に勝るものではないと思う。ビバお風呂。

「制服はこちらに置いておきますね」

「はーい。あ、顔はもう洗ったので、お水の片付けお願いします」

「承知しました」

カーラさんはクローゼットから制服を出して、それら一式をベッドに置く。

真新しい制服は紺色のワンピースで、襟が白い。そこに濃い緑色のスカーフを通し、学園章のスカーフ止めで留める。今期初等部第一学年の学園章は金色だ。来年の入学生は銀色になる。

この制服の上に男女共用の黒いローブを羽織って、学園の制服は完成だ。

ガイが着る予定の制服は、黒のズボンに紺色の上衣。腰帯とスカーフは女子と同じく濃緑色。そして学園章のスカーフ止め。

薄手の生地とはいえ、温暖な土地でこの格好は暑いんじゃないかと思うけど、王子様いわく、「日差しに晒《さら》される方が暑いよ。耐えられなければローブに冷却の魔石を仕込めばいい。かなり涼しくなるから」だそうだ。うーむ、贅沢な。

カーラさんは使用済みの手桶を回収して、水瓶に水を移《うつ》した。

この世界には水道はない。蛇口を捻《ひね》れば水が出る便利さはないけれど、魔法で水を出せる。こっちの方が便利じゃないか？　とはいっても、誰でも好きなだけ出せるわけじゃないから、やっぱり不便か。

使った水は下水として地下へ流す。流す場所が決まっていて、そこまで運ばないといけない。そして定期的に地魔法で攪拌《かくはん》されて、自然に返る。

そんなわけで、お城にも個人風呂はない。王族用、客用、大浴場の三つだ。水属性と火属性の魔術師達が、風呂焚《た》きを当番制で担当している。ちなみに、お湯は火球《ファイヤーボール》を投げ込んで沸かしてるわけじゃなかった。そんな事をしたら毎回湯船が破壊されてしまうもんね。ちゃんと加熱の魔法があるのだ。火を使えない場所で料理を温めるのにも使われている。

私は姫様と一緒に入らせてもらっていた。

やー、初めて姫様と入った時はビックリしたね。メイドさん達、服を着たまま ついてくるんだもの。私まで洗ってくれようとするんだもの。シャワーがないから髪を洗うのは手伝ってもらったけれど、身体を洗われるのは断固拒否した。

だって背中ならともかく、前は……何その羞恥《しゅうち》プレ……ゲフンゴフン。いや、一般人としては贅沢に慣れちゃダメだと思うのよ、うん。


しっかりとブラッシングをして、左右に首を捻《ひね》ってサイドをチェックする。むう。やっぱり寝ぐせが残ってる。猫っ毛だから仕方ないけれど、たまにはすとんと纏《まと》まってくれればいいのに。


「ディーネ、サラ、今日もお願いね」

私の呼びかけに、未《いま》だゴロゴロしていたディーネが大きなあくびをして身を起こした。

「ミスト。それからドライヤー」

わずかな魔力と引き替えに、髪が霧吹きで水を吹き掛けたかのように湿《しめ》る。私は熱を纏《まと》った両手の指で髪を梳《す》いて、うねりを伸ばした。

お風呂係の魔術師に教えてもらった水を出す魔法を応用したものと、加熱する魔法を応用したドライヤーだ。精霊協会への登録名はそれぞれミストとドライヤー。ドライヤーはブローもできるけど、乾かすのがメインなので、名前はシンプルにした。

本来新しい魔法を習得するには、魔法を管理している精霊協会に習得料を払って教えてもらわないといけないんだけれど、国立のフィーメリア王国魔法学園で学ぶ者はその代金は授業料に含まれている、とスインさんに聞いた。学園に通う間、学校内外問わず誰からどれだけ習得しようと問題ない――つまり、学べば学ぶほど得をする。しかも、魔法の新規開発もしくは改変をして協会に登録すれば、習得希望者が出るたびに習得料金の一部が報酬としてもらえるとあっては、登録しない手はない。

改めて考えると、なんてすばらしい制度だ！

私はまだ正式には生徒じゃないけれど、お風呂係の魔術師達は快《こころよ》く教えてくれた。お礼として、協会登録する時に開発協力者として申請したから、彼らが後日ドライヤー魔法を習得しても、料金はかからない事になった。

料金の一部をもらえると言っても、既存魔法の応用なので、一回の収入はたいした金額じゃないらしい。でも収入が得られるっていいよねぇ。発行された協会のカードを思い出して、ついにんまりしてしまう。

そういえば、例の攻撃魔法の名称を決めるようにとせっつかれていたんだった。やっぱり名前があった方がいいらしい。でもなー、例の先人に倣《なら》って付けると〝ファイヤーフラッシュ〟か〝フレアフラッシュ〟になるんだよね。なんとなく語呂が悪い気がする。

誰かネーミングセンスのいい人はいないかな。習得希望の人から募《つの》ろうかな。

「あらミラ様。ドライヤーをされるなら、言って下さったら私がしましたのに」

「私も練習したいんだ」

「でもハネていますよ？」

「うぐ」

だから練習したいんだよ。せめて自分で身だしなみを整えられるくらいにはなりたい。

「カーラさんは水属性だよね。魔石を使う事になるよ？」

せめてもの反論は、ニッコリ笑顔に封殺された。

「ミラ様がお考えになったこの魔法は、貴族女性の間で大流行しています。メイドの必須スキルとなりつつあるんですよ？」

つまり魔石や魔力のチャージ代は、スキルアップの必要経費だと。

えーと、私が王都に着いたのが十二月の第三週四日。つまり二十五日のお昼で、早々に王宮にお呼ばれし、そのままホームステイ先としてお世話になる事になった。そして久々のお風呂に感動した日の翌朝、やっぱりはねまくった猫っ毛に、ドライヤーがあればと嘆《なげ》いたのが二十六日。

湯沸かし魔法を教えてもらったのがその日の夜で、カーラさんが退室した後に一人で実験。

翌朝、爆発してない髪に感動した私は、前日との変わりように驚いたカーラさんにドライヤー魔法を披露して、残っていたわずかな寝ぐせを直してみせた。これが二十七日。カーラさんの勧めで、私はその日のうちにドライヤー魔法を協会に登録申請したのだった。なんせ、登録は早い者勝ちだから。

そして今日が一月第三週一日。十五日だから……昨日までのわずか十六日間でそこまで浸透しましたか。

カーラさんはビックリしている私からブラシを取り上げると、嬉々としてドライヤー魔法を行使した。朝の身支度は時間との勝負である。私は大人しく身を任せたのだった。

カタンと馬車が揺れる。向かい側でうたた寝する姫様は姿勢を崩し、隣で書類を読む王子様の肩にぶつかってしまった。プラチナブロンドの髪が黒いローブの上をさらりと滑る。絵心があれば絵にしたいほど美しい光景だった。

それにしても、王子様は凄いね。いくら王家の馬車の乗り心地が良いと言っても、揺れがまったくないわけではないのに、よく文字なんて読めるな。私には絶対にムリだ。確実に酔う。できれば通学も馬車に乗らず、徒歩にしたかったくらいだ。

「気分でも悪くなりましたか、ミラさん」

「いえ、まだ大丈夫です」

じっと見つめていたのに気づかれて、体調を心配されてしまった。馬車酔いが酷《ひど》い事もスインさんから報告されているらしい。ちょっと恥ずかしかった。

異世界学園モノと言えば寮生活だし、ご多分に漏れず、フィーメリア王国魔術学園にも寮はある。だが全寮制ではない。王都以外の町や村から来た生徒のための施設だ。

私やガイも本来なら寮生だっただろうと思うと、少し残念だ。ホームステイ先がお城なので、毎朝姫様や王子様が乗る馬車に同乗させていただく事になっている。ホントーに残念だ。毎朝毎夕、馬車酔い確定なんて。

学園はお城のお隣さんだった。かなりスケールの大きなお隣さんである。その他にも、北部精霊協会やハンターギルド総本部、騎士団施設各種がご近所さんだ。

お向かいにある精霊協会に北部と付いているとおり、城は王都の最北、ユグルド山に最も近い。とはいえ、山裾《やますそ》には森や平原もあるし、ハンターギルドや騎士団、学園の演習地もあるので、すぐ側というわけじゃない。けれどいざという時は王族自《みずか》ら先陣を切って戦い、防波堤《ぼうはてい》となるために、城や各種戦闘施設を設置したらしい。

またもや、カタンと小さく馬車が揺れて、意識が馬車内に引き戻される。

隣に座るガイは出発時と同様、窓にかじりついて外を眺めていた。

「おお、四頭立ての馬車だ。あ、あんなところに兵隊だ」

と一人ではしゃいでる。

『ガイ、馬車なら私達も乗ってるよ。しかも王家の紋章入りだよ』

とのツッコミは入れないでおくべきだろうか。うん、やめとこう。ついさっき大丈夫だと王子様に言ったけど、正直、酔いかけていてそんな事を言う気力がない。今からでも徒歩通学にしては駄目だろうか。

確かにお城の敷地は広大だけど、歩いて通学できない距離ではないと思うんだ。でも、警備云々《うんぬん》を出されると弱い。地魔法に陶芸みたいな事ができる魔法があって、一応それで防犯用のホイッスルを作ってみたんだけど……なぜか上手く音が出なかった。不器用さが魔法に影響してしまったのだろうか？　それとも構造が間違ってる？

スタンガン魔法も開発したものの、威力の調整がまだまだだ。

考えてみれば、人間相手に実験するわけにはいかない。だけど本番一発勝負なんて、危なすぎる。強すぎたら死なせてしまうかもしれない。危ない橋を渡る趣味はないので、畢竟《ひっきょう》、大人しく守られているのが一番いいって事になる。

そういえば、先日お母さんから届いた新年の贈り物の中に手紙が入っていた。

『王家の皆様に支援者となっていただいたと聞きました。くれぐれも粗相《そそう》のないように。それから元気に学園生活を楽しみなさい。風邪をひかないように気をつけてね』

王家にご迷惑をかけないように、という注意と私の身体を気遣う言葉から始まっていたが、手紙には村に商人と偽った不審者が来たとも書いてあった。

幸《さいわ》いな事に村には今、私達を迎えに来てくれた一行と一緒に来た騎士様が、常駐してくれている。そして元ハンターのクーガーさんを始めとした自警団がその不審者を警戒し、外出禁止を言い渡された子供達が逆さまに持った箒《ほうき》を窓辺から覗かせつつ睨んでいたそうだ。おかげで、不審者らしき人物は商人と言っていたにもかかわらず、何の商売もせずに帰ったらしい。

歓迎しないお客様に対して逆箒《さかさほうき》を手にお引き取り願うのは、庶民に広く伝《つた》わる撃退法である。効果はそれなりにある。そんな事されたら、たいていの人は逃げるよね。

さておき、不審者が本物の不審者であった場合、ずいぶんと行動が早い。さすがに他国の間者《かんじゃ》って事はないと思うけど……もしそうなら、国の中枢から情報が漏れた事になる。

私は前世を思い出すまで普通の子供だったたし、魔力が普通でないのが発覚したのもその日だ。常時監視でもされていない限り不可能な対応速度だと思う。けど、戦略拠点でもない普通の農村を常時監視する意味はない。

魔獣の件で、ギルドに抗議したけれど、自分達が討ち漏らした魔獣を私みたいな子供が倒したなんて、外部に漏らすはずがない。

だから消去法で、国内の貴族が怪しいと思う。私の特異性を知って、脅迫のために家族を狙ったか。農家出身の高魔力保持者なんて先祖返りを、ダメ元でもう一人産ませようとしたか。

かつて、魔族との戦争で絶滅の危機に瀕《ひん》していた人族は、平和が訪れて以降、産めよ増やせよと一夫多妻の考えが当たり前だったらしい。男女比の影響もあったのだろう。フィーメリア王国も例外ではない。国王が女性の時だけは、本人が望まない限り夫は一人だったけどね。だけど三代前の国王が権力争いに利用されて死んでいった兄弟を想って、一夫多妻を廃止したそうだ。

それでも貴族の中には愛人を囲う人はいたから、高魔力を持つ貴族の血筋は意外と市《し》井《せい》に流出している。だから庶民に魔力持ちがいる事は珍しくないらしい。珍しくはないけれど、私のような高魔力保持者が生まれるのはやっぱり希少との事。辺境に近い農村ならば尚更。血筋の先祖返りと言われる所以《ゆえん》である。

もしそんな理由で家族が害されたなら……スタンガン魔法の実験台になってもらうく

らい、軽いモノだよね。うふふ。もちろん、最小威力から順にいきますとも。

黒オーラを発していたからか、笑いが漏れてしまっていたか、ふと視線を感じて目を向ければ、王子様と目が合った。

み、見られてた？

「そのリボン、素敵ですね」

王子様は私のおかしな行動にツッコミは入れず、姫様を起こさないように小さな声でお母さんからのプレゼントを褒めた。私はヘラリと笑って小さな声で答える。

「うちの村は、機織りや染色もしてるんです」

これまで村で作られていた布は白生地のままか無地染が大半で、先染めが少しあるだけだった。

「これは新しい染めで、村の新商品にするつもりだそうです」

ハーフアップにした髪に結んでいるリボンの端《はし》を、慎重に摘《つ》まんで王子様に見せる。

結んでくれたのはもちろんカーラさん。解《ほど》けると自分では直せないんだな、これが。

白い生地に水色と青色がグラデーションに滲《にじ》み、染め抜かれた部分には程良く皺《しわ》が残って陰影を作っている。それが花のようにも見えた。

「絞り染めって言うんですよ」

再出発の前日に、ふと思い立ったのが始まりだった。端布を縫《ぬ》い絞って——握力がないのでグノーに括《くく》ってもらい、染め工房にお邪魔してチョンチョンと染液を吸わせた。そしてディーネに乾かしてもらい、巾着《きんちゃく》を作るべくお裁縫。まっすぐ縫《ぬ》うくらいなら、今の私でもできる。

ちなみに二人にはお礼として魔力をあげたけど、魔法を使うために魔力を渡したわけじゃないから、当時のスインさん発行の魔法禁止令には抵触していない。と言い張ってみる。

括《くく》った糸はグノーが綺麗に解《ほど》いてくれたから、お母さんに白糸を混ぜて編んでもらい、紐にしてみた。割と上手く仕上がり、ホクホクしていたら、染め工房の女将《おかみ》さんに持って行かれてしまったのだった。

巾着《きんちゃく》は工房のおばちゃん達の手を巡り巡って返ってきたけど、その間、女将《おかみ》さんに絞り染めの技法を問い詰められた記憶はなかなか消えない。

しくしく。おばちゃんコワイ。

知っているバリエーションは少なかったから、テキトーに糸で縛って染めてみただけと言い張ったけどね。おかげで子供の遊びの延長と思ってくれた。

その後、おばちゃん達の試行錯誤によってできた作品の一つがこのリボン。デザインはお母さん。涼しげな色合いは夏向けで、今の時期には早い。でも注文を受けて市場に出す頃には夏至祭《げしさい》だから、ぴったりのはず。イエス、マム。しっかり宣伝用マネキンを務めますとも。売れるといいねー。

でも新年のお祭りに間に合っていれば、宣伝効果はもっと上がったかもしれない。惜しいな。

フィーメリアには年に三度、大きなお祭りがある。新年祭、夏至祭《げしさい》、収穫祭の三つで、今年の夏至祭《げしさい》は姫様の望みで王都に残る事になった。王太子妃様が夏至祭《げしさい》用に、リボンにあったドレスを姫様とお揃いで用意してくれると言っていたから、更なる宣伝効果が見込めるだろう。

夜を徹して行われるダンスは苦手だけど、新年祭のご馳走は美味《お》しかったので、ガイと二人で楽しみにしている。そしてお祭りが終わった後は、一度実家に帰ろうかと考えている。

夏は旅には向かない季節だけど、夏休みの日数を考えるとゆっくり帰省できる。一番季節がいいのは秋だけど、収穫祭は学期中だから帰れない。来年の新年祭はどうだろう。夏ほどの余裕はないけれど、帰れなくはないんだよね。帰ろうかな。

そんな事をつらつらと考えていると、カタンと馬車が停止して、扉がノックされた。

「学園に到着いたしました」

「ご苦労様」

従者のお兄さんが開けた扉から、一番初めに王子様が外に出る。続いてガイ。

従者の声に目を覚ました姫様がポヤンと私を見た。

「着きましたよ」

手を取って出口へ誘う。そこで王子様とバトンタッチして、姫様を降ろしてもらった。

最後に降りようとすると、目の前に王子様の手が差し出される。どうやら私もエスコートしていただけるらしい。

ふむ。ここは素直に受けるべきだよね。ステップはあるけど、割と高低差があるし。

手を借りて降車すると、視線が突き刺さった。

あー。やっぱりそうなったか。王家の紋章入りの馬車だもの、注目されて当然だ。そんなところから降りてくる庶民二人。うち一人は王子様のエスコート付き。女生徒の目つきがみるみる険《けん》を帯びる。

もしもし、お嬢様方。王子様が女性を蔑《ないがし》ろにするような男の方が良かったのかえ？

初等部七百二十名、中等部五百四十名、高等部五百七十六名。それぞれ別校舎だけれど、九時に中央精霊協会が鳴らす鐘《かね》と共に始まる式典はグラウンドで合同で行う。総勢千八百三十六名。なかなか壮観な眺めだろう。

それだけの生徒にこの事があっという間に知れ渡るかと思うとゾクゾクする。――悪寒で。先が思いやられるよ。

イジメとかないと良いなー。

お願いですから、婚約者候補だとか自分から言いふらさないでくださいね、王子様。私の魔力を知っている人達は政略結婚だと考えてくれますけど、何も知らない人からすれば、ただの病気《ロリコン》ですから。


手を繋《つな》ぐ王子様と姫様の後ろを、私とガイが少し遅れてついて行く。

馬車から降りた時ほどの注目はなくなったけれど、視線はちらり、ちらりと送られてくる。珍獣になった気分だ。パンダさんはこんな気分だったのだろうか。いや、彼らに悪意ある視線を送る人間はいないだろう。なんせ彼らはカワイイ。カワイイは正義だ。

学園は王城を正面に見て右手側にある。対面するのは貴族街で、王都をぐるりと取り囲む外壁に近くなるにつれて、階位が下がるらしい。ちなみに寮は貴族街の端《はし》っこで、生徒は徒歩、あるいは辻馬車で登校するそうな。

校門を抜ければ、目の前には三階建ての横長な校舎。その向こうにうっすらと見えるのは城壁だろうか。

「新入生は学生登録をします！　一番手前の列に三人一列で並んでください！　上級生は奥の三列にて登校チェックを行っております！」

案内板を手にして立つ少女と、声を張り上げる少年達が校舎前の行列を捌《さば》いていた。十歳から十四歳くらいの彼らは私達の制服とは違い、騎士の制服を簡素にしたような服を男女の区別なく着用している。

「あの人達は？」

「ああ、彼らは魔術学園と併設している、騎士学校に所属する生徒ですよ。式典運営のアルバイトをしているのでしょう」

王子様がそう教えてくれたけれど、私は首を傾《かし》げた。

「アルバイトですか？」

「学園と学校、双方の運営事務局が生徒に仕事を斡旋《あっせん》しているんです。式典の準備や施設の清掃、授業に使われる薬草の栽培、採取など様々な仕事があるそうですよ」

「なんでそんな仕事を生徒がやるんだ？　勉強に来てるんだろ？」

「ガイ。言葉遣い」

いくらなんでもタメ口はまずいでしょ。

「あ。……ですか?」

私の指摘にガイが言葉尻だけを言い直すと、王子様がクスクスと笑って立ち止まり、振り返った。

「構わないよ。でも公式の場でだけは頑張っておくれ」

「私が言えた事じゃないですけど、それでは身につかないかと思いますが」

いきなり切り換えろと言われても、難しいと思う。とはいえ、私だって自分の言葉遣いが正しいとは思ってない。なんせ日本では、一般市民が王侯貴族に会う機会なんてないもの。

「まあ、追々でいいよ。それよりなぜ生徒が仕事を請け負《うお》うかだったね」

王子様は説明をしつつ、歩みを再開した。何とも寛大な事だ。

「魔術学園も騎士学校も、身分に関係なく入学は可能なんですよ。けれど学園は魔術師クラスと魔法騎士クラスで構成されている。つまり、魔力がなければ入れないんです。そのため生徒の六十パーセントほどが貴族。残る四十パーセントが、君達のような選抜援助を受ける生徒と、初等部に通学する平民の生徒になります。優秀な生徒は援助を受けて高等部まで進学しますがね」

それで中等部の生徒数が、ガクンと減るのか。

「一方、騎士学校は魔力が必要ありません。九歳で入学し、六年間戦闘技術を学んで、卒業後は仕官する事も可能です。だから平民の生徒が多い。ただ双方とも授業料が……。それほど高くはないですが、安くもないんですよ」

学費の足しにするために働くのね。大変だ。ぱっと見、騎士学校の生徒さんが目立つけど、学園の生徒さんもどこかで働いてるのかな。

「学費を自分で稼いでんのか。すげぇな。オレ達選抜組で助かったな、ミラ」

働かなくてもいいという喜びに顔を輝かせるガイに、私は苦笑を返した。

「選抜じゃなかったら、村から出る事なんてなかったと思うよ」

選ばれていなければ成人するまで家業を手伝い、普通に結婚して普通に子育てして、普通に歳を取っていただろう。

「オレはクーガーさんに弟子入りして、ハンターになったかな。でもっていっぱい稼いで、ミラに美味《うま》いもん食わしてやったぞ」

「奢《おご》ってくれたの？」

「ん？　おう」

「それは惜しかったなー。でもガイが将来出世すれば、奢《おご》ってもらう機会があるかもね」

「ミラはいっぱい魔法開発して、いっぱい稼ぐんだろう？」

「奢《おご》ってくれないの？」

コテンと小首を傾《かし》げてみる。

「うぐ」

困ってる困ってる。

「オ、オレより稼ぐかもしれないけど、奢《おご》ってやる」

「ふふ。ありがとうガイ。約束ね」

「おう」

男の子とお出かけして食事を奢《おご》ってもらうなんて、デートみたいじゃないか。女の子としては、一度で良いから経験してみたいよね、デート。

＊＊＊

「ねぇ、お兄様」

「なんだい、セリア」

アインセルダの手を引いて、フィルセリアが声をかけた。微笑みかける兄から視線を動かし、背後で奢《おご》りの約束を交わすミラ達を見て、妹は再び兄を見上げた。

「ミラは意外と小悪魔なのかしら」

妹の言葉に、アインセルダは苦笑した。

「どうだろうね」

「ハンターになっていたらのお話は、デートではなくて、お嫁さんとして大切にするとも取れると思いますの」

なのになぜか、デート話に変わってしまった。わざとなのか、天然なのか。

「お兄様。ミラへの求愛は直球ストレート、誤解しようのない言葉を贈られる事をおすすめしますの」

ガイはミラが好きなのだと思う。でも、まだ自覚していない。ミラはガイに対して幼馴染《おさななじ》みとして好意は持っているけれど、恋じゃない。今ならまだ、ミラの心を兄に向ける事は可能だろうとフィルセリアは思った。そのためには、曲解しようがない言葉が必要だ。

「ガイには申し訳ありませんけれど」

「そうだね」

アインセルダは同意して、妹の頭をそっとなでた。

「でもね、セリア。恋とはままならないものだというよ」

予測なんてできない。思い通りになんてならない。人の心なのだから。

「ですから恋は辛く、楽しいものなのでしょう?」

アインセルダは少しだけ目を見張り、やがて苦笑した。

「小さくてもセリアは女の子だね」

兄である彼は、大切な妹の幸せを願っている。王族は、恋心のままに生きる事は許されない。あらゆるしがらみが彼らを縛る。できるのは、伴侶となる相手と愛を育《はぐく》めるよう、努力する事だけだ。祖父母や両親、叔父や叔母も政略結婚だった。情勢が安定していれば、妹も国内の貴族へ降嫁し、それなりの幸せを得られるだろう。

けれど心配事があった。アインセルダは今朝、馬車内で読んだ報告書を思い出す。報告は隣国にいる間者《かんじゃ》からのものだった。

かの国は最近民《たみ》への兵役期間を延長したのに加え、入隊年齢を引き下げたそうだ。税率も少し上がり、民《たみ》の生活に陰りが見え始めている。傭兵まで雇い入れているらしいから、税収が軍備につぎ込まれているのは間違いない。

問題は何のための軍の増強か。他国への侵略か、それとも魔族の領地とされているユグルド山への派兵か。どのみち世の平穏が崩れる事になる。フィーメリア王国が巻き込まれなければいいのだが。

アインセルダは平和なまま国を継《つ》ぎ、妻を守り慈《いつく》しんで共に幸せになれたらいいと考えていた。

現状、最大有力候補は妹と同い年の、将来が楽しみな可愛らしい女の子である。高魔力保持者とはいえ、身分の関係上彼女を娶《めと》るのは一筋縄ではいかないだろう。口説《くど》き落とすのも難しそうな女の子だ。更に幼馴染《おさななじ》み殿が自覚してしまうと、やっかいなライバルが誕生してしまう。だけどそれらを含めて、愛しい平和な日常なのだ。

隣国への不安は今考えても仕方のない事だと頭《かぶり》を振って、アインセルダはミラ達に声をかけた。

「まずは学生登録をしましょう。ミラさんは協会で発行してもらったカードを用意してください」

＊　＊　＊

「協会のカードですか？」

王子様の指示にオウム返しして、私は制服のポケットから琥珀《こはく》色のカードを取り出した。そういえば、学園でも必要になる身分証明書だから、肌身離さず持っているようにとスインさんが言ってたね。

カードの表面を軽くタップする。するとカードが仄《ほの》かな光を帯びて、文字が浮かび上がった。

氏名　ミラ
年齢　六歳
出身　フィーメリア王国イルガ村
職業　フィーメリア王国魔術学園入学予定
罪歴　なし
属性　火・水・地・風
祝福　精霊眼・約束
体力　25／30（現在値／最大値）
魔力　29999／30000（現在値／最大値）
資格　精霊協会魔術登録者

・登録魔法　ドライヤー／ミスト／火球《ファイヤーボール》改詳細指定型（仮名）
・習得魔法　地魔法状態指定型／火球《ファイヤーボール》／加熱《ヒーティング》／湧水《ガッシュウォーター》／地形成《フォーミング》
・開発中魔法　スタンガン

登録時から色々変化している。てか、減っている体力値五ポイントは馬車酔いのせいですか？　どんだけー。貧弱にもほどがある。

魔力値が減っているのは、ドライヤー魔法を使ったからかな。

もう一度カードをタップして、属性以降の文字を非表示にする。ふと、周囲のざわめきに気がついた。見回せば、初等部一年生にしか見えない私が、琥珀《こはく》色のカードを持っているのに驚いている様子。

「なんであんな小さな子が協会のカードを？」

なんて声がちらほら聞こえる。ルフィーに音を集めてもらわなくても、私ってば割と地獄耳だから。

琥珀《こはく》色のカードは、精霊協会に魔法の登録をした魔術師である証《あかし》。現役学園生の登録者は皆無《かいむ》ではないけれど、入学前に登録するなんてケースは、魔術師に弟子入りしていた人が途中編入をした場合くらいだそうだ。周囲のざわめきを華麗にスルーした王子様に促《うなが》されて、私達は新入生の列に並んだ。

「お兄様？」

私達と同じ列に並んだ王子様に姫様が疑問の声を上げると、彼はスミレ色に朱色の太いラインが入った身分証を取り出した。

「端末は同じだから、こちらでもチェックは可能だよ。ミラさんのカードについて、一言伝《つた》えておこうかと思ってね」

学園の魔術師クラスのカードはスミレ色一色だ。その中央に朱色の太いラインが横一直線に入っているのが魔法騎士クラスの印だそうな。ちなみに、騎士学校のカードは朱色一色である。

卒業して王宮に仕官すれば白いカードに代わって、右下に卒業したクラスの色のラインが斜めに入る。カーラさんのカードは白地にスミレ色のラインだった。キーナン隊長のは白地にスミレ色と朱色のラインが入っている。スインさんのは琥珀《こはく》色に白とスミレ色のライン。どうも協会発行のカードだけは、就職してもラインが入るだけみたいだ。

「次の方、前へどうぞ」

列の整理を担当する騎士学校生に促《うなが》されて、私達は端末装置の前に辿り着いた。

「おはようございます。先生」

「おはよう。どうした、アインセルダ君」

やせ形の先生と、ローブの上からでも硬そうな筋肉がついている事がわかる立派な体格の先生がそこにいた。

「妹とその友人達の付き添いです。こちらの子、ミラさんは既に協会発行のカードを持っていますので、それをお伝《つた》えしに」

「協会のか⁉」

「ほう。良ければ登録魔法の項目を見せてもらえるだろうか」

やせ形先生の申し出に、まぁそれくらいならいいかとカードをタップする。先生方に良く見えるよう、私はカードを差し出した。

「ドライヤーとミスト？」

巨人先生が首を捻《ひね》るのに対して、やせ形先生は「ああ、最近流行《はや》っている例の」と言って、何やら知っている様子。

「流行《はや》ってるのか？」

「ええ、主に女性の間で。なんでも髪を整えるのに最適だそうです。男性でも、髪の長い方は利用しているようですよ」

へーそうなんだ。そういう先生の髪は肩より少し上だ。ご利用いただいてるんでしょうか？

「男もか。ま、それより後がつかえる。生徒登録だけでいいんだから、早い事済ませよう」

巨人先生がスパッと会話を切り上げて、私にカードで端末に触れるように指示した。アースブラウンのガラス玉の上にのせてみると、仄《ほの》かな光がカードを包んですぐに消えた。引き戻して見ると、琥珀《こはく》色のカードの縁がスミレ色になっている。

「在学中の協会登録者は、縁の色が変わるんだよ」

カードを端末に触れさせ、登校チェックを済ませた王子様がニコリと笑った。

「さぁ、後はセリアとガイ君のカードを発行してもらわないとね。大丈夫、少しチクッとするけど痛くはないよ」

笑顔に押し切られて、姫様とガイが引き攣《つ》った顔で先生達に向き直った。うん。ガンバレ。

喉元過ぎればなんとやら。ガイは王子様のカードと同じく太い朱色のラインが入ったスミレ色のカードを、満面の笑みで矯《た》めつ眇《すが》めつしていた。私はそんなガイの手を引いて、グラウンドへ出る。

校舎をくぐり抜けて、突然広がった真っ青な空と眩《まぶ》しい光に、私は目を細めた。広大なグラウンドでは、既に生徒達が整列を始めている。騎士学校と合同なので、生徒の数は多い。生徒達の色とりどりの頭髪の向こう側には、巨大な門があった。門の先には草原が広がっている。更にその先は森。そして魔王の封印地であるユグルド山がそびえ立つ。

ここが、魔族への最前線になるかもしれない場所。

建国以来八百年。未《いま》だ破られてはいない封印だけど、永遠に破られないとは言えない。

思わず、息を呑んだ。

「ミラ、オレ魔法騎士コースの四組だから、また後でな！」

繋《つな》いでいた手を離して、ガイが駆けて行く。私は無意識に手を振った。

「どうしましたの？」

「……人の多さにビックリしました」

姫様は私の顔を覗き込んで、手を取った。

「ではお兄様、わたくし達もクラスへ行きますの。お帰りはご一緒ですの？」

「いや。クラス委員の選出があるから、僕は遅くなると思う」

「わかりましたの。ではごきげんよう、お兄様」

制服のスカートを片手で摘《つ》まんでお辞儀をすると、姫様は私の手を引いて歩き出した。

私は王子様に慌てて会釈《えしゃく》して、姫様に置いていかれないように足を動かした。

「わたくしのクラスは魔術師コースの一組ですの。ミラは何組でしたの？」

「えっと」

ポケットからカードを出すと、先ほど表示した項目がそのまま表示されていた。ただ職業の項目が〝入学予定〟から〝初等部第一学年一組〟に変化している。

「一組です」

「同じですわね」

魔術師コースは一組から三組まで、魔法騎士コースは四組から八組までだ。一年生のクラス分けは、地の精霊王が適性を元に、割り振ってくれるそうだ。その後の進路は本人の希望も反映される。

どうしても魔法騎士になりたければ、体力値を上げて申請すると、編入して魔法騎士の授業を受けられる。三学期末試験でダメ出しされたら、元のコースに戻るように諭《さと》されるけれどね。挑戦だけはいくらでも可能だ。

もっとも、恥ずかしさのあまり隠しておきたい体力値の私では、魔法騎士になんてなれるわけがない。騎士にまったく適していない事を自覚しているので、グッジョブ地の精霊王！　と称《たた》えたいところだ。

けど、「オレ魔法騎士コースの四組だから、また後でな！」と去って行ったガイ。「当然違うクラスだよな」と言われたみたいで、なんかムカッとしたぞ？

どーせ体力ないよ！

憤《いきどお》りを抑えつつ、騎士学校の男子生徒さんがプレートを持つ一年一組の列の最後尾に並んだ。

「おはようございます」

「おはよう。入学おめでとう」

「ありがとうございます」

この先、騎士学校の生徒と交流があるかどうかはわからないけれど、挨拶《あいさつ》は大事だよね、と声をかければ、入学を祝う言葉までいただいた。いい人だ。

「おはようございますの」

その時、背後から蚊の鳴くような声が聞こえて、私は訝《いぶか》しんで振り返った。すると姫様が私の背に張りついて、立ち位置を変える。

「姫様？」

「姫？　フィルセリア様でいらっしゃいますか⁉　こ、これは大変失礼いたしました」

私の呼びかけを聞いた男子生徒さんは慌ててプレートを降ろして姿勢を正し、左胸に右の拳を当てて深く頭を下げた。

これには姫様も慌てて、頭を上げるように言う。……私の背後から。

「だ、駄目ですの。学園では身分による区別はないとお兄様が言ってましたの。頭を上げてくださいですの」

「姫様、どうしたんですか？　なんで私の背中に隠れるんです？」

さすがに様子がおかしいと思って聞いてみれば、姫様は私のローブをモジモジと弄《もてあそ》びながら重い口を開いた。

「そのう。わたくし、まだ一人で知らない人の前に出た事がありませんの」

「はあ」

「慣れればきっと平気ですのよ？」

「つまり人見知りですか？」

「……」

沈黙は肯定らしい。どうしよう。図星を指してしまった後ってどうすればいいんだ？　もとプチ引きこもりで対人スキルの低い私には、荷が重いぞ？

「フィルセリア様、ご安心ください」

二人で固まっていると、頭を上げてこちらの様子を窺《うかが》っていた男子生徒さんが、声をかけてくれた。

「魔術学園にも騎士学校にも、フィルセリア様を傷つける者などおりません。ご自由に学び、遊び、多くのご友人をお作りになってください」

そう言うと彼は再び頭を下げて、プレートを持ち直し、私達の後に並んだ新入生に「入学おめでとう」と言いながら去って行った。

その後ろ姿を見送りながら、私は姫様に声をかけた。

「姫様」

「はいですの」

「友達百人計画しますか？」

「ひゃ、ひゃくにんは、いきなりハードルが高すぎますの」

うーみゅ。確かに百人はふっかけすぎたか。

それを思うと、前世で有名なあの歌はかなり無茶ぶりだと言える。というか私が死んだ頃の小学生って、同級生が百人もいたんだろうか？

「百人は無理だと思いますけど、ミラ以外のお友達作りも頑張りますの」

「はい。私も頑張ります」

背中越しに誓い合った私達だけど、はたしてどうなる事か。

ただなんとなく、ガイは百人くらいあっという間に達成してしまうんじゃないかなー

なんて思った。

『ただ今より、新入生歓迎式典および新年度始業式を執《と》り行います。講師、生徒諸君は速《すみ》やかに整列してください』

風魔法で拡声された声が、雲一つない青空に響き渡った。

第十話

学園へ入学して三ヶ月。

当初心配していたイジメもなく、クラスメイトとはそこそこの友達付き合いができていると思う。せっかくだから親友と呼び合える仲の友達を作りたいのだけど、これがけっこう難しいんだよね。

姫様の人見知りは、なかなか手強《てごわ》かった。私やガイと初めて会った時はご両親も一緒だったし、城内だったので頑張れたようだ。しかも私は大好きな兄が妻に、と望む相手でもあるので、共に過ごすうちに慣れたらしい。でも逆に私にベッタリくっついて、学園内でも別行動を取ろうとしない。

そのせいか庶民は私にも近づいてこなくなった。一方貴族は何かにつけてかかわろうとしてくる。すると今度は私の方がその勢いに気後《きおく》れしてしまう。

子供なのに下心が透けて見えるってどうなのよ。親の言いつけなのかもしれないが、ちょっと悲しい。

ガイは予想通り、たくさんの友達を作ったようだ。時々廊下で友達としゃべっているのを見かける。そんな時でもガイはすぐに私と姫様に気がついて、嬉しそうに声をかけてくるのだ。

「ミラ！　姫様！」

「え、おい姫様って、お前いいのかよ、手なんか振って！」

「友達なんだから普通だろ？」

「友達⁉　フィルセリア様と友達！　凄いなお前」

よくわからない感心の仕方をされているのが、ガイらしい。

そんなガイの友達は庶民が多い。貴族でも地位が低かったり、小柄な子だったり。なんでも、威張り散らしていた公爵家の若様を、入学早々かけっこで負かしたらしい。最近では体術勝負で引き分けたと聞く。それでこの前キーナン隊長のところで、色々やってたのか。

まあ、そんなこんなで一年四組の二大勢力となりつつある二人が、友と書いてライバルな仲で仲良く収まってくれる事を願う私だった。

威張っていたとガイは言っていたけれど、若様は王家と血の繋《つな》がりがある。だからプライドが高くてもおかしくないし、民《たみ》は貴族に従い、王に従う事で国の秩序が保たれると考えていたって、それはそれで間違ってはいないのだ。横暴な貴族は困るけど、実際貴族の支配を受ける事で民《たみ》は護《まも》られてもいるのだから。

王家の私達への対応は、とても寛容なんだと思う。私達があまりに礼から逸《いっ》した行動をしたり、王家の庇護《ひご》を笠に着たりすれば別だろうけど、言葉遣いがなっていないくらいは鷹揚《おうよう》に許してくださっている。けれどもちろん、それが面白くない貴族もいるだろう。公爵家の若様だって、そのうちガイが王家を貶《おとし》める事をするような子じゃないってわかってくれるはず。そして、運動能力が高くて仮契約精霊もいる、将来有望な魔法騎士の卵だと認めてくれる日が来ると思うのだ。

それは案外近いんじゃないかなと、合宿のお知らせを聞きながら考える私だった。

青春だねー。でも青春は年齢的にまだ早いか?

とかなんとか考えていたのがついこの間だったのに、合宿なう。

おっかしいなー。子供のうちは時の流れが遅く感じられるはずなのに。やっぱり中身が二十歳を超えてるからだろうか。光陰矢《こういんや》の如《ごと》しと感じるにはまだまだ早いと思いたいんだけどな。

「このように個人差はありますが、地形成《フォーミング》を発動させると、土を簡単に掘り出せます」

地属性の先生が、地面から掘り出した、自身と同じ背丈の土の柱を持ち上げてみせた。

今回の授業は魔術師コースも魔法騎士コースも合同で、各属性ごとに分かれている。なので周囲にいるのは地属性の生徒達だ。姫様もいる。

普段の授業では四属性の区別がない。初等部一年生は、魔法の実習に割《さ》く時間は少ないのだ。自分の属性ではなくとも、将来魔石で魔法を使えるようになるために、全属性の知識がまず必要だからね。

たまにある実習は、今みたいに属性別に行なわれるのだけど、自主学習は環境が整っていないとできないから、今回の合宿で魔法らしい魔法を使うのが初体験となる生徒も多いだろう。その点では、王家預かりの身は大変ありがたい。自主学習し放題なんだから。

普段の授業は、全属性の知識を習得する授業になっている。魔法関連で人気があるのは、上級生の模擬戦見学だ。いわゆる見取り稽古《けいこ》である。

四人の先生が各属性の防御結界を張った演武場で、高等部のお兄さんやお姉さんがこれまでに習得したあらゆる魔法、体術、剣術の限りを尽くして団体戦もしくは個人戦を行う。けれど、精霊の魔法の威力を減少させたり、武器はすべて刃を潰される。殺傷力の高い魔法や武器は使用を禁じられるのだ。そのうえローブや防具に防御魔法がかけられるという念の入れよう。それでも下級生にとっては大興奮の授業だ。色々な魔法が見られるから楽しい。

逆に不人気なのは瞑想《めいそう》。

目を閉じて深く呼吸して息を整え、続いてイメージするのは満ちる月、湧き出る泉、燃え上がる炎など、活力のある情景だ。自身の魔力と重ねてイメージする事で、魔力の早期回復を図るのだとか。

その他は、文字の書き取り練習に物語の音読、歴史のおさらいに算数を学ぶ。そして魔術師コースの体育は軽い運動、魔法騎士コースは少しハードな運動が授業に組まれている。このあたりは普通の学校みたいだと思った。

そして今ここで学んでいるのは、地魔法の基本とも言われている地形成《フォーミング》と、精霊を介さない魔法――魔力による身体強化だ。

「地属性の身体強化は、物質の重量をものともしません。なぜかわかりますか?」

先生の問いに、生徒の手がいっせいに上がった。

「ハイド君」

「はい。土や岩を好きな形に変えられるからです」

「それは身体強化じゃないですねぇ。地形成《フォーミング》で持ちやすく加工しただけです。他の方はどうですか」

先生が次の子を指名すべく見回すと、またもやさっと手が上がった。

「ではフィルセリアさん」

「恒常的な筋力の強化が可能だからです」

「正解です。火属性の身体強化でも、同様に怪力を生み出せますが、あちらは一瞬のもの。岩を打ち砕く事はできても、持ち上げ続ける事はできません」

私は先生をじっと見つめた。すると、土の柱を持つ先生の右肩から指の先まで魔力が集中しているのが視《み》えた。

「しかし、この魔力による身体強化には欠点もあります」

「はい！　疲れる事です！」

手を上げると同時に答えた生徒に、先生は苦笑した。

「正解です。でも次回からは指名されてからお願いしますね」

「……はぃ」

気まずそうな生徒の隣に座る子が、励《はげ》ますように肩をぶつけてる。

「身体強化は精霊を介さずに身体能力を上げる事が可能ですが、解除後、魔力消費による精神的負荷とは別に、少々の肉体的疲労を感じます」

ドスンと音を立てて土の柱を下ろした先生は、右肩をぐるりと回してほぐす。

「もっとも、身体強化なしでこれだけの重量は持てませんがね。さて、皆さんはどれだけの土を持てるでしょうか。実践してみましょう」

「はい！」

生徒達が各々自分の手を見つめて地形成《フォーミング》を詠唱する。すると、彼らの周囲に黄色の小さな綿毛が現れ始めた。

魔法で光を帯びた手を、生徒達は恐る恐る地面に突く。イメージが上手くいった子はさっくりと地面を貫き、失敗した子は土で汚れた手を見て顔をしかめた。再度の詠唱に綿毛が再び寄り集まる。

この綿毛達、何を隠そう地の精霊である。

うん。なんか騙《だま》された感がそこはかとなくあるよねぇ。グノー達に騙《だま》す気なんてなかったのはわかってるんだけど。

あれだって生まれたてなだけで、精霊である事に変わりはないんだし。魔法初心者の意思に反応して現れるのは、大抵綿毛だけど、小人が絶対に来ないわけでもないんだから。

どういう仕組みなのかわかっていないらしいけど、精霊は成長すると綿毛から小人、そしていずれは小人からグノーのような人間の大人サイズになるらしい。私は初めて綿毛精霊を見た時、精霊眼がおかしくなったのかと思ったよ。ビックリだ。

「どうしました、ミラさん」

「先生」

「わからない事でもありますか？」

先生は膝をついて、座っている私と目を合わせた。

「えっと、地属性の身体強化は魔力を腕に集中させて、腕力に変えるんですよね？」

「そうですよ。万物を支える大地のように、揺るぎない力です」

重々しく頷いて、先生は続けた。

「ミラさんとフィルセリアさんは、他の属性魔力による身体強化も習得していただく予定です。大変だとは思いますが、頑張ってください。質問はいくらでも受けつけますよ」

ニコリと笑って、先生はヘルプを求めた生徒のもとへ去って行った。

今明かされる驚愕《きょうがく》の事実、二つめ。姫様は二重属性である。

私みたいな四属性チートは別として、適性の強弱はあれど、二属性持ちは数百人に一人くらいの割合で存在する。

姫様のメインの属性は水で、地魔法はほんの少し使えるだけだ。でもせっかく魔石に頼らなくても使える素質があるので、才能を伸ばすつもりらしい。

その姫様は、眉を寄せながら懸命に土を掬《すく》っていた。どうやら何度やっても、手の平に乗る以上の土を掬《すく》えないらしい。適性はあっても弱いから、地形成《フォーミング》の支配下に置ける土の範囲が狭いんだと思う。それでも、ボウリングのボールが作れそうな量の土が掘り出され、彼女の足元に積まれていた。

「姫様、とりあえずそれを丸くしてみて、強化なしで持てるか確かめませんか？」

「そうね」

子供の姫様が通常持てない物を持てればいいのだから、いきなり大人でも持てない大きさにチャレンジする必要はない。

すりすりと土をなでる姫様の手に従って、土は球形になった。地形成《フォーミング》を終了して、土玉をちょんと突《つつ》く姫様。そして、突《つつ》いた指先をじっと見つめている。

「手が汚れてしまいますの」

「後で洗いに行きましょう」

地形成《フォーミング》を解除したのだから、仕方ない。維持していれば、魔力が膜のように手を覆うから、汚れないのだけど、姫様は身体強化と平行して維持できないのだ。

幸《さいわ》いこの平原には、水属性の身体強化実習に必要な川が流れている。そう、私達の合宿場所は外壁の外、ユグルド山へ続く平原で行われているのだ。とはいえ、学園からは百メートルも離れていない。後方には絶壁と言っても過言ではない崖があり、その上には巨大な門がある。学校のグラウンドにあった門だ。そこには崖に沿った階段がある。

きっと昔の人が地形成《フォーミング》で造ったんだよ。なんてデンジャラス！

そんな危険な階段を、私達は下りて来た。高所恐怖症だったら泣くんじゃないか、これ。高所恐怖症でない私だって本能的に恐怖を感じた。空を飛べない限り落ちたら確実に死ぬんだから、当然の恐怖だ。

遠回りだけど馬車が通れる普通の道もあるのに、私達はこの最短距離でやってきた。これもスパルタの一環だろうか。

合宿参加者は初等部一年が二百四十名。中等部一年が百七十四名。高等部一年が二百名の総勢六百十四名。それだけの人数が大型テントをいくつも組み上げて、夜はみんなで雑魚寝《ざこね》する。男女は分けるけど、姫であろうと貴族であろうと、平民と一緒に雑魚寝《ざこね》。

まあ二泊三日だし、忍耐力をつけるためなんだろう。従軍したら、ふかふかベッドでは寝られないだろうしね。うん。軍属にだけはなりたくないな。

「重いですの」

姫様は土製ボールを両手でならなんとか数センチ持ち上げられたけど、やっぱり厳しいみたいだ。片手でなんてとても無理だろう。

「じゃあ、身体強化してみてください」

「ええ。……ミラ、あなたは地形成《フォーミング》もまだではないですの。わたくしの事はもういいですから、自分の事をすべきですの」

今気づいた、と慌てる姫様に、私はパタパタと手を振った。

「大丈夫ですよ。地形成《フォーミング》はもう使えますから」

防犯用ホイッスルを作るために習得したのだ。未《いま》だに鳴らない物体しか作れないけど。

「なら尚更早く土を集めるべきですの。わたくしに合わせて待っていてくださるのは嬉しいですけども、このままではわたくしが先に身体強化まで終えてしまいますわよ？」

悪戯《いたずら》っぽく言う姫様に、私はキョトンとして少し笑った。

「わかりました」

これはちょっと度肝《どぎも》を抜かしてやりたいかも。負けず嫌い……もとい、悪戯心《いたずらごころ》がくすぐられる。

「グノー、お願いね」

魔力を練りながら右手に流して、どんな形で土を集めるかをイメージした。

私の場合、四属性使えるので〝我が魔力を糧《かて》に〟とか、〝魔石を糧《かて》に〟を省く事が可能だとこの三ヶ月の間に知った。あと、契約しているから〝地の精霊〟に呼びかけるんじゃなく、グノーに呼びかける事になる。グノーでなきゃいけないわけじゃないけど、他の精霊を呼ぶと契約精霊であるグノーが拗《す》ねてしまうのだ。

「地形成《フォーミング》」

指を揃えて地面に触れる。土が手に触れている感触はない。なぜなら手の表面は、魔力によってコーティングされているからだ。私の手の平を中心に、直径一メートルの光の輪が描かれる。

「な、なんですの」

「え、何コレ！　何⁉」

輪の中に含まれた姫様やクラスメイトが、慌てて飛び出した。別に害はないんだけど……でもバランスを崩してよろけたら危ないか。自主的に退避してくれたのはありがたいかな。

輪の縁から八本の蔦《つた》の葉模様が緩く弧《こ》を描きながら中心に伸びてきて、更に二十センチくらいの輪を描く。

「なんですのこれは。とても綺麗ですけど」

近くにいたクラスメイトも異変に気づいて、ざわめきが広がる。あ、先生が慌てて戻ってきた。

大丈夫ですよー、ちょっと見た目は派手だけど。

止められる前に、と膝を伸ばして立ち上がる。腕を上げるに従って手の平に吸い付くように、土の円柱が伸び上がった。柱を形成するために足下の土が減り、視界が少し低くなる。でも周辺一メートルから集めているから、落とし穴みたいな事にはならない。

えっへん。イメージは某錬金術師！

円柱は腰くらいの高さにまで伸びた。そろそろ良いかな？

「ミラさん！」

先生が声を上げた。得体の知れない光の中に、飛び込むのを躊躇《ちゅうちょ》している。

私がケロッとしているから、飛び込むのに踏ん切りがつかないんだろうな。たぶん私が危険な状態なら、形振《なりふ》り構わず飛び込んできてくれると思う。けれど先生の表情は、焦燥《しょうそう》と困惑で酷《ひど》い状態だ。

私は地形成《フォーミング》を終了して光の輪を消すと、先生に頭を下げた。

「お騒がせしました」

「大丈夫なのですか？」

足早に近づいてきた先生が私の肩に手を置いて、顔を覗き込んできた。

「ミラ、先ほどの光の輪はなんですの。地面は窪《くぼ》んでますし、土の柱が生《は》えていますけど」

オロオロと近づいてきた姫様にも、驚かせてゴメンナサイと謝った。

「地形成《フォーミング》で支配下に置く土の範囲を、視覚的にわかりやすくしたんです」

概要を説明すると、溜め息が返ってきた。

何故《なにゆえ》!?

以前模擬戦見学の授業で見た王子様の地形成《フォーミング》は、直径三メートルはあったよ？　個人戦だったから地形成《フォーミング》の範囲内にいたのは対戦者だけだったけど、団体戦だったら下手をすると同士討ちになっちゃうじゃん。仲間へのお知らせのためにも、敵への威嚇《いかく》のためにも、視覚化って良くない？

それに、私の魔力だと範囲指定は自分を中心としない遠距離でも可能だ。対魔力喰《まりょくぐ》らい戦でそれは既に実証されている。ただ、あの時の範囲指定は多少誤差があったと思う。巨大だったから誤差なんて問題なく魔力喰《まりょくぐ》らいを穴の底に呑み込んでくれたけど。なら、誤差の許されない指定が必要な時は？　目測で魔法の発現場所を指定するのは、限界があると思うんだ。だから光の輪——魔法陣で指定してみた。

スインさんと魔術師長のグリンガムさんにだけは相談して、離宮の裏庭で秘密の自主練習をしてのお披露目だったんだけど……。驚かせてしまったようだ。

「わかりました。確かにミラさんの魔力量で範囲指定を失敗すると、大変な事になりかねません。魔法範囲の視覚化——魔法陣でしたか。授業中の使用を許可します」

そう言うと、先生は手を打ち鳴らして周りにいる生徒達に注目を促《うなが》した。

「さ、皆さんは実習へ戻ってください」

「はーい」

渋々と生徒達が散って行く。

「くれぐれも、勝手にミラさんの真似をしないように。先生の指導の下《もと》でなら、小規模のものから許可を出しますからね」

しっかり釘を刺すのも忘れない。さすがです、先生。今何人か目を逸《そ》らしましたよ。

「ではミラさん、身体強化の方は大丈夫ですか？」

「はい。大丈夫です」

もっと派手な事はしませんとも。

直径二十センチ。高さ六十センチくらいの柱を見る。密度は普通なので、見た目通りの重さだ。持ちやすいよう、上の方に窪《くぼ》みを付けてあるけれど、強化なしでは子供には持てないはず。少なくとも体力値三十な私には無理だ。腕力なんてゼロも同然。

「じゃあ、身体強化を始めましょうか」

姫様に向き直って笑顔で誘うと、溜め息をつかれた。

あう。姫様までー。

「ミラが規格外なのは知っているつもりでしたけれど、思い知りましたの。これからは何があっても驚きませんわよ？」

そう言われると驚かしたくなってしまう。いやいや、反省したばかりだった。

「わかりました。地味に驚かす努力をします」

「地味にって……どうやっても地味にするのは難しいと思いますの」

拳を固めて決意を示す私に、半眼を向けてくださる姫様。カワイイ女の子には、笑顔を見せてほしいです。


さてと気を取り直して身体強化について考える。それは魔力を腕に集めて力にする技だ。欠点は魔力を消費してしまううえに体力も消耗《しょうもう》してしまうところ。

ぶっちゃけ体力消耗《しょうもう》はしたくない。だって最大値が三十だよ？　毎朝馬車に乗って通学するだけで五ポイントも減ってしまう貧弱な体力。今日は合宿の荷物を背負って崖の階段を下りたから、更に五ポイント減っていた。

講義の間に魔力を練っていたらあっという間に回復したけどさ。さすが気功。できれば体力増進もして欲しいとこだけど……やっぱり鍛《きた》えないとダメだよねぇ。

閑話休題。

この後、水・風・火の身体強化も習いに行かないといけないから、体力消耗《しょうもう》は困るんだよ。合宿中、学ばなくてはいけない事が多いのだから、効率的に動かなければ。

となると、水属性は最後にした方がいい。水属性のクラスメイトに聞いた事前情報によると、水属性の身体強化は水中で自在に動く事だそうな。服を着たままで。

キケンキケン。

川にはもちろん救助要員がいる。複数の教師や水属性身体強化習得済みの中高等部の学生が、マンツーマンで指導するそうな。そして手のあいている先輩は、実演がてら魚取り。

今日それに参加したら、体力的にもう他は受けられない。下手をすれば明日も動けないだろう。

遠くの方で爆発音が響いた。ガイ達火属性が集まる訓練場所からだ。彼らが破壊する岩などの欠片が他へ飛んでは危ないので、野営地から五百メートルほど離れている。

ちなみに地属性の訓練場所が一番野営地に近い。そして身体強化の特性ゆえ、習得済みの上級生がテントの設営を担当。竈《かまど》も作製している。

火属性の上級生と、風属性の一部の上級生は狩りと採集をしている。残りの風属性の上級生は、水属性の上級生と同じくサポート役。風属性の身体強化は高速移動なので、止まれなくなった生徒を強制的《ぶつりてき》に止める役目があるのだ。

ふむ。高速移動をマスターしてから火属性の訓練場所に行けば、五百メートル歩く労力を減らせるね。上手くいけば、明日は水属性の身体強化だけにできるかも。となれば、さっさと目の前の課題をクリアーしなければ。

「ミラ。考え込んでいたようですが、今度は何を企《たくら》んでいましたの？」

「企《たくら》むだなんて。人聞きが悪いですよ、姫様」

「では何を考えていましたの？」

「いかに疲れずクリアーするかの対策を」

「策？」

そんな物があるのかと言いたげな姫様に、私は頭を下げた。

「疲れた状態で水属性の身体強化にチャレンジすると、私、溺れそうなので、明日にさせて欲しいです」

「いいですわよ」

あっさりＯＫが出た。

「意外に身体強化って難しいんですの。ミラがそう言うのでしたら、わたくしは今日一日、地属性の身体強化を練習しますの。ミラはご自分のペースで、他を習得してきてくださいな。でも、お昼はご一緒したいですの」

「了解です」

私はニッコリ笑って快諾した。

「で、策ってなんですの？」

「私って体力はないですけど、魔力は無駄にあるじゃないですか」

「無駄って……」

絶句されたけど事実だ。今のところ魔力を一番使ったのって、魔力喰《まりょくぐ》らいに落とし穴を作った時だと思う。あの時はステータスカードを持っていなかったから数値は不明だけど。

「なので、魔力で体力のカバーができないかと考えてます」

協会への登録は無意味だからするつもりはない。だって魔力チートじゃなきゃ使えない技なんて、他の誰が使うのさ。

一般向けに改良できたら登録するけどね。

「魔力で体力を補《おぎな》う……よくわかりませんが、頑張ってくださいですの」

「はい」

身体強化のために集中しだした姫様を横目に、私はクラスメイトの様子を観察する事にした。

闇雲《やみくも》にカスタマイズにチャレンジしても、魔力を消耗《しょうもう》するだけだ。無駄にある魔力だけど、無駄にする気はない。だって精神的に疲れるもの。

周囲を見回せば、私の隣、姫様の反対側にいる女の子は右腕一本に魔力を流して土人形にアイアン・クローをかけていた。胸像だし、顔は彼女の手に隠れて見えないけど、がっしりとした肩幅の人型だ。上手くデフォルメされているっぽい。……っは、作品を見てどうする私。

改めて彼女の魔力の流れを視《み》る。

よどみなく流れていく魔力。そして指先まで流れた魔力は、そのまま外に放出されていく。彼女の周囲に綿毛精霊が蛍《ほたる》のように舞っているのは、魔力のおこぼれにあずかっているのだろうか。タダメシ食らいだ。

他の子達の様子を視《み》ると、同じく魔力を放出しっぱなしな生徒がたくさんいた。ちらほらとだけど、腕にとどめられている生徒もいる。だが先生がムラなく均一な濃さだったのに対して、彼らは揺らぐ。そのせいか土塊《つちくれ》を持ち上げたかと思った瞬間、取り落としてしまった。姫様もこのタイプだ。

魔力を拡散させていた子達が、座り込んで休憩を取り始めた。あの勢いで魔力を放出していれば、そりゃ魔力切れにもなるだろう。

「大丈夫？」

「平気やよー。ちょっと疲れただけや。たぶん……」

アイアン・クローしていた少女に声をかけてみたら、関西風なイントネーションで返された。ローブの内ポケットをがさごそ探る彼女が取り出したのはステータスカード。

「やっぱり、魔力切れ《エネルギー》寸前や」

ほらな、と見せてくれたそこには、基本情報と魔力値、体力値が表示されていた。

氏名	ケイナ
年齢	六歳
出身	フィーメリア王国ベルーラ温泉郷
職業	フィーメリア王国魔術学園初等部第一学年二組
罪歴	なし
体力	40／47（現在値／最大値）
魔力	8／53（現在値／最大値）

ベルーラ温泉郷と言えば、王都に近い西の都市だ。名前のとおり昔は温泉のあるこぢんまりした〝郷〟だったのだけど、温泉を売りにした村起こしと、王都に近い事が富裕層の需要に合致して見事に発展。一大娯楽都市となった〝郷〟である。是非一度行ってみたい。

「魔力流しっぱなしだったから、長く持たなかったみたいだね」

「やっぱそうなってたかぁ。いくら薪《まき》くべても沸けへん水を相手にしてる気分やったわ」

なんだその喩《たと》え。実家が宿屋か飲食店なのかな。

「さすが天然契約者やね。参考なるわ」

「天然？」

「あれ、違うん？　生まれた時から精霊と契約してたって噂のミラちゃんやろ？」

「イヤイヤ、契約したのは四ヶ月くらい前。学園入るのが決まった頃だよ!?　何その噂」

「そうなんや。王様に庇護《ひご》されてるらしいから、てっきりホンマの事やと思ってた」

愕然《がくぜん》としたけれど、すぐに否定しておいた。

「クラス違うし、お姫様といつも一緒やから話しかけにくかったけど、ウチら庶民とあんま変わらん感じやね」

「そりゃそうだよ。私も庶民なんだから」

前世からの筋金入りだよ？

「そっかそっか。ところでアドバイスとかない？　契約者って、ホンマに魔力感知できるみたいやし。先生とウチらの違いとか」

「んーとね。先生は、腕の中に魔力が詰まってるみたいだった。ケイナちゃんは、全部放出してるっていうか……今へたばってる子はだいたいそうだったかな」

「ふーむ」

腕を組んで考え込むケイナちゃん。

「あ、ウチの事はケイナでえーよ。ウチもミラって呼んでええ？」

もちろん私は頷いた。

「ほんならミラ。へたばってへんけど、地形成《フォーミング》で集めた土、持ち上げられへん子はどんな感じ？」

「放出はしてないけど、魔力が揺らいでたかな」

「濃さが一定やないって事か。……よし」

勢いをつけて立ち上がったケイナは、両手を打ち鳴らした。

「ちゅーもーく。天然やなかったけど、契約者のミラにアドバイスもらいましたー！」

視線がいっせいにこちらに向けられる。

こら、私を巻き込むな。

思わずケイナの足下に隠れて先生の反応を窺《うかが》ってみれば、おもしろそうに見守っている。良いんだコレ。

「天然やないってなんや」

「養殖か？」

「だまらっしゃい、手下A、B」

返ってきたツッコミに、即座に返すケイナ。同郷の子かな。

「ごほん。まずウチを含めて魔力切れ寸前なタイプは、魔力垂れ流しになってるそうや。で、魔力切れでないけど持ち上げられへんタイプは、魔力を腕に詰め込めとるけど、先生みたいに一定の濃さやないらしい」

咳払《せきばら》いをして仕切り直したケイナは、私から聞いた事を堂々とみんなに話した。

「なんやそれ。わかったような、わからんような」

「手探りよりはマシじゃね？」

反応は微妙だった。ゴメンね。でもそうとしか言いようがないんだよ。

「とりあえずサンキュー、ミラちゃん」

手下のA君、B君が手を振ってきたので、ケイナの足下から顔だけ出して手を振り返した。

「んじゃまあ、魔力回復するまで瞑想《めいそう》でもしてよかな」

再び座り込んだケイナは、足下にひっついていた私を肩越しに見て言った。

「そうや、お昼一緒に食べへん？　ウチの幼馴染《おさななじ》みも一緒で賑《にぎ》やかやけど」

私は姫様を見た。

「良いですわ。ご一緒しましょ」

ちょっと目が泳いだけれど、姫様は腹を括《くく》ったようだった。人見知り克服大作戦ですね。

大丈夫、庶民のケイナに下心はないよ。せいぜい実家の宣伝くらいじゃないかな。温泉郷に来たらご贔屓《ひいき》にって。

「じゃあ私もそろそろやってみようかな」

ケイナと約束を交わして、私は自分で作った円柱のところへ戻って魔力を練った。この作業をすると、魔力の消耗《しょうもう》が少ない気がする。実際に減るのかどうかは実験中だ。とりあえず現時点では、スインさんとグリンガム魔術師長、そしてガイが試している。

結果としてガイは上手く練れなかったから参考にできなかったけど、スインさんとグリンガム魔術師長はさすがに本職。慣れればスムーズに魔力を循環させて、練れるようになった。でも、魔力を練らなかった時と練った時、魔法の使用前後でステータスカードの魔力値を確認しても、消耗度合《しょうもう》いが変わるのかはっきりしなかった。差が小さすぎるんだ。とはいえ、あまり大きな魔法だと疲れてしまって何度も撃《う》てない。

それに、練った魔力をどの程度蓄積できるのか、という問題もある。

魔力総量と同じように個人差があるかもしれないし、ひょっとしたら蓄積なんてされていないのかもしれない。ステータスカードではわからない部分だ。

そしてこれを広く知らしめるべきかどうかも、微妙なところ。なんせ魔法を放つのに、数瞬遅れが生じてしまうのだから。戦闘時でなければ、問題はないと思うんだけどね。

考えごとをしつつも呼吸を整え、魔力を両腕に流す。指先まで均一に満たすと、ほんのり腕が熱を帯びた。

「魔力が目で視《み》えるってのは、こういう時都合がいいよね」

たぶんこれで問題なく円柱は持ち上げられる。でも体力の消耗《しょうもう》は避けられない。体質的に、先生と同じ方法じゃダメだ。

そこでヒントになったのが、ケイナの言葉。「いくら薪《まき》くべても沸けへん水相手にしてる気分やったわ」――魔力が薪《まき》、つまり燃料で、それを腕の筋肉に投入する事で筋力を高めているのではないか。だから疲労物質が生じると仮定してみる。

それなら、燃料を使う場所を変えてしまうというのはどうだろう。肉体ではなく、肉体の動きを補助する物。そう、パワードスーツとか。

「確かあれは衣服型もあったよね」

前世で聞きかじった知識を必死に思い出す。

パワードスーツは電動アクチュエーターや人工筋肉を使った外骨格型と衣服型がある。荷物の持ち運びや走ったり跳んだりの動作を強化してくれるあれなら、体力のなさをカバーしてくれると思う。

私の魔力は地属性であって地属性じゃないんだから、結果は同じでも、手段は変えられるはず。というわけで、さっそく腕に満たした魔力を外側へ移動させる。蜂蜜色の魔力が手袋のように手を覆った。そして、肩や肘の部分に大きな魔力が渦巻き、手袋にエネルギーを送っているような状態へと変化する。

私はゆっくりと関節を曲げ伸ばしして、動きに支障がない事を確かめた。

よし。大丈夫みたいだね。

いくぶん緊張しつつ、円柱の窪《くぼ》みに手をかける。手だけで持つのは危険だ。魔力制御に失敗して円柱をぶん投げてしまったら、悲惨な事になる。

屈み込んでゆっくりと円柱を傾《かたむ》け、右腕に抱《かか》えた。浮いた底に左手をかける。慎重に持ち上げようとして、動きを止めた。

……あれ？　これって腕だけじゃ無理っぽくない？　足腰も強化しないとダメじゃない？

「六歳にして腰痛持ちは嫌だよねぇ」

私は円柱を一度手放して立ち上がった。

先生はどうしていただろう。腕以外に魔力は……集めていなかったはず。

ひょっとして地形成《フォーミング》と同じように、魔力が影響する範囲とかがあるのかな。

まあ視《み》てなかったんだから仕方ないよね。

「えーと、足腰も強化するとしたら、どんな形状がいいかな」

腕を組んでふと思いついた。手袋みたいに、ロングブーツで足全体を覆うのはどうだろう。いや待て。すでにブーツを履いているのに、魔力製とはいえ更にブーツ？　うぬぬ。何か良い案はないかなー。出てこいアニメ映像！

前世の自分の事より、それらの事の方が簡単に思い出せてしまう自身に若干へこみながら、思考を巡らせた。

そういえば変身する時って、変身する前にどんな服を着ていても、丸ごと変わるよね。

便利だ。けれど私の衣装は魔力製。そして魔力が視《み》える人は限られている。服ごとチェンジするとなると、私はとんだ裸の王様になってしまう。視《み》えたら視《み》えたで魔力の色の都合上、金ピカ成金趣味の鎧《よろい》に見えないかが心配である。

「あ、そっか、鎧《よろい》だ」

RPGゲームは苦手だったから詳しくないけど、初期装備のライトアーマーって革製ブーツや手袋、胸当てなんかを装備するんじゃなかったかな。でもって火に強い魔物の素材なんかで作られていたりしたら、耐火性を持っている事もある。

今履いているブーツはごく普通の革製ブーツだけど、これに私の魔力を浸透させたらどうだろう。魔力付加されたブーツになるんじゃないかな。

チートブーツ誕生？　うふふ。おもしろそう。

口元を手で覆って、にんまり笑った。上手くいけば、風属性身体強化の高速移動にも使えるかもしれない。

そうと決まれば、さっそくブーツに魔力を送ってみる。

膝下までのブーツだから、太ももまで魔力強化が必要な時はそこまで魔力で覆えばいい。色合いは変になるけど、スカートの中だから、今は気にしない事にする。

残るは腰。胸だけ覆っても仕方ない。かといって剣道の防具みたいなのは動きづらそうだから却下。

「コルセット的なのはどうかな」

さすがにこの幼児体型を締め上げたりはしないけど。てか、大人になってもノーサンキューだ。

形状を色々試してみて、とりあえず完成。ついでに手袋の方もスッキリしたデザインにしてみた。

気になる点はやっぱり色だ。

「ほとんどの人には見えないから、問題ないと言えば問題ないんだけどねぇ。今度、色を変えられないか試してみよう」

ベースは白がいい。どうしても金色が出るなら、白地に金模様なら許容範囲だ。黒は……ゴスロリになるよね？　カワイイと思うけど、自分が着るには勇気がいる。

その他に心配な点を挙げるなら、全身を支えるような構造じゃない事だ。

でも全身金色のボディースーツはイヤだしね。魔法はイメージだし、なんとかなるんじゃないかな。

軽く屈伸して、動作確認をする。問題なし。先ほどと同じく慎重に円柱を抱《かか》えて、今度こそ私は立ち上がった。

よっしゃー！

心の中でガッツポーズを決める。

「あ、先生呼ばなきゃ」

地属性の身体強化は、対象物を持ち上げて少しの間でも耐えた姿を先生に見せないと合格をもらえないのだ。

「せんせー！　ミラが持ち上げてるから早う来たって！」

サンキュー、ケイナ。

先生が駆けてくる。

これ、先生が着くまで持ってたらまた規格外だと言われるんだろうか？　……よし、あと半分近づいたら限界の振りをして降ろそう。それで十分、合格はもらえるだろうしね。

地属性の先生は微妙な表情をしていたけど、合格はもらえた。

先生の説明によると、身体強化は発動の影響で、魔力を集めた部位ほどではないけれど、全身が多少補強されるらしい。つまり本来の使い方をしていれば、わざわざ足腰まで強化しなくても、円柱を持ち上げられたわけだ。体力は減るけど、魔力の使い方はパワードスーツより単純である。

体力の消耗を避けたいから、それを知っていても本来の方法を使ったとは思えないが、どうして兵に教えてくれなかったのか。疑問に思って聞けば、先生は苦笑した。

「いえね、そこまで先に考える生徒はほとんどいないんですよ。大抵はとりあえず、見たまま腕だけで試してみるんです。それで持ち上がらなかったら、何が駄目なのか教師と一緒に考えます」

考える力を育《はぐく》む方針なのか。最初から全部教えてしまっては、器用な子はそれだけでできてしまう。

だがそれでは試行錯誤の末の新たな発見は得られない。決してできてしまうのが悪いわけではないと重ねて言われた。

「ミラさんは自分自身で考えて今の強化方法を編み出したのですから、やり方は合ってますよ。先生の出番がなくなりましたが」

私は考えすぎですか。石橋を叩いて叩いて叩きまくった上に、補強工事をしてしまいましたか。

うーみゅ、加減がわからない。

六歳児としては不自然な事をしてしまったかな。でももう今更かも。チートの事はある程度開き直るって決めたし。

悩んでいたら、もう一人の地属性の先生がやってきた。入学初日に出会った巨人先生が体格の良い先生だ。

「それにその状態なら脚力が上がって、走るスピードも上がるだろ。魔石を使ったとしても、魔法や強化の複数属性同時行使は難しいからな。重量級の武器を振り回しつつ、風属性ほどじゃないだろうが、高速移動ができるのはいいんじゃないか？」

戦闘職なら良さそうですね。でも私は研究開発職志望なのです。ちょっぴり複雑な気分です。

そんな私の頭を、先生は大きな手でぐりぐりなでた。

「身体強化は、精霊を介した魔法が使えない状況でも、生き残るための手段だ。おまえさんの魔力は危険を呼び込むかもしれないから、身を護《まも》るのに役立つだろう」

周りの生徒に聞かれないよう、声を潜《ひそ》める先生に、私は目を見張った。

「魔法を行使するより魔力や体力を消耗《しょうもう》するのに、身体強化を教えるのも、それが理由だよ。本来入学したばかりの子供は大した魔力もないし、不安にさせるだけだから言わんのだが、実は精霊除けの香ってのがある。魔法しか使えない魔術師じゃ、こいつを使われると手も足も出ない。腕っ節勝負になるからな」

「誘拐されちゃいますか」

だから私に言うのか。魔力目当てに攫《さら》われるかもしれないから。

先生はニヤリと笑った。

「おまえさんの魔力量で強化された腕っ節に、敵《かな》う奴はいないかもしれないが」

「私は戦い方も知らないド素人《しろうと》ですよ？」

全身全力強化で突っ込めと？

先生は私の答えにクククと声を押し殺して笑って、またもぐりぐりと頭をなで回した。

内心のツッコミが聞こえたわけでもないだろうに、「ま、いざとなったら体当たりで吹っ飛ばしてやれ」なんて言いながら。

第十一話

地属性身体強化の合格をもらい、やってきました、風属性身体強化訓練所。

四属性の身体強化を習得するのが目標の私は、これから各属性の訓練に途中参加する予定である。隣に立つ風属性の先生の説明を聞きながら、見学なう。

五人の生徒が一直線に並び、もう一人の先生の合図で魔力を纏《まと》って走り出す。五十メートル先にゴールラインが引かれていて、更に三十メートル先に先輩達が十人ほど待ち構えている。そこまでに減速して止まれなければ、先輩方が追走して取り押さえるらしい。

もっとも、まだ止まれないほどの速度を出した生徒はいない。

大半が上手く発動できなくて普通に走っているだけで、たまに魔力を足に集中させた子がとても速く走っているけど、それでは合格はもらえないみたいだ。身体を浮き上がり気味にして跳ねるように進む子もいるけれど、それだと当然スピードは出ない。

あ、今一回だけ一歩で五メートル近く進んだ子がいた。

「先生、今のは違うんですか?」

隣の先生を仰ぎ見ると、彼女はにこやかに頷いた。

「そうですね。高度はもっと低い方が良いです。かつ、滑《なめ》らかに連続してできるようになれば合格です。ミラさんなら、一歩の距離をもっと伸ばせるかもしれませんね」

「それじゃ飛んでるのと変わりないんじゃないですか？」

先生はクスクスと笑った。

「魔術師の夢ですね。精霊の力を借りて物を飛ばす事は可能ですが、人を飛ばして実験するわけにはいきませんし」

先生の言葉を聞いて、私は玩具《おもちゃ》の吹き上げパイプを思い出した。ボールを人に置き換えて想像してみると、なんというか、ちょっとシュールだった。

ちなみに跳ねるように進んでいる子達は、私には宇宙飛行士みたいに見える。どんなイメージを持って走ったのかわからないけれど、精霊を介してだと威力の大きな魔法が使えるから、これを応用すれば、空を飛ぶのも絶対に不可能って事はないんじゃないかな。

空を飛ぶのは、異世界であろうとなかろうと、魔法があろうとなかろうと、人類共通の夢らしい。

「ふふ、でも貴方なら空も飛べてしまえそうね？」

それは是非飛んでみなさいって事でしょうか？

私の異常な魔力量の事は学園の先生はみんな知っているらしいので、つい言葉の裏を読みたくなってしまう。それとも顔に出ていただろうか、飛んでみたいって。

「さあさあ、ミラさんも列に並んでね。走るだけでも体力作りになるわよ」

「……はーい」

あはははーー。体力アップは難しいでーす。だってこの三ヶ月、体育の授業だってあったのに変化なしだもん。私は顔で笑って心で泣いた。

着々と順番が近づいてくる。私の番はもうすぐだ。

周りの子達はもう何度も走っているせいか、放心状態だったり、疲れた顔をしている子もいる。逆にやたらとハイになって、じっとしていられない様子の子もいた。

短距離走のランナーズハイって、あったっけ？

不思議に思いつつ会話に聞き耳を立てれば、嘆《なげ》きの声が聞こえた。

「ぜんぜんできないよ。コツってないのかな」

「ふふ、十回目。次走ったら十回目。あたしってホントに風属性？」

あ、なんかヤバそうな精神状態の子がいる。先生呼んだ方がいいかな？

「平気よう。走り続けてたらそのうちなんとかなるって」

「こらこら、根性だけじゃムリだって。ね、疲れたなら少し休もう？　私もちょっと休みたいし」

鬱《うつ》に入っている子に抱きついたハイの子を、お疲れ気味さんが引きはがした。そして落ち込んでいる子の返事は聞かずに手を引いて、列を離れる。先生に一言声をかけてから、彼女達は並んで座り、見学しだした。

さて、私はどうしよう。あの落ち込んでいた彼女は九回も走ってあなったけど、私は九回なんて走れない。その前に体力を使い切ってしまうに違いない。

先生の説明によれば、風属性の身体強化は全身に魔力を纏《まと》う。風圧をなくすためらしい。だから足のみに魔力を纏《まと》っても合格とは言えない。

地属性の先生が、さっきの魔力強化で高速移動は可能だけど、風属性ほどじゃないって言っていたのはこれが理由だろう。

そういえば魔力喰《まりょくぐ》らいから逃げる時、スインさんは魔石で風の移動補助魔法を使ってたっけ。しかも私を抱《かか》えて。男の人とはいえ、あの細い腕で私を抱《かか》えて走ったなんて、ちょっと見た目からは信じられない。きっと、地属性の身体強化を使ったんだと思う。

複数の属性の魔法や強化を同時行使するのは難しいって先生は言ってたから、スインさんって本当に凄い魔術師なんだね。

うわーっと感動していたら、順番が来てしまった。しまった、何も考えてない。

「よーい」

無情にも、先生の手が打ち鳴らされる。風魔法で拡大された音に押し出されるように、私達はいっせいに駆け出した。考えている余裕はないし、魔力装甲を纏《まと》おうにもまだ瞬時には出せない。仕方ない。たかが五十メートル、今回は普通に走ろう。

そう、たかが五十メートル。だがしかし、私にとってはされど五十メートルだった。

い、息が……苦ひい。

久しぶりの全力疾走でゴールを抜けた後、私はヨロリとコース脇に逸《そ》れて、ひざから崩れ落ちた。

え、何このざまは。五十メートル走ってこんなにキツかったっけ？

私と同様、魔力なしで走っている子もいたけど、比べるべくもなく足が速かった。私一人が遅いとコースを塞《ふさ》いでしまうから、焦って頑張った結果がこれですよ。

泣いていい？

打ちひしがれていたら、そよそよと風が吹いてきた。仄《ほの》かにカスタードの香りもする。

「るふぃー？」

顔を上げると、宙《ちゅう》に浮かぶルフィーが近づいてきて、私の顔を覗き込んだ。

『マスター、だいじょうぶ？』

「ルフィー……なんて良い子！」

感極まって抱きしめる。

「大丈夫だよー。頑張るよー」

「えと、大丈夫？」

「はわっ！」

背後からの訝《いぶか》しげな声に、私はビックリして振り返った。

「はわ？」

「いえあの、ビックリしたもので」

長い栗毛をポニーテールにした先輩が、身をかがめて私を見ていた。

「ああ、驚かせてごめん。うずくまって動かないから、様子を見に来たんだけど」

「ありがとうございます、大丈夫です」

いやもう、ドッキドキですけどね。走った後のドキドキと、ビックリしたドキドキと、ルフィーとの会話を聞かれちゃったかなーのドキドキと。あれって端《はた》から見たら独り言なんだよね。

大丈夫か、私の心臓。

「私、体力がないんです」

改めて自分で言うと、情けなくなる。五十メートル走ったくらいでダウンなんて情けなさすぎる。……体力つけないと。

「動けるまで回復したら、列に戻ります」

「了解。気分が悪くなったら、すぐに言うんだよ」

そう言い置いて、先輩は先生の方へ走って行った。全身に魔力がみなぎっていて、一蹴りで八メートルほど進んでいる。風を切るように、滑るように。たった六歩でスタート地点付近に辿り着き、減速して先生に近づいた。

私の事を報告しているのか、二人してチラリとこちらを見やる。先生が頷き、先輩がこちらへ駆け戻る。

トン、トン、と飛んできて、私の側で一時停止。

「先生には言っておいたから。無理しなくていいよ」

そして三十メートル先へと戻って行った。

「あれが、風属性の身体強化……」

目を閉じて、深呼吸しながら魔力を循環させる。体力の早期回復に努めながら、私はさっき見た光景を思い返した。

風属性の身体強化――高速移動。姿勢は走っている時と変わらない。それほど高く飛び跳ねてもいない。地上数十センチを、数メートル単位で駆けて行く。

今回は魔力の影響する範囲も確認してある。先輩の進行方向に、卵の殻のような盾《たて》があった。あれで風を受け流して、前へ進む抵抗を減らしているんだと思う。

風を受け流す流線型というと、新幹線が思い浮かぶ。

確か流体力学だったっけ？　つるんとしているほど抵抗が少なくて、燃費が良くなるとか何とか。テレビで見た気がするけど、詳しく覚えてない。もっとも、これは記憶の欠落が原因じゃない。理系とは縁遠い私は、番組を見た時、「技術者って凄いな」で終わったからだ。

それはさておき、魔法世界なのに、今のところ身体強化はもちろん、魔法でも完全には飛べないらしい。非常に残念だ。

こうなったら魔力装甲に羽でもつけちゃうかな。それともハンググライダーっぽい方がいいかなぁ。自力でジャンプして高い所に行って、あとは滑空《かっくう》するだけ。

前世でよくそんな夢を見てたんだよね。羽はないけど頑張って走って離陸して、屋根より高く上がれたかなーってあたりでゆっくり高度が下がっていく。……ん？　離陸するなら飛行機か。あんまり高くないし、飛距離も短かったけど。

とりあえず魔力装甲で走ってみて、魔力支配範囲のイメージを卵形にできないかやってみよう。

方針は決まった。ステータスカードは見ていないけど、息切れは治まったし、鼓動も正常だから大丈夫だろう。私は立ち上がって、小走りにスタート地点へ戻った。

「ミラさん、体調はもう良いの？」

列に並ぼうとすると、途中参加の私に解説してくれた先生に声をかけられた。

「はい。息が苦しいのは治まりました」

「ビックリしたわ。魔術師長様からは、魔力と体力の件は注意するようにと言われていたのだけど……」

「私もビックリでした。普通に全力で走っただけなのに」

先生は苦笑いした。

「体力作りは必要だけど、全力はよした方が良さそうね」

「そうします」

素直な返事に、「よろしい」と先生は頷いて、次《つ》いで首を傾《かし》げた。

「普通に走ったという事は、やっぱり魔力を纏《まと》っていなかったのね。どうしてか聞いても良いかしら」

「ただ単に、考え事をしていたら順番が来てしまって。走りながらでは魔力を纏《まと》いにくかったし、五十メートルくらいなら大丈夫だと思ったんです」

結果は大失敗だった。

「そう。そうね、途中参加でお手本を見ていなかったんだもの。イメージしにくかったわよね。ごめんなさい」

「次は大丈夫ですよ。さっき先輩のを見ましたから。ちゃんと魔力も使います」

「アンナローズ・ヒラルダさんね。彼女は高等部第一学年の風属性の首席なのよ」

首席かー。かっこよかったねぇ、八メートルの高速移動。

女子の制服よりも、男子の制服が似合いそうな人だった。ヅカ属性だ。お姉様だ。

ん？　待てよ。ヒラルダってどこかで聞いた覚えが……

王都に来てから知り合った人達は名前の長い人が多すぎて、正直碌《ろく》に覚えていない。

けれど引っ掛かったからには、それなりに親しい人だと思う。

悩んでいると、脳裏《のうり》に白いエプロンが翻《ひるがえ》った。そうだ。カーラさんと同じ家名だよ。

魔力属性は違うけど、姉妹だろうか。血が繋《つな》がっているからって、属性が同じとは限らないらしいし。現に水属性メインの姫様と、地属性の王子様の例がある。姫様は二重属性で、地属性でもあるからまったく異なっているわけじゃないけどね。

「彼女はあなたの担当でもあるから安心して」

「担当？」

首を傾《かし》げた私に先生はぶっちゃけた。

「今回の合宿参加メンバーで、唯一あなたのストッパーになれそうな子なの」

「ああ、暴走の。でも、暴走しないよう気をつけます」

「ええ。疲れたら十分に休憩を取ってね」

「はい」

ぺこりとお辞儀をして、今度こそ私は列に並んだ。そして魔力装甲を纏《まと》う。

走るだけだからグローブはいらないかなぁと思ったけれど、纏《まと》う練習としてフル装備しておく。これなら派手に転んでも平気だし。ついでにコルセットの下部を伸ばして、スカートの裾《すそ》近くまで覆ってみた。

さっき走った時に気づいたんだけどさ、膝上ワンピでフレアスカートっぽいシルエットだから、裾《すそ》が結構捲《めく》れてたと思うんだよ。

ローブだって風に煽《あお》られてしまうから、ガード不可能。きちんと魔力で風に干渉できれば、大丈夫なんだろうけどさ。

つか、体操着プリーズ。だいたい、なんで走る時まで制服なのさ。戦闘時に服装が選べるとは限らないって？　ならスカートの下にスパッツを希望する！

内心愚痴《ぐち》りつつ、魔力装甲の発動と解除を繰り返す。理想は瞬時に纏《まと》う事だけど、とりあえず、一呼吸の間にできるようになればいいかな。

私の番まであと二人。練習をやめて装甲を纏《まと》ったまま待つ事しばし、私は再び最前列に立った。前方に盾《たて》をイメージする。風を受け流す卵形。最適な形や角度は追々見つけ出すしかない。

「よーい」

パンッという音と共に走り出す。最初の一歩からグンッと加速してしまい、予想外のスピードに私は思わず身体を硬くした。とたんに軽い衝撃音がして、足が地に着く。無意識に卵形の盾《たて》を崩して、垂直な壁にしてしまったみたいだ。

おそるおそる周囲を見回せば、視線が集まっている。スタートラインからはおよそ三メートル。この視線は……いきなりかっ飛ばしたからじゃないよね。だって五メートル行った子だっているんだもの。

動揺を隠して、私は小首を傾《かし》げてみせた。ツッコまないでねー。本人、よくわかってませんよーとアピールする。

みんなの視線をスルーしてコースに向き直り、今度は心持ちゆっくりと蹴り出す。踏み込みも弱め、ピョンと跳んで着地。ピョンと跳んで着地を繰り返す。飛距離は二メートル弱ってところかな。余裕の一位でゴールイン。わーい。

それにしても困ったな。装甲を解除する事なくスタート地点まで歩いて戻りながら、私は小さな溜め息をついた。

私はどうもスピードが怖いらしい。さっき思わず急停止したのは、予想外のスピードが出てビックリしたのもあるけれど、怖かったんだ。そしたらもう強く踏み込めなくなった。

「はぁ」

今度は大きな溜め息が出た。

前世で絶叫マシーンが嫌いだったのは、酔うからだとばかり思ってたけれど、スピードも駄目だったんだね、私。チート魔力なんだし、もしかしたら自力で飛べるようになるかもしれなかったのに残念だ。

ルフィーに頼めばゆっくり飛べるかな。そしたら慣れるかな。

それがどれだけ魔力を使う事になるかわからないけど、非常識な魔力を使う事は想像できる。だけど飛んでみたいという誘惑には敵《かな》わない。

私はスタート地点に戻って、先生に尋ねた。

「スピードが怖いんですけど、どうしたらいいでしょうか？」

私の問いに先生は一瞬固まり、そして真剣な顔をして眉間を指で摘《つ》まんだ。

「先生？」

「ごめんなさい。今までそういった相談をされた事がないものだから」

「ないですか」

「ないわね。もっと速くなりたいという相談はあったのだけど」

風属性はスピード狂ですか？

「そうね、例えば暴走馬車に乗った人が、速さに苦手意識を持つ事はあるそうだけど」

事故か……。ダメ押しになった可能性はあるかもねぇ。前世だけど。

私はゆっくりと首を左右に振った。言えるわけがない。車に吹っ飛ばされたからかもしれないなんて。

「そう。心当たりはないのね」

「ないです」

少なくとも今世では。

先生は、「怖いんじゃ仕方がないわね」と言って苦笑した。

「高速とは言えなかったけれど連続して発動していたし、近い物にはなっていたと思うわ。評価は低くなるけど、合格はあげられるかもしれない」

「本当ですか⁉」

「ただし、昼食までは練習してね。慣れたら平気になるかもしれないし。食後にテストさせてもらって、他の先生と相談するわ」

「ですよねー」

目を輝かせたとたん水を差されて、思わず平坦な声が出る。

「たとえギリギリで合格しても、練習は続ける事になると思うわよ？　なんせ期待の新人だもの」

今回も言外に、「是非とも飛行魔法を完成させなさい」と言われている気がした。飛んでみたいなんて一言も言ってないのに、やっぱり顔に出ているのか？

でもあえて、あえてここは空気を読みませんよ私は！　飛びたいから努力はするけどね。大衆向けの飛行魔法を完成できるとは思えないんだよね。

「わかりました。練習してきます。ありがとうございました」

練習続行だけを受け入れて、ぺこりと頭を下げて列を離れた。スタート地点に向かう私に、ルフィーが不安げな顔で近づいてきた。グノー達は離れた場所で私達を見ている。

彼らは基本的に自分達の力が必要とされない授業の時は私の傍には寄ってこない。

さっきも今もルフィーが近づいてきたのは、私が風属性で苦しんでいると思ったからだろう。

『……マスター』

私は微笑んで、ルフィーのほっぺたをつんっと突《つつ》いた。

「なんて顔してるの。克服するの、次のお休みの日に手伝ってね」

『りょーかいです！』

ルフィーは太陽のように笑った。

うん。カワイイ、カワイイ。

第十二話

先生の指示に従って、昼食まで風属性身体強化を練習したが、なかなか成果が上がらなかった。

何度も走ったが、一定以上の速度を出す事に怖れを感じてしまうのだからどうしようもない。

とりあえず私は約束通り姫様達と食事をご一緒すべく、野営地まで戻った。

さて気分を切り換えよう。

竈《かまど》が並ぶエリアには配給待ちの生徒達が列をなしている。既に受け取った生徒はあちらこちらで食事をしていた。姫様達の姿を探していると、こちらに向かって手を振っている少女がいた。

「ケイナ」

小走りに駆け寄ると姫様もいた。ケイナの幼馴染《おさななじ》みらしきA君とB君もいる。というか、彼らの名前を聞いてないな。今更だけど。

「おかえりなさいですの。ミラ」

「おつかれー」

「おかえり、ミラ。ご飯もらっといたから、ここ座り」

「ありがとう」

ケイナはてしてしと小振りな土の塊《かたまり》を叩く。ケイナと姫様が座っているそれは、子供が腰掛けるのにちょうど良いサイズだった。

こんなとこに土の塊《かたまり》なんてあったっけ？

小首を傾《かし》げると、ケイナが胸を張って言った。

「ウチが造ったんや。お姫様を地面に直《じか》に座らせるのもなんやろ？　岩にすんのは無理やったけど、つるつるやで」

ローブを羽織っているけれど、汚れないに越した事はない。女の子だもの。しっかり固められたイスもどきは、クッション性こそないけれど、悪くはなかった。

「お食事中に失礼いたします」

男の子に呼びかけられて、私達は顔を上げた。

彼は姫様に一礼すると、私に目を向けた。姫様への態度といい、艶《つや》やかな赤銅色《しゃくどういろ》の髪と、幼いながらも凛々《りり》しさを感じさせる顔立ちから貴族だろうと見当をつける。

合宿に来ているのは初中高等部の一年生なので、体格からして彼は同級生だ。ただ、見覚えがない。魔術師クラスではなくて、魔法騎士クラスなんだろう。

「あなたがイルガ村のミラか。ガイはどこにいる」

「こちらには来ていませんよ。友達と食事を取っているんじゃないでしょうか？」

「ふん、奴の取り巻きには既に聞いた。約束があると言ってどこかに行ったそうだ」

……何だろう、この微妙に見下した言いようは。

「バーランク様を恐れて逃げたのではないですか」

彼の取り巻きから声が上がる。バーランクと言えば、入学早々ガイとやり合ったという公爵家の子。なるほど確かにもめそうだ。

「ガイが逃げる？　それはないと思いますけど」

いつだって、ガイは何事にも真っ向から立ち向かう。さすがに魔獣相手にはやらなかったけど……。

「昼食を終えたら組手《くみて》をする約束をしていた。私も、あの単純馬鹿が嘘をついて逃げ出すとは思わない。大方、約束を忘れて遊んでいるのだろう」

「約束があると言っていたのでしたら、戻ってくると思いますよ」

いや、ガイだって嘘はつくよ？　大人に怒られそうな時は割とあっさり。でも約束は守る子なんですよ。おバカだけど。

「でしたらわたくしが、ガイの居場所を占いますの」

「フィルセリア姫のお手を煩《わずら》わせるわけには」

バーランクは固辞《こじ》しようとしたけれど、既に姫様は両手を胸の前で合わせて呪文を唱え始めていた。

「我が魔力を糧《かて》に、水よ、我が問いに答えを示せ」

少し開いた手の隙間から、青い光が溢れる。青色チュニックの小人がどこからともなく現れて、魔力と引き替えに水の珠《たま》を浮かべた。

姫様の魔力は二属性とはいえ、その才能は水属性に大きく偏《かたよ》っている。地属性は使えなくもないといったところ。

一方で適性の強い水属性は、同じく水属性である王太子妃――母親を師として学園入学前から学んでいたらしく、水魔法をいくつか習得している。この水鏡の占いもその一つだ。魔力とその制御能力に結果の精度が左右されるけれど、探し物の現状を映す事ができたり、一番可能性の高い未来を映し出す事ができる。

姫様はまだ現状を見る事しかできないけれど、王妃様は、近い未来の吉凶を占えるそうだ。

遠い未来を見通せる人は現在いないとの事で、私はその辺りも期待されているらしい。でも、あれもこれもと一度に背負わせないよう、気を使ってはいただいている。まずは鉄壁の守りを得てきなさいと言われて、地魔法を学ぶ事を推奨《すいしょう》された。

「ガイは今、どこにいますか？」

姫様が水の珠《たま》を両手の平に乗せて問う。すると水の珠《たま》はぼんやりとした光を帯びて、水の中に像を結び始めた。

六つの人影が見える。そのうち二人は中等部の生徒なのか、他の四人よりも背が高い。次第に映像がはっきりすると、一対五でガイが崖っぷちに追い詰められているのが見えた。

「え、ちょっと待ちいや」

「これどこや！」

みんなギョッとして、驚きの声を上げた。

「あれは、ベルーレ男爵家の双子か」

バーランクが不機嫌な声で言った。どうやら彼の指示ではないようだ。

ガイ達はどこにいるんだろう。授業の一環で造られたのか、平原には岩場などがそこかしこにある。場所を特定する目印になる物を探していると、映し出された崖の下方に煙らしきものが見えた。私は学園の門がそびえる崖を振り仰ぐ。

あれが煮炊きの煙なら……

「落ちる。落ちちゃうよ！」

ケイナの声が焦燥《しょうそう》を掻《か》き立てる。私は忙《せわ》しなく崖の上に視線を走らせた。今世の視力は悪くないけれど、さすがに遠い崖の上にいる子供の姿を見つけるのは難しい。

「ルフィー、崖の……」

崖の上の音を聞かせてと続けようとして、息が止まった。背後で悲鳴が上がる。私は落ちていく小さな影に目を見開き、叫んだ。

「直下、吹き上げよ！」

膨大な魔力がルフィーに送られる。私とルフィーを中心に風が逆巻《さかま》いて、周囲から更なる悲鳴が上がった。ルフィーの姿が光に包まれると同時、遠く離れた地から金緑色の光と共に風が吹き上がる。小さな影は真上に吹き飛ばされた。

「ミラ！」

駆け出した私に姫様が呼びかけるけれど、応えている時間なんてない。ラボの実を受け止めた時とは高さがまったく違う。人間を無事に受け止められるかなんてわからない。

万一の失敗なんて考えたくもない。だから、やるしかない。

十八歳くらいに成長したルフィーが、すいっと隣に並んで飛ぶ。一房だけ長く伸びた艶《つや》やかな緑の髪。そして、背中に翼があるのを見た私は計画を変更した。自身を空へ打ち上げるのではなく――

「ルフィー、翼を貸して！」

ルフィーの姿が風の中にほどけるように消えて、私の身体に、背に、風が集まる。一瞬の浮力を感じた瞬間、私は空に向かって地を蹴った。

みるみる地上が遠ざかる。人々の驚愕《きょうがく》を置き去りに、私は空を翔《か》けた。


速く！　もっと速く！

昔一度だけ見た、航空自衛隊のアクロバット飛行が脳裏《のうり》をよぎる。

『駄目ですマスター！　生身の身体では持ちません！』

でも急がなきゃ。ガイが再び落下を始める前に。

『間に合います。間に合わせます！』

ぎゅっと、一瞬ルフィーに抱きしめられた気がした。

そうだ。私が信じなきゃ。

顔を上げて目を凝《こ》らす。……いた。

「ガイ！」

その姿はまだ遠い。でも間違いない。手足を広げ、少しでも落下速度を落とそうとしている。ローブは既に吹き飛ばされたのか、纏《まと》っていない。首に絡んだりしてなくて良かった。

「ガイ！」

「ミラ!? って、はねぇぇぇー!? っとわわわわ」

再度の呼びかけにガイは私に気づいた。とたん、驚きのあまりバランスを崩してきりもみ状態に陥《おちい》る。

「バカ！ さっきの姿勢をとりなさい！」

「んな、こと、いっ、たって」

私はガイとすれ違いざま、風の流れに干渉した。回り続けていたガイが、ピタリと仰向けで止まる。ああしまった。でも手を伸ばしやすくはなったか。

「あれ、逆さまだけど回転が止まった？」

「そのまま！ 動かないで！」

翼をたたみ、急降下。

障壁を解除しているから、風が目に痛い。耳元で風が唸《うな》る。だけどガイを捕まえるのに、
障壁は邪魔だ。かといって、下で待ち伏せて飛びついたら、お互い大怪我を負《お》うだろう。

たぶん、一番安全なのは、速度を合わせて捕まえる事。同じ速度で平行移動する物は、
お互い止まって見えるって聞いた覚えがある。

私はガイに手を伸ばした。ガイも手を伸ばしてくる。

動くなって言ったのに、ったくもう。また回ったらどうするのさ。

でもお説教は後回しにして、ひたすら速度を合わせる事に集中した。

もう少し。もうちょい。

翼の広がりを変えて、じわりじわりと近づく。目の前のガイの姿が止まって見えた瞬間、

『今です！』

ルフィーの声を聞いて、私は弾かれるように、ガイの手を掴んで抱き寄せた。

「ミ、ミラ!?」

「動かないで！」

一喝《いっかつ》して黙らせる。バランスを崩してきりもみ状態になってみなさいよ、一瞬でグ
ロッキーになる自信があるね。そうなったら二人そろって墜落死だ。スプラッタだ。

「冗談じゃない。今度こそ長生きして、畳の上で家族に看取《みと》ってもらうんだから」

ガイを落とさないように風で包んで、私の身体にピタリと沿わせる。着地まで抱《かか》えていられる腕力なんてない。

「タタミって何？」

「すっごく香りのいい敷物の一種！」

適当に返事をして、私は大きく翼を広げた。急降下から急上昇して墜落を逃れる。急激な方向転換に身体がきしんだ。奥歯を噛みしめて漏れそうになる声を我慢する。悲鳴を上げるわけにはいかない。ガイやルフィーが心配する。ああそうだ、ガイは大丈夫だったかな。

ほんの少し痛みが引いて、余裕ができてからガイへ視線を向けた。顔が赤い。なんで？　血圧でも上がった？　こんな高度でアクロバット飛行なんてすれば、血の気が引いて青ざめそうなものなんだけど……

地上へと視線を向けると、私の血の気が引いた。眩暈《めまい》がする。

ああ、新たなトラウマが……。だけど着地までは意地でも気が抜けない。その時、ルフィーが呼びかけてきた。

『マスター。無事着地するには、ゆっくり減速した方が良いと思います。今の速度のまだと、激突は免《まぬが》れません』

「しまった」

声に苦々しさが滲《にじ》む。

ガイが地上に叩きつけられるのを防ごうと必死で、鳥のように飛べれば何とかなるんじゃないかと思って飛んだけど、実際に飛んでみれば、その考えがいかに甘かったかがわかる。

スピードは速い、地上が遙《はる》か遠い。絶叫マシーンがまったく駄目なの忘れてた！　どうしよう。怖いのを我慢して、最初の予定通り鳥を真似るにしても、着地の直前に、急激な減速と姿勢維持が必要になる。

先ほどの急上昇で身体にかかった負担は、かなりキツかった。正直、もう一度あの痛みに耐えて、気絶しないでいられる自信がない。

なら、吹き上げパイプ式で行く？　上手くやれば、浮かせたボールを元の位置に戻すみたいにできるかも。

下からもう一度風を吹き上げつつ降下……ああ駄目だ。減速して停止しなくちゃいけない。少しでもタイミングがずれたら、一直線に墜落する。しかも向かい風などの自然風を利用できないから、もの凄い勢いで魔力を消耗《しょうもう》するだろう。

アニメや映画でも、高速移動と停止をするのなんてバトルものくらいだ。登場人物はみんな人外レベルの身体の鍛《きた》え方をしているから、その動きを真似する事はできない。

身体に負担のかからない飛行停止方法が、どうしても思いつかない！

「ミラ？」

不安そうに呼びかけてくるガイを、少し強く抱きしめた。しっかりしなさい私！　まだ方法はある。諦めちゃ駄目だ。

「大丈夫。ちょっと荒っぽい着地になるかもだけど、死なせないから。怪我は……するかもしれないけど」

「ははっ。崖から落ちた時に死ぬかもしれないと思ったんだ。怪我ですむなら軽いもんだろ」

明るく応えるガイに、私は目を瞬《また》かせた。

「風を吹き上げて助けてくれたの、ミラだろ。オレはミラを信じる」

自然と表情がほころんだ。

ああもう。ホント、大物だよあんたは。

「ルフィー、私の魔力残量はわかる？」

気を取り直して、なるべく安全に着地するための策を練る。

『はい。全体のおよそ半分を少し切りました』

カードを見られないので聞いてみたら、あっさり答えが返ってきた。でも半分を切っちゃってるのは、予想以上の消耗《しょうもう》だ。

『最初の高速飛行で半分消耗《しょうもう》したんです。現在はほぼ水平飛行ですから、魔力はそれほど減っていません。マスターとの合一《ごういつ》と、速度の維持、ガイを支える事くらいにしか魔力は使っていないんです。ですが先ほど言ったように、今の速度での着地は危険です』

なら失速しない程度に速度を落として、最後はエアバッグかな。

「一番強い風はどこ？」

『崖に沿って、西から東へ吹いています』

崖沿いか。気流が乱れやすそうだし、危ないよね。

『ある程度崖から離れてはどうでしょうか。西には川もあります』

「うん。……あれ？　私、声に出してなかったよね？」

『合一《ごういつ》してますから』

……思考が筒抜け？

『強く思った事だけですよ』

……って事は、さっきの我慢がバレちゃってる？　でも内緒の打ち合わせとかには便利だ。うん。

それにしても川か。泳げなくはないし、いざとなればそこに突っ込むのがいいかな。

「ガイ、いざとなったら川に突っ込むから、覚悟だけはしといてね」

「任せとけ」

そうこうするうちに、学園へ向けて移動する小さな点が地上に見えた。

「あれは……」

『馬車ですね』

このまま飛んでいくと野営地上空になる。つまりあれは野営地から来たという事か。集団を率いる先頭の馬車にはグノー達、契約精霊の気配を感じた。私は翼を羽ばたかせて、ぐるぐるとその場で旋回《せんかい》する。

「ミラ！」

「ミラさん！」

上空の私達に気がついたのだろう。かすかに姫様や先生方の声が聞こえた。飛行する私の風に影響するのを危惧《きぐ》してか、彼らは風魔法でピンポイントに私に声を届けるのではなく、草原の広範囲に響かせる事で声を届けてくれた。

「ルフィー、私の声を彼らに届けて」

『了解です』

「学園の崖に沿って、東から西へ向けて着地します。地面を整えますから、そこには入らないでください」

「承知した！」

先生の返事を受け、私は一度深呼吸した。同時に魔力も一周させて、地上にいる精霊の名を呼ぶ。

「グノー、大地を整えて」

イメージを乗せて願えば、身体から魔力が抜けたのがわかった。契約精霊との魔力譲渡に距離はあまり関係しない。願う声さえ届けば、契約によるラインを通じて魔力は送られる。もっとも、こんなに離れているのは初めてだったけど。

崖沿いの大地に光の帯が生じ、光が消えた後には長い長い一本の道ができていた。岩や小石に至るまで砂と化し、草地は消え、沼は干上がった。途中で失速しても、着地のタイミングが多少ずれても大きな怪我をしないように、徹底的に整える。そして道の端《はし》は川に通じている。川幅はそこそこ。水深もそこそこ。決して大河ではないので、いざとなったらディーネ頼みになる。

精一杯頑張るけどね。まさか生身でランディングするはめになるとは思わなかったよ。

折り返して崖まで飛んだ私は滑走路に見立てたラインまで来て、最後の旋回《せんかい》をした。

「じゃあ行くよ、ガイ」

「おう！」

一直線に滑空《かっくう》する。眼下をすさまじい勢いで大地が流れる。

悲しいかな、現実だ。魔力障壁がなければ、もの凄い風圧が身体にかかっているだろう。風切り音が凄い。高度はどんどん下がっていく。

最終的に、着陸方法は飛行機を真似る事にした。ただ、車輪の代わりに魔力装甲した足で、着地の衝撃に耐えきれるかは怪しい。だから障壁を三百六十度展開して、地上にエアバッグを大量に設置し、そこに滑り込むようにして着地しようと思っている。ほとんど胴体着陸だ。

パラシュートとかも考えたけど、あれは傘が開いた瞬間の衝撃が強かったはず。同じく着地の瞬間も。しかも受け身が取れないと、かなり危ないと聞いた覚えがある。衝撃が身体に響くのは駄目だ。それに受け身なんてできるわけがない。

「ルフィー、大気を圧縮した壁を進路上に一枚設置。減速に成功したら追加で二枚、近距離に連続設置」

エアバッグの設置に備えて、大気圧縮をイメージした。

『はい、マスター』

金緑色の光が空中に輪を描く。中央に逆巻《さかま》く風の紋が浮かび、それを貫くように私達は通り抜けた。

パン！　と大気が鳴り、少し速度が落ちる。身体への負荷はさほどない。

続けて二枚の圧縮された大気の壁を貫く。速度は最初に比べてずいぶん落ちた。一瞬、大量に壁を作って減速し、今からでも吹き上げ式に切り換えるべきかと迷ったけれど、減速しすぎたら垂直落下だ。やっぱりそんな状況で瞬時に魔法を制御できるとは思えない。

パラシュートなしのスカイダイビングより、胴体着陸の方が遙《はる》かにマシだと自分を納得させ、恐怖心に耐えて高度を把握しようと再び下を見れば、遙《はる》か遠い崖の上に、人影が見えた。思わず目を眇《すが》める。

あれがバカ貴族か。

さて、どうしてくれよう。無事に着地して体力に余裕があればの話だけど、絶対にシメてやる。今後のためにも先生や王家に任せっきりにするのはどうかと思うんだよね。

と、怨《うら》みを込めた視線でそいつらを見た時だった。

「なあ、ミラって泳げたっけ？」

「え？」

ガイの唐突な問いに、素で聞き返してしまう。

「おばさんが言ってたの思い出したんだ。たしかミラが三歳のころ、川に落ちて酷《ひど》いカゼをひいて、死にかけた事があるって。オレ達がミラを連れて川遊びに行くの、おばさんはすげー渋ったし、浅瀬で遊ぶように何度も念押ししてたなって」

「そうだっけ？」

思い返してみると、確かに泳いだ覚えがない。川に落ちた覚えもないけど、お母さんが言っていたならそうなんだろう。さすが体力値三十。幼い頃はもっと低かったに違いない。死にかけたとは。でも、前世じゃ体育で水泳を習っているはずだし、大丈夫でしょ。

「水の身体強化ってもうやってみたか？　服着て泳ぐってやつ」

「……やってない」

てか、前世の水泳は水着だ。水難訓練でもなきゃ、着衣で泳いだりしない。

「……やっぱり、ムチャ？」

「ムチャだ！」

『無茶です！』

異口同音にツッコまれた。

「地面で止まれ。オレの骨なら一本や二本折れてもいい。そのうちくっつく。何がなんでも川に突っ込むな。おぼれんぞ！」

『ディーネを成長させれば無茶も通るかもしれませんが、今は無理です。それより障壁とか、さっきみたいな大気圧縮に魔力を使ってください！　ね、ディーネ、グノー、サラ、あなた達も反対ですよね！』

『ダメダメダメー！』

『はんたーい』

『やめた方がいいよ、マスター』

え、何これ。頭の中で声がした。しかも誰の言葉なのか何となくわかる。初めて聞く声なのに。

『精霊間の直通ラインをマスターと繋《つな》げてみました。合一《ごういつ》しているので試してみたら、できちゃいました』

えっへん、と言わんばかりなルフィー。できちゃったって……軽いな。

『マスターは今テンパって空回ってるみたいなので、代案募集』

おーい。

「どうしたんだ、ミラ」

返事がないのを訝《いぶか》しんで、ガイが私を呼んだ。

「なんか、精霊達が脳内会議し始めた」

「なんだそりゃ」

「なんだろうね」

第一回、うっかりなマスターを助けよう会議？

『提案しておいてなんですが、川に飛び込むのは危険度が高いので、その案は撤回します。まさかマスターが泳げると思い込んでいたとは』

イヤ泳げるから。川じゃなくてプールでだけどね。水着でだけどね。

『大人にはなりたいけど、マスターの魔力がなくなって、枯渇《こかつ》するのはイヤよ』

ディーネの言葉に、私は内心首を傾《かし》げた。グノーの時も緊急事態で魔法を使っているから、精霊の成長にどれだけの魔力が必要となるのかはわからないけど、立て続けに二人は厳しいのかな。

『今の魔力残量だと、ディーネを成長させた上に強固な障壁を展開するのは厳しいかもしれないんだ。だから僕が受け止めようと思う』

グノーが？

『僕はもう成長させてもらって、高位精霊になっているし。マスターの安全のためには、川じゃなくて大地に降りてもらうべきだろう？』

『そうだな、グノーなら力持ちだし』

『決定ですね。マスター、グノーに突っ込んでください』

「突っ込んでって言われても……」

「川はダメだぞ！」

思わずそう独りごちた私に、ガイが声を上げた。

「いや、川じゃなくてグノーに」

「グノー？　地の精霊にか？」

「力持ちだからって」

「あー。そういや姫様のなくしたブレスレットを探している時、あいつ、デカイ箱を持ち上げたよな。リンゴがぎっちり詰まった、荷馬車ぐらいある箱」

「うん」

ついこの前のお休みの日の事だ。魔力感知を鍛《きた》える名目で離宮の建物全体を使ったかくれんぼをしたのだけれど、姫様が食料搬入場所でブレスレットをなくした。

みんなで荷物の間を探したのだけど見つからず、「何かの下敷きになってるのかも」と私が言ったら、グノーが手近にあったリンゴ箱を持ち上げたのだ。ひょいっと。

そんなグノーなら、子供二人なんて楽勝だろう。普通の状態なら。

「でも、でもさ、大気圧縮の壁を貫いたみたいに、グノーまで貫く事になったら……」

二人で四十キロあるかないかの体重だけど、この速度だと何倍になるのか。自動車が突っ込むような物じゃないのか。グノーが死んでしまう。

『大丈夫。大丈夫だよマスター。僕は地の精霊だから』

グノーが柔らかな声で諭《さと》すように言う。

「でも……」

「ミラ、一人で背負《せお》うな」

『マスター、一人で抱《かか》え込まないで』

「……ガイ、グノー」

「今、何もしてやれないオレが言うのも変だけど、ミラは一人でムチャしすぎだ。男がやるって言ったんなら、まかせちまえ。ミラはすげー魔力を持ってるけど、全部ミラがやんなきゃいけないわけじゃないんだ。もっと周りを頼れ」

『そうだよマスター。僕なら平気。マスター達を受け止めた衝撃で僕が消滅してしまう事を心配してくれているけれど、衝撃を受けなければいいんでしょう？』

「衝撃を受けないって、どうやって？」

『ん？　なんて言ったかな。マスターが前に言ってたと思うんだけど……アース？』

「地面に受け流すの？」

『そう！』

にぱっとした笑顔が目に浮かぶような声色だった。

「ミラ、ミラは自分の契約精霊を信じてるだろ？」

「信じてるよ」

ガイの問いに、間髪《かんはつ》を容《い》れずに返した。信じてる。けど、不安が影を落とす。精霊は自然界に満ちる魔力から生まれてくる。実体を持たない存在でありながら、世界に干渉する存在。干渉できるって事は、逆に干渉されるという事だ。

『マスター、時間切れですよ』

ルフィーの声にハッと意識を戻せば、学園のある崖の上のラインがあっという間に通り過ぎた。着地に備える減速は十分とは言えない。

なんたる失態！

血の気が引くやら、自分への怒りが湧いてくるやら。とにもかくにも全力で魔力を放出した。三百六十度魔力障壁。前方には盾《たて》。もちろん、風を受け流す卵形になんてしない。壁だ壁。最大限に風を受け止める盾《たて》にする。

「ルフィー、大気圧縮を……」

落下地点を想定して見やれば、そこには人影があった。いや、人じゃない。長い金髪を風になびかせて立つ彼を認識できる人間は、私だけ。

「グノー！」

『大丈夫』

私は唇を噛みしめた。信じてる。でも、でも、……大切な人が傷つくのは見たくない！

『僕達もだよ』

言葉もなかった。

だから地上が近い事を警告しなかったの？　一人で無理をしようとする私に、自分達を頼らせるために。

気を逸《そ》らして、……こんなギリギリまで！

「……………信じる」

盾《たて》を消して、翼を消して、すべての魔力を障壁に回す。丸く、丸く。少しでも小さく。

グノーが抱き止めやすいように。

「ミラ！」

それまで私に抱きかかえられていたガイが、ぐいっと私を引き寄せて抱き込んだ。私を包み込もうとするかのように。

ドウン……と、大きな衝撃音が轟《とどろ》いた。

その衝撃は大気に響いた音の割に……案外小さかった。

トンッと。本当に小さな振動で、私達の着地――というより墜落は終了した。

『マスター』

合一《ごういつ》を解《と》いたルフィーの概念通信で、私はきつく閉じていた目を開いた。ゆっくりと大地に下ろされて、私は障壁を解《と》く。

『おかえり、マスター』

ガイの肩越しに小首を傾《かし》げて私を覗き込むグノーを見て、私はちょっと複雑な気分で笑った。

「ただいま、グノー。それからありがとう、みんな」

エピローグ

「ミラ！　ガイ！」

「二人とも無事ですか!?」

振り返れば、穴の縁から姫様が覗き込んでいた。先生が滑り降りてくる。地属性の標準体型の方の先生だ。

ん？　穴？

座り込んだまま辺りを見渡すと、私達は直径五メートルほどのクレーターの中心にいた。

「うわー、あの大きな音の原因はコレか」

私は思わず感嘆の声を上げた。グノーはクレーターを作り出すほどの衝突エネルギーを、地面にすべて流し切ったらしい。

「二人とも怪我はありませんか」

「オレは平気です。ミラは？」

興奮を滲《にじ》ませながらも心配げに問う先生と、ガマンするんじゃないぞと言いたげなガイに苦笑しつつ、怪我はないと返した。

「ただ、凄く身体がダルくて眠いです」

「カードを見せてもらえますか？」

先生の求めに、私はこの異様な疲れの原因に思い至った。

ステータスカードを取り出して見れば、案の定、【魔力15体力9】の文字。あらまあとしか言いようがない。飛行魔法の一般化は無理だね。惜しみなく魔力を使った自覚はあるけれど、私でこれじゃ、普通の人は浮くのも難しいんじゃないかな。

「良かった、枯渇《こかつ》はしていないね。魔力を急激に消耗《しょうもう》したから疲れたんだよ。体力は元からあまりないと聞いているし、歩くのも辛いだろう。上まで連れて行ってあげるからおいで」

カードを私に返した先生は、両手を私に差し出した。足に力を入れようと思っても入らなかったので、私はありがたくその手を取った。

「ガイ君は……」

「オレは歩けます」

私を左腕に抱き上げた先生が声をかけると、ガイはすっくと立ち上がってみせた。

「なら行こう」

先生は私をあまり揺らさないように気をつけながら、ゆっくりとクレーターを上がって行った。その前をガイが駆け上がり、後ろからグノーとルフィーがついてくる。

『マスター、眠らないの？』

小さくアクビをする私を見て、グノーが不思議そうに尋ねるけれど、私は首を左右に振った。

合一《ごういつ》が解《と》かれたから、グノーとの会話も概念通信に戻っている。こうなると私の考えは言葉にしないと伝わらない。けれど今ここで口を開けば、先生に聞かれてしまう。

「元凶をシメておきたいから」

なんて、言えない言えない。たとえ体力的に直接シメられなくても――そもそも平民が貴族を殴り倒すわけにはいかないし、あからさまに苦言も言えないけど少し考えがある。

クレーターを上がり切ると、崖の階段からバカどもが降り立ったのが見えた。後に続いているのは学園長と秘書、入学式の時に受け付けにいた巨体のオルグ先生。生活指導の鬼と呼ばれる人だ。

ありゃありゃ、学園のトップスリーがお出ましだよ。事情聴取して、なんらかの処分を下すために来たんだろうな。

学園は身分を問わず、才ある者に学びの場を提供する事を信条としている。だから身分によって生徒の扱いを変えたりしない。王子様やお姫様ですら、在学中は名前の呼び捨てか、〝君《くん》〟もしくは〝さん〟呼びだ。相手が貴族だからといって、彼らの言い分を通す事はない。

万一の事があっても、証言者の身分は公爵家の若様であるバーランク君や、王族の姫様の方が上だ。惜しむらくは映像だけで、音声がなかった事。あくまで追い詰められて落ちたように見えただけなんだよね。

ガイが自分から飛び降りるとは思えないし、彼らの言い逃れを許すとは思わないけれど、やっぱりここは私が先手を打たせてもらおう。後手に回って不利になりたくないし、喧嘩《けんか》両成敗もゴメンだ。

「ねぇ、ガイ」

彼らが来た事に気づかない振りをして、ガイに声をかけた。

「なんで崖の上なんかに行ったの？」

「バーランクと手合わせの約束をしていたんだ。待ち合わせ場所に行く途中で、あいつの友達とその兄貴だって奴らが迎えに来てさ、上にいるって言うから行ったんだけど、バーランクはまだ来てなかった」

いやいや、バーランク君は知らなかったみたいだよ？　あれが演技だったら末恐ろしい。

「姫様の水鏡占いで、ガイが崖に追い詰められて、落ちたように見えたけど？」

学園長達はすぐそこまで来ていたけど、私の質問が自分達も知りたかった事だからか、何も言わなかった。元凶どもにちらりと視線を向けたガイは、ふくれっ面で言った。

「王家の庇護《ひご》を受けて、かつバーランクと手合わせするのにふさわしいか見てやるって言われた。火属性の身体強化をしてここから飛び降りて、無事に着地できれば認めてやるってさ」

私は口を開きかけた中等部の元凶その一を遮《さえぎ》って、「火属性ってそんな事ができるんですか？　凄いですね」と彼らに賛辞を送ってやった。男爵家の双子とやらは、そっくりな顔で狼狽《うろた》えている。こんな言葉をかけられるとは思いもしなかったんだろう。

ふふん、ガイへの要求は、とんでもない無茶振りだったんでしょう？　わかってるよ。

だから反撃はこれからだ。

「ミラさん。火属性の身体強化は瞬発的なものが多いですから、不可能とは言いませんが、難しい技ですよ。ガイ君のように魔法を学び始めたばかりの初等部一年生には不可能です」

「そうなんですか？」

欲しかった答えをくれた先生をその腕の中から小首を傾《かし》げて見上げ、続いて元凶に視線を戻し、笑顔で言葉を重ねた。

「では先輩方は可能なんですね。凄いなぁ。見てみたいです」

「は？」

「ミラさん？」

鳩が豆鉄砲を食ったような顔って、こんなかな。みんな、驚きで固まっている。そんな中、「無理ですよ」って言いそうな先生を満面の笑みで見上げ、口を封じた。

「だってそれができれば、ガイが王家の庇護《ひご》を受ける事を認めると、先輩はおっしゃったのでしょう？　貴族の方々も王家の庇護《ひご》を受けていますよね？　なら、先輩方はできるという事でしょう？」

ざわめいていたギャラリーの視線が、元凶——主に双子へと集中する。先生が初等部一年生には不可能だと言ったのだ。となれば、当然残るは二人。庇護《ひご》の条件として挙げたからにはやれなきゃいけない。そんな空気が漂《ただよ》った。

発言者の私が、ある意味クリアーしちゃってるからね。身体強化じゃないし、属性も違うけど。

さぁどうする？　ガイへの無茶振りが自分達に返ってきたよ。できないなら、そんな暴論を振りかざしてガイを傷つける事は許さない。そしてこれは、今後同様の輩《やから》を牽制《けんせい》する事になるはずだ。プライドの高い貴族が、「自分にはできないから身分を返上します。だからあいつを庇護《ひご》しないでください」なんて言うとは思えない。彼らには発言を撤回し、恥をかいてもらおう。

さぁ謝れ。土下座でも良いよ？　てか、この世界に土下座の習慣ってあったかな。

私はワクワクして双子を見つめた。あくまでも「凄いな、見たいな」と無邪気に。

腹の中は真っ黒だけどね。煮えたぎってるけどね。いくら事なかれ主義でも、限度ってものがあるんだよ。私なりの報復《ほうふく》はさせてもらう。

ああしかし……ネムイ。いい加減カクゴ決めろや、男だろ？

ビクリと震えたバカどもに、私はハッとした。あまりの眠さにうっかりガラが悪くなってしまった。顔に出たかな。声には出してないよね？　口元を隠して小さくアクビをする振りをしながら、先生を見上げた。

「眠っていいですよ。君とガイ君は合宿中止です。王宮へ戻ってゆっくり休んだら、医師の検査を受けなさい。後々《のちのち》不調が出てくるかもしれないからね」

よし。暴言は吐いてなかった。安心して早退の確認のために学園長を見やれば、頷きが返される。

「二人の早退を認める。この者達の処分は……一ヶ月の謹慎《きんしん》と反省文と言ったところか」

元凶どもを睥睨《へいげい》した学園長は、あごひげをなでながら処分を口にした。ちょっと軽すぎやしませんかね？

「無論、ご両親には報告させてもらう。ミラ君のおかげで退学及び受刑を免《まぬが》れた事を、感謝するんだな」

私の不満顔に気がついたのか、学園長は器用に片眉を上げて付け足した。確かに、死者どころか怪我人すら出さずにすんだのだから、彼らは私に感謝すべきである。

「ほれ、謝罪と感謝の言葉も言えぬのか？　初等部からやり直すか？」

本当に初等部に降ろされてはたまらないと思ったのか、奴らは慌てて頭を下げた。

「申し訳ありませんでした！　ありがとうございました！」

謝罪を受けてガイを見れば、彼も私を見上げて頷いた。

……………ふん。まあガイがいいなら、いいでしょ。

先生に抱っこされたまま馬車へ運ばれる途中、私は眠気がピークに達して寝オチした。

そのおかげか馬車酔いはせずに王宮へと送り届けられた。医師の診察のために一度起こされたが、私もガイも問題はなし。ただ私の方は魔力の消耗《しょうもう》が酷《ひど》かったので、ゆっくりと休むように指示された。

診察のため、中途半端に起こされたのでまだ眠い。今すぐふかふかベッドに潜《もぐ》り込みたい。でも合宿に参加していたから砂埃《すなぼこり》とかを洗い流したい。浄化魔法じゃなく、お湯に浸《つ》かりたいのは日本人のサガか。

湯船で溺れないよう、監視役としてカーラさんに付き添ってもらい、さっぱりしてからぐっすりと深い深い眠りに入った。

そして翌朝、前日の夕方には床《とこ》についたので、ずいぶん早く目が覚めてしまった。グノー達はまだ来ていないみたいで、広い部屋には私一人。カーラさんやエメルさんが来る様子もない。だけどお腹がすいた。

「朝ご飯はできてないかもだけど、厨房《ちゅうぼう》には誰かいるかな」

誰かいたら、パンか何か下さいと、お願いしてみよう。

ベッドを出て、クローゼットから適当なワンピースを引っ張り出す。帯を結んでみたけど、何となく不格好になってしまったから、帯は結ばない事にした。

一応鏡を覗き込んで、軽く身だしなみを整える。顔は洗っていないけど、手桶もタオルも使い終えた水を入れる瓶もないから諦めよう。

そして部屋を出て廊下を進み、階段を降りようとして身体が固まった。

「た、たかい」

え、なんで？　合宿前までは平気だったのに。まさかあの崖の階段を下りたから恐怖症……いや違う。原因となりそうな事と言ったら、アレの方が可能性大だ。あのアクロバット飛行と落下！

私はふらふらと階段を離れて膝をついた。

「せっかく、せっかくあの恐怖に耐えたのにっ。これからも空を飛べると思ってたのにっ。……おのれ双子め。呪ってやるぅ。祟《たた》ってやるぅ。タンスの角に小指をぶつけてしまえ。もしくは大事な何かを落としてしまえ。ふははは！　はぁ……お腹すいた」

きゅるきゅると鳴るお腹に虚《むな》しさを覚え、さりとて一人で階段を下りる事はできず、私は同フロアにあるガイの部屋に向かった。

「ガーイー、おーきーてー。ご飯、もらいに行こうよー」

コンコンコンと扉を叩いてから小さく隙間を開けて、部屋を覗き込んだ。

もっと周りを頼れと言ってくれたのだから、さっそく頼らせてもらおう。布団を蹴っ飛ばして寝ている大変寝相の悪い幼馴染《おさななじ》みを、私は容赦なく叩き起こした。

こうしてスピード恐怖症に高所恐怖症が加わり、改善する見込みもなく翌々日。合宿は終了してお昼頃には姫様も帰ってきた。久しぶりにおやつタイムをご一緒して、お昼寝する姫様と別れて自分の部屋に戻った私は、ルフィーに声をかけられた。と言っても概念通信だから〃声〃じゃないんだけどね。

『マスター、先日の双子の兄弟に悪戯《いたずら》してきていいですか？　特に兄の方を念入りに』

「は？　今なんか変じゃなかった？　文字は悪戯《いたずら》って読めたはずなのに、報復《ほうふく》って意味に感じたんだけど」

『そうですよ？　炙《あぶ》ったり埋めたりずぶ濡れにしたり、噂をばらまいたり』

そうですよって、何を当然の事のように。第一、炙《あぶ》ったり埋めたりするのは悪戯《いたずら》の範疇《はんちゅう》を超えてる……って、報復《ほうふく》なら正しいのか。イヤイヤ駄目でしょ。ずぶ濡れにしたら、暖かくなってきたとはいえ、風邪をひいてしまう。あと噂って何だ。どんな噂をばらまく気だ。

「……こないだの件が報復《ほうふく》の理由なら、彼らは一応処罰を受けてるよ」

追加で呪いたくなるような事があったけど、〃人を呪わば穴二つ〃の穴に埋まりくないから試してない。あの兄弟を呪って自分も被害にあうのはイヤだ。なんせ魔法のある世界だから本当になりかねない。ステータスカードに呪いが表示される事もあるらしいしね。

「というか、なんで兄を強調？」

一応聞いてみれば、とんでもない話を教えてくれた。

＊＊＊

一ヶ月の謹慎《きんしん》処分を言い渡されたベルーレ男爵家の双子は、合宿から帰寮早々ベッドに身を投げ出した。

これから一ヶ月もの間、魔法を使う事ができない。合宿終了と同時に四人の精霊王に誓わされたので、全精霊に通達されてしまった。それ以降、どれだけ魔力を放出しても、精霊を呼んでも、無視されるのだ。下位精霊すら寄りつかないのだから徹底されている。

更に、授業に出られないので剣の指導も受けられない。自習は許されているが、魔法剣士を目指す上で、この謹慎《きんしん》期間中の遅れは決して軽いものではなかった。同期生が何歩も先へ行ってしまうのだ。

「はぁ」

「はぁ」

二人同時に溜め息をつく。

『平民は貴族に従うべきである』――どちらかといえばそういった思想を持つ公爵家の若様と、彼と親しくなりたいベルーレ家の末っ子を近づけるための計画だった。だが、それは予想外に頑固だった少年と、噂以上に非常識な魔力を持った少女によって大事《おおごと》になり、目的は果たされる事なく終わった。

「末っ子に頼まれたからって、なんてモノに手を出したかな、俺達は」

双子の弟――ジル・ベルーレは苦笑を浮かべて兄のデル・ベルーレを見やった。

「はぁ」

どうやら兄は、答える気力もないらしい。ジルは寝返りを打ち、天井を見上げた。

まさか噂の少女が空を飛ぶとは思わなかった。おかげで犯罪者として家名に泥を塗る事は避けられたのだが、家名を貶《おとし》めてしまった事実は残った。それもこれも、平民のくせに幼馴染《おさななじ》みのオマケで王家の庇護《ひご》を得て、公爵家の若様に口答えをするあの子供のせいだ。少々懲《こ》らしめて言質《げんち》を取ろうとしただけなのに、素直に応じなかったあの子供が悪い……

「いやいや、これは自業自得なんだ。そう思わないと、とても反省文なんて書けやしない。上っ面《うわつら》な反省文だと、またあの娘にあの目で睨まれる。なあデル」

「はぁ、ミラ様にお会いしたい」

「…………………は!?」

　答えはないだろうと思いつつ声をかけたのだが、予想もしない言葉が返ってきた。空耳かと流しかけたけれど、流してはいけない名が聞こえた気がする。しかも〝様〟をつけていなかったか、この兄は。空耳であって欲しいと祈りながら確認した。

「デル。今、変な敬称が聞こえた気がするんだが、気のせいだよな、空耳だよな?」

「なんだ、ジル。天使のミラ様をミラ様と呼んで何が悪い」

「悪魔だろ!?」

「ミラ様の翼は白かっただろうが」

　思わずツッコんだら真面目に返されて、ジルは頭を抱《かか》えた。問題はそこじゃない。

「あれは平民だ」

「それがどうした。ミラ様の魔力はすばらしい。いずれ筆頭魔術師になられるだろう。いや、最年少魔術師長に就任されるに違いない！」

「いや、あのじぃ様はまだまだ現役だろ。しかし、なんでいきなり惚れ込んでいるんだ?」

「それでだなジル、俺は家督の相続権を放棄するぞ」

質問は無視され、更に聞き捨てならない発言が飛び出した。

「なんだって?」

「家を継《つ》がないと言ったのだ。俺達は双子ゆえにお互いがお互いのスペアであり家督相続のライバルだったが、今ここで宣言する。ベルーレ男爵家はお前が継《つ》げ」

のそりとベッドから起き上がった兄は、決意を秘めた目で弟を見た。

「俺は魔法騎士となり、ミラ様の護衛官となる」

「正気か⁉」

「もちろんだとも。そして再びあの冷ややかな瞳に見つめてもらうのだ」

「正気じゃねー!」

身体強化による高所からの着地を無邪気に求められたあの一瞬を思い出して、鳥肌が立った。ほんの一瞬、眠たげに瞬《また》いた目が笑っていなかったのだ。「さっさとしろやボケ」とでも言いたげな眼差しが彼らを貫いた。

寝ぼけていたのだと言われれば、そうだったかもしれない。けれどジルは、その眼差しに身体が竦《すく》んだ。兄も同じだったと確信している。そんな彼らを見た少女はキョトンとして、次《つ》いでアクビをした。そして何事もなかったかのように、教師と今後の予定を話し出したのだ。

「あれは無邪気を装《よそお》った悪魔だ。幼馴染《おさななじ》みに要求するなら、お前達もやって見せろと言っていた。そんな子供が自分達の弟と同い年だなんて、信じられるか!? しかもなぜ惚れ込む。Mなのか? 俺の兄はドのつく変態なのか!? 双子の俺も同類なのか!? 頼むから違うと言ってくれ!」

「何を言うか。俺にもミラ様にも失礼だ。謝罪を要求する」

腕を組んで不快を表す双子の兄に、弟は更に絶望した。

絶対に違うと言いたいジルだったが、彼ら双子の好みはこれまで様々なところで共通してきた。それでも、これだけは別だと信じたい。

「なあ、頼むから同じ顔で変態発言しないでくれ! 正気に戻ってくれ!」

ある意味平和的に相続問題は解決したが、素直に喜べない弟だった。

＊　＊　＊

『というわけで、マスターに変なファンがついてしまいました。ヤッてもいいですか?』

「よっしゃヤれ」と、喉元まで出かかった言葉をなんとか呑み込んだ。

私、呪ってやるとは言ったけど実践はしてないよ? 大事な何かを落としてしまえとも言ったけど、大事なモノって理性か？　正気か？　今すぐ探して拾ってこい！

「というか、それってホントなの？　なんでそんな事知ってるのかな？」

引き攣《つ》った笑顔で問いかければ、『通りすがりの風の精霊が教えてくれたんです。私達、噂話が大好きなので』とルフィーは悪びれる事なく情報元をぶっちゃけた。

「……えーと。て事は、私に関しての噂話を他にも知ってたりするのかな？」

怖い物見たさの気分で尋ねてみれば、これまたあっさり返答された。

『王子様がマスターの意外な黒さに喜んでましたよ。頼もしいって』

いきなりアウトキター！

私はがっくりと膝をついて項垂《うなだ》れてしまう。

『あと、王子様がマスターに求婚した事を知った貴族の一部が、マスターを養女に迎える打診《だしん》をしたり、マスターと同じ年頃の子を養女にして英才教育をしようと考えてるみたいです』

「わー!!　もういいです。もう聞きたくないです。ゴメンナサイ」

両耳を塞《ふさ》いでベッドに逃げ込んだ。概念通信は耳で聞いているわけじゃないから、そんな事をしても無駄なんだけどね。

ガイは周りを頼れと言ってくれたけど、これは誰を頼ればいいんだろう。誰か、チートの副産物を生じさせない方法を教えてください。

ああ、やっぱりチートは面倒だ。将来のためにも開き直って色々受け止めるって決めたけど、面倒事を面倒と思うのはどうしたって変わらない。チートの原因が神様にあるのなら、一言苦情を入れたい気分だった。


そして更に翌日、学園にて私は打ちのめされる事になる。

「ほら、あの子。最前列で机に突っ伏してる子」

「ええっ、あのちっちゃい子が飛行魔法の使い手!?」

「見た目は案外普通なんだな」

「魔法で翼を出したって聞いたけど？」

「真っ白でとても綺麗だったそうよ」

「見てみたいわ」

教室の出入り口と廊下に面した窓の外は、イモやカボチャが鈴なりです。

「ミラ、大丈夫ですの？ 他学年の合宿でわたくし達の授業はほぼ自習ですから、気分が優《すぐ》れないのなら、もう一日くらい休んだ方が良かったのではありませんの？」

いえいえ姫様、気分は学校に来て悪化したのですよ。そして現在進行形で更に転がり落ちております。

貴族の多い学園でも、野次馬《やじうま》っているんだね。

そんな野次馬様のご期待が翼だけなら、いつでもご覧に入れる事は可能です。が、飛行魔法にあるのならばお引き取りください。高所恐怖症になってしまったため、現在、ちょびっとしか浮けません。ジャンプするより低いです。ああ、いたたまれない。

「消えたい。透明になりたい」

「ミラ？」

ふふ。人間の目って、光の反射で対象物の色を認識してるんだよね？　だったら反射具合を調整してやれば、私の姿が見えなくなったりしないかな？

「……チートなんて嫌いだ」

書き下ろし番外編

王子の初恋？

十二月のある日、平民を対象とした魔術学園の入学者選抜試験のため、国中に散った騎士の一部隊から驚きの報告が上がった。

「お兄様、お兄様。四属性すべての適性を持った高魔力保持者が見つかったと聞きましたの。本当ですの？」

執務室へ顔を見せた妹——フィルセリアが興奮気味に問いかけたのに対して、僕はニコリと笑って頷く。

「そうらしいね。なんでも、セリアと同い年だそうだよ」

「まあ！　どんな子かしら。お友達になれるかしら」

とたん、妹はそわそわし始めた。

フィルセリアも魔術学園入学予定者である。四属性ではなくとも、地と水の二属性を持っているので、同じ複数属性持ちとして気になるのだろう。

「その子は調査隊の帰還と一緒に王都へ来ることになったらしいから、到着して落ち着いた頃にでも、お茶会に招待してはどうかな」

「はいですの！」

嬉しそうに頷いたフィルセリアだったが、ふと首を傾げる。

「招待状は、どこへ送ればいいのでしょう？　お兄様、その子を支援する貴族はもう決まりましたの？」

「いや、それはまだだよ。支援者が決まるまでは、試験を担当したスイン・クルヤード魔術師の預かりとなるそうだ」

選抜試験に合格した平民の学費は国が払うが、住む場所や生活に必要な細々とした物の費用などは、支援者となる貴族が負担する。その支援者の決定は、各地の選抜試験が終了してから行われるが、今はまだ、試験の完了報告が届いていない部隊があるらしい。

「今年の支援者会議は、もめそうだね」

支援者は、子供達の支援を希望する貴族を城に集めて、話し合いで決める。貴族が試験合格者のデータを見て、支援を希望する子供を選び、立候補してもらうのだが、今年は皆が皆、四属性の高魔力保持者を指名する気がしてならない。いや、ほぼ間違いなくそうなるだろう。

通常、立候補者が複数立った場合は、より条件の良い方が優先される。

この条件とは支援する子供への投資額ではなく、その家の経済状況や仕事の勤務態度、国への貢献具合などだ。

まあ、予想外に事業が失敗して莫大な負債を抱えたり、魔が差して悪事を働くこともあるわけだが、そこまで懸念していては誰にも任せられなくなってしまう。

例年ならばそう割り切って、ある程度事務的に支援者を決めるのだが、今年は……

大きな力を手に入れると、それが自身の力ではなくとも溺れる者がいるから厄介だ。

「お兄様？」

心配そうに僕を見上げてくる妹に、僕は微笑みを返す。

「将来有望な子には支援者が殺到する。大人の喧嘩にその子が巻き込まれないよう、陛下にお願いしなくてはね」

「わたくしもお願いしますの！」

シュパッと手を上げて宣言したフィルセリアは、善は急げとばかりに執務室を出て行った。

　その三日後、件《くだん》の少女を連れた部隊が、魔力喰《まりょくぐ》らいに襲われたとの一報が入る。

「子供達は無事か!?」

　部隊には四属性の少女の他に、彼女と同郷の少年も一人、試験に合格して同行していたはずだ。

　僕の問いに、伝達の近衛騎士が「二人とも無事です」と答える。

「試験官の魔術師と子供達に怪我はありません。ただ、部隊の騎士四名全員が負傷しました」

「怪我の具合は？」

「骨折と打撲ですが、治癒魔法で快方に向かっております」

「そうか」

　ほっと安堵の息をつく。そして、続いてもたらされた情報に呆気に取られた。

「……少女が魔法で魔力喰《まりょくぐ》らいを倒した？　本当に？」

「は、はい。部隊の風属性騎士の通信によりますと、そのようです」

　近衛騎士自身、信じられないのだろう。少々声がどもり、自信なさげだ。

　無理もない。相手は魔力喰《まりょくぐ》らい。魔法で攻撃しようものなら、その魔法を喰って力に変えてしまう魔獣なのだから。

しかし試験で使われた水晶は、彼女を高魔力保持者だと示している。潤沢な魔力による力任せの討伐は、あり得ないことではないのかもしれない。だが……

「少女はまだ五歳で、これまで村の外に出たことはなく、さほど身体が丈夫ではないのだったよね？」

「はい。報告ではそのように聞いております」

身体の弱い子供がすべて内気で怖がりだとは思わないが、魔力喰《まりょくぐ》らいははっきり言って、初見の子供が恐れずにいられる見た目ではない。そして魔法はイメージが重要なので、精神状態が影響する。

初めて見たアレ——しかも手負いで飢えた化け物に立ち向かえる五歳児？

どんな精神力をしているのかと、末恐ろしく感じられた。

「でもまあ、無事で良かった」

偽らざる本音である。

聞くところによると、負傷した騎士達の帰還と子供達の護衛のため、王都から改めて部隊が派遣されるらしい。

今度は無事にたどり着いてもらいたいものだ。

その願いは数週間後、叶えられる。

僕は謁見《えっけん》の間にて、王都に着いて早々に国王から招喚を受けた少女――ミラが緊張した面持《おもも》ちで陛下に挨拶するのを観察した。

件の少女は金色の猫っ毛で、瞳の色はペリドット。可愛らしい顔立ちの小さな女の子である。

この子が、魔法で魔力喰《まりょくぐ》らいを倒した子供……

正直、そうは見えない。

彼女は魔獣を落とし穴に落とし、穴を埋め戻して圧死させたわけだが、餌として狙われた状況下で巨大な敵を穴に落とそうと考えつく胆力があるようには見えなかった。

賢そうではあるけれど、ごく普通の庶民的な感じである。

しかし、騎士や宮廷魔術師といった地位も身分もある大人が揃って嘘をつく意味はない。なので魔獣を倒したのは事実なのだろう。

魔力喰《まりょくぐ》らい撃退に使った魔法は、襲撃される数時間前に魔術師が見せた穴掘り魔法を参考にした自己流。

その際に地の精霊に大量の魔力を与えたため、精霊は下位精霊から一気に高位精霊へ成長。

常識外れだが、事実なら受け入れるしかない。

「はじめまして。僕の名前はアインセルダ・ユル・フィーメリア。妹はフィルセリア・ミル・フィーメリアだよ」

この国の王太子である僕の父と話し終えたミラと、彼女の幼馴染《おさななじ》みの少年——ガイに自己紹介する。

それに対して慌てて立ち上がり、少年共々礼を返して名乗る彼女はやはり普通だ。

「光栄に思いなさいですの。あなた方は、わたくしの学友になるんですのよ」

なんて、フィルセリアが人見知り故の反動で高飛車《たかびしゃ》な発言をしたけれど、ミラは怒ることなく、キョトンとするだけ。見た目に反して喧嘩っぱやい性格というわけではないらしい。

それはそうと、苦手意識を持たれてしまっては妹が可哀想なので、ここは兄として妹をフォローすべきだろう。

「妹は君達と同じく、今期入学者なんだよ。偉ぶっているけど、新しい友達が嬉しいんだ。仲良くしてあげてね」

そう言えば、フィルセリアが拳をぶつけてきた。

今のフォローはお気に召さなかったらしい。

まあ、茶化した自覚はあるので、ここは甘んじて受けよう。痛くないし。

そんなことを思いつつ、僕はチラリとガイとミラを見た。二人は揃って、呆気に取られている。

妹には不評だったフォローだが、肝心の二人からフィルセリアに対する苦手意識は感じられないので、問題ないだろう。今後、仲良くなれるかは妹次第。

頑張れ、妹よ。

内心でエールを送りながら、フィルセリアの頭を撫でて落ち着かせる。そして自身の鼓動も鎮めた。

相手は貴族ではなく、年下とはいえ、この言葉を告げるのは緊張する。

僕は努めて柔らかく微笑みながら、ミラの前に膝をつき、彼女の手を取って言った。

「ちなみに僕は来年度、高等部第三学年。再来年は成人するので、僕と結婚してください」

沈黙の中、ゴガッと大きな音がする。

僕は真っ直ぐミラを見つめていたから何があったのか正確にはわからないけれど、位置からすると、ガイが立てた音だろう。

驚きのあまり、椅子にでもぶつかったのだろうか。かなり大きな音だったので、痛かったはずだ。驚かせて申し訳ない。

一方、求婚を受けたミラは混乱していた。しばらく目を見開いて固まっていたかと思えば、「身分が違いすぎる」と、どもりながら奇妙な言葉遣いで辞退してくる。けれど、「じゃあやめよう」と言って引き下がるわけにはいかないのだ。

幸《さいわ》い今のミラは力に溺れて驕《おご》り高ぶる様子はないし、支援者も僕達王家に決まった。今後彼女が貴族の都合のいいように思想を歪められることはないだろう。このまま王家に敵対することなく真っ直ぐに育ってもらいたい。

残る懸念は婚姻での取り込みだ。だが、そんな心配をするくらいなら、いっそ王家が娶《めと》ってしまえばいいと考えた。メリットも大きい。それ故の求婚で、もちろん陛下には相談済みである。

彼女は平民だが、高魔力保持者。そして五歳にして火球《ファイヤーボール》を改変し、精霊協会に登録するほどの才能を持っている。信用のおける貴族の養子になってもらえれば、王子妃とするのに問題はない。

養子の件を伝えたところで、彼女は、僕が彼女の魔力を望んでいると悟った。

うん。やっぱり頭のいい子だ。

嬉しくなって笑えば、青ざめた彼女は、僕が握った手を振りほどこうとする。

笑顔に怯えられたのは初めてだ。ちょっとショックである。けれど――

「わ、我が家は自由恋愛結婚主義です！」

ついにはそんなことを叫び、慌てるミラが可愛いと思った。

好きな子ほどイジメたくなるというのは、こんな気持ちだろうか？

実のところ恋愛をしたことがないので、よくわからない。難しい問題である。

とりあえず、政略結婚に縁のない彼女に、愛のない結婚を強いるのは申し訳ないので、今後の相互理解で愛を育てたいものだ。

シリーズ累計
8万部
突破!!
転生者は
チートを望まない
RC
Regina
COMICS
原作
奈《な》月《つき》葵《あおい》
漫画
船《ふな》津《つ》早《わ》稲《せ》
1
大好評発売中!!
アルファポリスWebサイトにて
好評連載中!
待望のコミカライズ!!
フィーメリア王国のイルガ村に住むミラ・5歳は、ある日頭を強打し、日本人としての前世の記憶を一部取り戻した。転生者は、面倒な使命を託されているのがファンタジー小説のお約束。でも面倒事はまっぴらごめん！　このまま平穏に暮らしていくんだ——。そう思っていたのに、案の定(?)チート能力が発覚してしまい!?
目指すは平凡な暮らし！だけど、
魔力最強
だとバレちゃって……!?
アルファポリス 漫画
検索
B6判／定価：本体680円＋税
ISBN:978-4-434-21880-4

RC
Regina COMICS
原作＝斎木リコ
Riko Saiki
漫画＝藤丸豆ノ介
Mamenosuke Fujimaru
今度こそ幸せになります！ 1
アルファポリスWebサイトにて
好評連載中！
待望のコミカライズ!!
「待っていてくれ、ルイザ」。勇者に選ばれた恋人・グレアムはそう言って魔王討伐に旅立ちました。でも、待つ気はさらさらありません。実は、私ことルイザには前世が三回あり、三回とも恋人の勇者に裏切られたんです！　だから四度目の今世はもう勇者なんて待たず、自力で絶対に幸せになってみせます――！
四度目の人生はもう勇者なんて待たない!!
アルファポリス 漫画
検索
B6判 / 定価:本体680円+税
ISBN:978-4-434-24661-6

本書は、2014年5月当社より単行本として刊行されたものに書き下ろしを加えて文庫化したものです。

レジーナ文庫

転生者《てんせいしゃ》はチートを望《のぞ》まない1

奈月《なつき》 葵《あおい》

2018年 7月20日初版発行

文庫編集－塙綾子
発行者－梶本雄介
発行所－株式会社アルファポリス
〒150-6005 東京都渋谷区恵比寿4-20-3 恵比寿ｶﾞｰﾃﾞﾝﾌﾟﾚｲｽﾀﾜｰ5階
TEL 03-6277-1601（営業） 03-6277-1602（編集）
URL http://www.alphapolis.co.jp/
発売元－株式会社星雲社
〒112-0005 東京都文京区水道1-3-30
TEL 03-3868-3275
装丁・本文イラスト－奈津ナツナ
装丁デザイン－ansyyqdesign
印刷－株式会社暁印刷

価格はカバーに表示されてあります。
落丁乱丁の場合はアルファポリスまでご連絡ください。
送料は小社負担でお取り替えします。

ISBN978-4-434-24804-7 C0193